KB141299

유네스코 문학창의도시 부천 2022년 '시민작가교실' 소설집

가설들

이 책은 유네스코(UNESCO) 문학창의도시 부천시가 주관하고 부천시립상동도서관이 시행하는 〈2022 시민작가교실〉 프로그램에 의해 출간되었습니다.

유네스코 문학창의도시 부천 2022년 '시민작가교실' 소설집

가설들

© 2022 시민작가교실 시민작가, 2022

1판 1쇄 인쇄__2022년 10월 20일
1판 1쇄 발행__2022년 10월 30일

지은이__2022 시민작가교실 시민작가
지도·감수__간호윤
주　관__부천시
시　행__부천시립상동도서관
　　　　주소__경기도 부천시 상이로 12 부천시립상동도서관

펴낸이__양정섭
펴낸곳__경진출판
　　　　등록__제2010-000004호
　　　　이메일__mykyungjin@daum.net
　　　　사업장주소__서울특별시 금천구 시흥대로 57길(시흥동) 영광빌딩 203호
　　　　전화__070-7550-7776　팩스__02-806-7282

값 15,000원
ISBN 979-11-92542-07-2 03810

유네스코 문학창의도시 부천 2022년 '시민작가교실' 소설집

가설들

2022 시민작가교실 시민작가 지음

간호윤 지도·감수(인하대학교 초빙교수, 문학박사, 고전독작가)

경진
출판

산파역을 마치며

"소설에 대한 강의를 들으러 왔는데 왜 딴 소리세요."

그랬다. 2022년 4월 5일, 첫날 첫 시간에. 강의 시작 1시간도 채 못 되어 그 분은 나갔다. 강의 등록은 삼십여 분, 줌 수업에 들어온 분은 열다섯 분. 그 중 그렇게 한 분이 나갔다.

난 '딴 소리'한 기억이 없다. 그 분은 아마도 소설을 나눗셈 정도로 생각하였던 듯하다. 이게 소설이라고 문법을 다루듯 딱 떨어지게 설명해달라는 것인데 나는 사람 사는 삶을 이야기했다.

소설의 정의가 어디 있는가? 우리네 삶에서 소설이 나왔으니, 우리네 이야기 중 남을 만한 것을 쓰면 소설이 된다. 나는 그렇게 소설에 대한 이야기를 하였을 뿐이다. 첫술에 배부른 이가 어디 있고 대가는 또 뭔가. 쓰고 또 쓰다 보면 세상 보는 눈도 글쓰기도 시나브로 느는 게 이치다.

나는 이 책에 실린 소설이 모두 작품으로서 가치가 있다고 생각한다. 독자에 따라 작품은 얼마든 다르게 읽히기 때문이다. 모든 베스트셀러가 명작이 아니듯, 비록 세상 사람이 알아주지 않는 작품이라도 고전이 되는 작품은 얼마든 있다.

"문단의 자리는 임자가 없다. 좋은 작품을 쓰는 이의 자리다." 이태준 선생의 『누구를 위하여 쓸 것인가』에 보이는 글귀다.

6개월, 24주가 흐르고 종강을 맞는다. 남은 분은 열 분, 그 중 아홉 분, 열네 편의 소설이 옹기종기 모였다. 처음 써보는 소설, 꽤 산고의 고통이 따랐으리라. 그 산파역을 제대로 수행했는지 부끄러울 뿐이다. 〈시민 작가교실－나도 소설가〉 프로그램을 잘 따라와 준 수강생분들과 프로그램 진행에 적극 도움을 주신 부천시 상동도서관 관계자 분들께 고마움을 전한다.

2022년 9월 13일 종강날
휴휴헌에서 간호윤 삼가

차례

닭 목살만 먹는 남자

이미옥

내 남자는 먹는 게 별로 없다.

미켈란젤로가 보리죽에 채소 줄기로 하루 한 끼를 먹고 그림에 전념했다더니. 예술가도 아닌 그는 귀리죽에 열무 물김치 정도로 소식을 한다. 물론 그래서 좋아하긴 했다. 탐욕이라곤 없을 것 같은 남자, '내가 거둬주리라' 생각했던 거다.

우리가 처음 만난 건, 단식원에서였다.

난 그와 다르게 식탐도 많고, 탄수화물과 지방을 사랑했으며 운동은 좋아하지 않았다. 그래서 실컷 먹고 지내다가, 위기가 오면 다이어트를 시작했다. 며칠씩 단식원에 드나들거나, 한약을 먹어 식욕을 억누르거나, 황제 다이어트, 간헐적 단식을 하는 등의 갖가지 유행하는 다이어트를 했다. 그리고 처음엔 만족감에 젖어 있다가 서서히 다시 되돌아오기 반복했다. 아슬아슬하게 고무줄 몸매를 이어가던 즈음, 갑자기 돌아오지 못할 것 같은 체중계의 숫자를 확인하며 위기감을 느꼈다. 이제 마지막 다이어트라는 각오로 단식원에 들어갔다. 잎도 나기 전에 꽃부터 피운 목련이 봄밤을 밝힌 날이었다.

그는 단식원의 스태프였다.

단식원에 들어온 사람들은 단식원 스태프들의 마른 몸매와 식욕에 대한 절제, 그리고 무엇을 먹는지를 궁금해했다. 그들도 단식원에 있을 때는 우리와 똑같이 단식하는데 그렇다면 도대체 언제 무엇을 먹는지가 궁금했던 거다. 그들은 저녁 한 끼를 먹고 귀리 죽과 채소, 삶은 달걀이나 닭가슴살을 먹는다고 했다. 한 스태프가 그를 가리키며 이 친구는 닭목살만 먹는다고 해서 의아해하며 쳐다봤다. 미소가 자연스러운 남자였다.

"아하, 그렇군."

스태프들의 몸매를 부러워하면서도 우리끼리 모이면 단식원에서 나가면 무엇을 먹을지에 대해 진지하게 고민했다.

"매운 낙지볶음에 흰 쌀밥을 비벼 땀 흘리며 먹고 싶다."

"좋지요. 아삭한 콩나물도 함께. 디저트로는 인절미 팥빙수!"

손바닥을 마주치며 침을 꿀꺽 삼킨다.

"난 조개구이, 짭조름한 국물맛 그립다."

"조개구이 먹고, 바지락 칼국수."

"그것도 좋지. 칼국수 먹고, 녹차 아이스크림."

음식 얘기는 끝이 없을 것 같지만, 그마저도 마음껏 할 수는 없었다. 저녁 운동으로 두꺼운 훌라후프를 하나씩 받아 들고, 허리에 감아 노을과 함께 돌려야 했다. 노을과 닮은 감말랭이와 파프리카를 떠올리며, 훌라후프를 돌리고 단식원 마당에 둘러앉았다.

이렇게 4박 5일을 지내야 한다니…. 첫날부터 삶의 의욕이라곤 없는 사람처럼 눈꺼풀이 점점 처져 내려갔다. 마당에 모였던 사람들이 자기소개를 시작했다. 한 팀은 부부처럼 보였지만 아니었다. 남자사람친구와 여자사람친구라며 자기들을 소개했다. 그들은 심플한 친구 관계라고 말했지만 약간의 끈적임이 보였다. 그리고 60대 사업가라는 여자가 자신이 직접 만들었다는 허브 향수를 목에다 칙, 뿌려주며 "향기 좋지 않냐"고 물었다. 갑작스런 향수 세례에 놀랐지만 "향기 끝내준다"고 말해주었다. 퇴직과 이혼을 동시에 했다는 50대로 보이는 남자는 기타를 들고 왔다. 19세 재수생은 까칠하기 이를 데 없었다. 그녀에게 지금도 말라서 뺄 살도 없어 보이는데 "왜 왔냐"고 누군가 물었는데 "아직"이라고 대답했다. 내 차례다. 나는 "30 중반의 위기감과 먹는 삶을 계속 즐기려면 조절이 필요해서 주기적으로 단식원을 찾는다"고 말했다. 그때 원장 옆에 앉아 있던 스태프, 닭목살만 먹는다던 미소가 자연스러운 그 남자가 웃는 모습을 봤다. 나는 그를 젤로라 줄여 부르기로 했다. 미켈란젤로처럼 그림을 잘 그려서가 아니라 보리죽과 풀떼기만 먹는 것이 닭아서다.

자기소개를 마치자 생수를 한 병씩 안기고 원장은 퇴근했다. 젤로는 그날 당직이었다. 기타를 들고 온 남자가 "텅 빈 냉장고를 누가 턴다고 당직을 서느냐"고 묻자 보조개를 드러내며 웃었다.

"죽염이요. 죽염도 훔쳐 먹어요. 어떤 팀에서는 마을에 내려가 무를 훔쳐 먹기도 했어요."

"무요?"

"네. 배가 고픈 걸 참지 못하고 몇몇이 내려가서 무를 뽑아 먹었는데 세상에 태어나서 그렇게 맛있는 무는 처음 먹어 봤다고 그러시더라고요."

"얼마나 배가 고팠으면…."

"자, 우리는 배고픔을 잊기 위해 노래를 부릅시다."

기타 줄을 튕기며 노래를 시작했다.

"나 어떡해, 배고파서 어떡해, 나 어떡해…."

그 남자는 노래 가사를 바꿔 부르며 유머 있게 표현했다. 노래도 잘했다. 돌아가면서 노래를 한 곡씩 부르다 보니 어느덧 잠자리에 들 시간이 되었다. 단식원에서 잠자리에 드는 시간은 10시였다. 재수생은 일찌감치 들어갔고, 나도 들어가고 싶었지만, 같은 방을 쓰는 허브가 나를 붙잡아 마지못해 앉아 있었다. 사람친구 커플은 허브와 기타가 잘 어울린다며 연결해주려 애썼고, 허브와 기타도 싫지 않은 눈치였다. 단식원에서도 썸을 타고 싶은가 보다. 어디가나 남녀가 모이면 썸을 타려 애쓴다. 성훈과 헤어진 지 얼마 안 된 나로서는 썸타느라 애쓰는 늙수그레한 그들의 모습을 보는 것이

뭔지 모르게 서글펐다. '저 나이가 돼도 썸은 타고 싶은 걸까?'

서른에 이별했을 때는 나쁘지 않았던 것 같다. 김광석의 노래를 따라하며 이별이 참을만 했다. 그가 노래했듯 '매일 이별하며 살고 있구나' 정도의 감정이었다. 그런데 이번에 성훈과 이별은 고됐다. 다시는 괜찮은 남자를 만날 수 없을지 모른다는 생각이 들면서 '매일 이렇게 이별하다 혼자 살지도 모르겠구나'라는 위기감에 정신이 번쩍 났다. 난 혼자 살긴 싫다. 짝을 만나야겠다고 생각하며 부랴부랴 단식원에 온 것이다. 이 단식원엔 5년 전 서른에도 왔었다. 그때만 해도 '이별 따윈 별거 아냐'라면서 새로운 남자를 만나기 위해 몸을 가꿀 생각이었다. 그러나 지금은 약간 자신감을 잃은 상태라고나 할까. 이런 기운 빠진 심정에 불을 붙이듯 허브와 기타는 분위기가 점점 좋아진다. 그때 젤로가 이제 취침시간이라며 자리를 정리하자고 했다. 반가웠다.

허브는 기타에게 잘 보이고 싶었던지 지나치게 수줍음을 표현해서 속으로 '왜 저럴까?' 하면서 방으로 들어갔다. 씻고 나서 잠자리에 누워 이야기를 나누다가 그녀가 독신이라는 걸 알았다. 그래서 그 나이 대의 뻔뻔함은 보이지 않았는지도 모르겠다. 엄마 말로는 오십 넘으면 '만나면 바로 친구'라고 했다. 처음 만나는 사람에게 스스럼없이 말을 거는 엄마에게 잔소리하자 나온 말이다. 그래서 웃었던 기억이 난다. 그녀는 그런 모습과는 약간 거리가 있었다.

단식원에 온 이유를 묻자 요즘 부쩍 외로움을 많이 탄다고 했다. 환갑을 넘기자마자 외로움의 강도가 달라지더라며 누구라도 만나고 싶은 심정으로 다이어트를 하기로 했다고 했다. 그녀는 60대로 보이지 않았다. 살집이 있는 편도 아니고 나잇살이 전혀 없진 않지만 그만하면 훌륭한 몸매다. 그녀는 운동도 하고 있지만 먼저 단식으로 짧은 기간에 체중을 줄이고 싶다며 멋쩍게 웃었다. 그녀의 이야기를 듣고, 그녀가 만나고 싶은 '누구라도'가 '기타'가 되었으면 좋겠다고 생각했다. 기타는 이혼남에 퇴직자이지만 형편이 어려워 보이지 않았고, 유머도 있었고, 무엇보다 기타 치며 노래하는 모습이 느끼하지 않아서 좋았다. 게다가 허브는 제법 성공한 사업가로 보였다. 둘의 외로움을 덜어줄 수 있다면 좋은 일 아닌가. 모두 방으로 들어간 뒤 불이 꺼지고 단식원은 안팎으로 조용해졌다. 광릉수목원 아래 자리 잡은 마을은 숲의 소리 외엔 아무것도 들리지 않는 고요한 밤이었다.

단식원은 가정집을 그대로 쓰는 거라 방음이 잘되지 않았다. 잠이 오지 않아 뒤척일 때 싸우는 소리가 들렸다. 사람친구 커플 같았다. 내 파트너도 잠이 깨어 무슨 일인지 궁금해 견딜 수 없는 모양이다. 그녀가 방문을 반쯤 열어두자 웅얼거리던 소리가 정확하게 들렸다. 거실을 가로질러….

"네 와이프랑 나랑 똑같은 목걸이를 사면 어떡해? 바보 멍청이!"

"뭐? 사다 보니 그렇게 된 거지. 내가 일부러 그랬냐?"

"그러니까 넌 멍청이지. 우리가 같은 부서에 있는데 똑같은 목걸이가 말이 되냐?"

"그럼 회사엔 안 하고 오면 되잖아."

"아니. 나 그냥 하고 다닐 거야. 하고 싶어."

"와이프가 의심하면 어쩌려고?"

"이참에 터놓고 지내지 뭐. 그것도 재밌겠네."

"그래? 네 남편도 알아도 되는 거지??"

"알면 대순가?"

"그러지 마라, 난 지금이 좋다."

"난 지금이 지루해."

"일내지 마. 일내면 너랑 나랑 끝장이야."

"뭐 끝장이라고. 지금 내. 끝장!"

여자가 문을 쾅 닫고 나왔다. 방문을 열어놓고 듣고 있던 우리는 갑작스러운 상황에 대처하지 못하고 그냥 자는 척 가만히 있었다. 현관문을 나가던 여자가 우리 방문을 쾅 밀어 닫았다.

"후유, 무섭네. 내일 아침 우리한테 뭐라고 하면 어쩌지?"

"뭘 어째요. 배 째라고 해요."

"자기, 말 재밌게 한다."

그녀와 나는 싸움 구경하다 뻘쭘해진 참에 웃음이 터져 이불을 뒤집어쓰고 웃었다. 사람친구 커플이 들으면 기분 나쁠까 봐 한참을 웃다가 다시 잠자리에 들었다. 둘 다 오랫동안 뒤척였다.

그렇게 첫날을 보내고 둘째 날을 맞았다.

아침이 밝았건만 희망은 없다. 아무것도 먹을 것 없는 아침. 그래도 둘째 날은 죽염을 준다는 말에 한껏 기대하고 있었다. 거실에 나와 생수 한 병씩을 받아 마시고 있었다. 사람친구 커플은 어젯밤 시끄러웠던 것과는 다르게 다정하게 손을 잡고 나왔다. 그 모습을 기타가 싱긋이 웃으며 쳐다본다. 재수생은 아직 일어나지도 않는 것 같다.

내 파트너는 기타에 관심을 보이며 다가앉는다. 홀로 남은 나는 밖으로 나왔다. 마당에서 마을을 내려다보고 있을 때, 스태프들이 교대하고 있었다. 젤로는 퇴근하고 새로운 스태프가 왔다. 그 스태프는 탄탄하게 마른 몸에 근육이 붙어 그야말로 살들이 빤질빤질하게 빛났다. 그는 박수를 세 번 쳐서 우리를 불러 모았다.

"산책 시간입니다. 산책 다녀오시면 죽염 하나씩 드립니다."

산책로는 뒷산이다. 줄을 섰는데 사람친구 커플과 어느새 가까워진 허브와 기타가 손을 잡고 있었고 덜렁 남은 내 곁에 찌뿌둥한 재수생이 섰다. 단식원 뒷산은 공기가 맑았다. 풀향기와 새소리를 음미하며 걸었다. 정신이 맑아지는 느낌이다. 재수생은 뾰로통해 보였다.

"어제 잠 못 잤니?"

"시끄러웠어요."

"싸우는 소리 났지?"

"방 바꾸고 싶어요. 언니 방에 가면 안 돼요?"

"아, 그럼 허브 아줌마한테 말해보자."

우리는 뒤처져 오는 허브와 기타를 기다렸다가 물었다.

"방 바꾸고 싶다는데, 우리 방 넓으니까 같이 지낼까요?"

"어머, 그래? 난 혼자 지내고 싶었는데 잘 됐다. 그럼 내가 그 방을 쓸게."

그래서 잘 해결됐다.

어영부영 세 커플이 되어 나란히 손을 잡고 산책을 마쳤다.

허브와 기타는 도란도란 이야기를 나누며 간간이 웃음소리를 냈다.

재수생과 나도 이런저런 얘기를 나눴다.

그녀의 이름은 가영이다. 지금도 마른 체형인 가영이 살을 빼려는 이유가 궁금했다.

"지금 보기 좋은데, 왜 더 빼려고 해?"

"난 더 마르고 싶어요."

"왜? 남자친구가 말라야 좋아하나?"

"헤어졌어요. 공부 시작하려고요. 대학 간 애들 만났을 때 날씬하게 보이고 싶어요."

"그래서 빼려는 거야?"

"그것도 이유지만 그냥 마른 기분이 좋아요. 언니는 왜 왔어요?"

"난 식탐이 많아. 빼고 먹고 또 빼고의 반복이야. 5kg 이상 뺀 적도 없고 찐 적도 없어. 항상 5kg이 마지노선이었는데 이번엔 마지노선을 넘었어. 그래서 달려왔지."

"이번엔 왕창 빼버려요. 그럼 유지되는 기간이 더 길어질걸요."

"5일로 되겠니?"

"나가서도 계속해야죠. 운동도 하고요."

"나도 진정 그러고 싶어."

산책에서 돌아온 우리는 죽염 한 알씩을 받았다. 오래오래 혀끝에 두려고 노력했다. 죽염이 이렇게 맛있을 줄이야. 소금이 녹아버리는 게 아쉬웠다. 자유시간을 주고 오후 3시엔 다시 광릉수목원에 산책이 예정되어 있다. 그동안 책을 읽기로 했다.

그네를 차지하고 책 한 권을 들고 흔들거리며 있었다. 거실에선 두 커플이 카드놀이를 시작했고, 가영은 목욕 중이다. 그녀는 목욕을 여유 있게 하기 위해 아무도 욕실을 쓰지 않는 한가한 시간을 택해 한 시간 넘게 목욕을 했다.

나는 흔들리는 그네에 몸을 맡기고 흔들리는 대로 책을 읽다 졸고, 자다가 깨기를 반복했다. 결국 책 읽기는 포기하고 단식원을 둘러싼 숲을 보며 휴식을 즐겼다. 거실에서 카드놀이를 하던 두 커플도 배가 고파서 낮잠이나 자야겠다며 방으로 들어가 사방이 조용했다.

오후 3시, 우리는 승합차에 올라 광릉수목원으로 갔다. 단식원에서 10분 거리다. 수목원 산책길은 향기로웠다. 죽은 고목들이 숲의 생태계에 마지막 제 몸을 주기 위해 누워 있는 풍경을 보며 숲의 너그러운 생명력을 느꼈다. 누워 있는 고목들에 눈이 갔다. 나무는 죽어서도 제 몸을 자연에 환원시키고 있는데 고목에 가장 먼저 달려와서 끝장을 보는 곤충이 개미란다. 고목뿐 아니라 모든 죽은 생명체에 재빠르게 몰려다니는 개미들을 떠올리며 분해자의 역할을 할 뿐이라지만, 본능적인 먹이에 대한 집착이 왠지 **뻔뻔하게** 느껴졌다. 식탐으로 보였기 때문이다. 단식을 하는 내게 식탐은 최고의 적이다.

숲속 쉼터에서 가영과 앉아 새들의 소리를 들었다. 기타와 허브는 아주 가까워졌다. 허브의 얼굴에 맺힌 땀방울을 손수건으로 꼭꼭 눌러주고 있는 기타를 보면서 저들은 이곳에서 짝을 만날 줄 생각하고 온 걸까 궁금해졌다. 어젯밤 난리를 쳤던 사람친구 커플은 오늘은 아주 다정하게 어깨에 손을 얹고, 허리를 감싸 안은 채 숲속을 다녔다. 아무리 봐도 그냥 사람친구 같진 않았다. 자유시간이 끝나고 물을 한 잔씩 마시고 내려가는데 커피생각이 간절했다. 아메리카노 정도는 괜찮지 않냐고 물었지만, 원장과 스태프는 단호했다. 단식 중엔 물과 소금, 보식을 시작할 때 미음으로 시작해서 죽과 일반식으로 넘어가는데 그 단계를 잘 밟아가야 요요가 생기지 않는다며 단호하게 "절대 안 돼요"라고 말했다.

"뭐 그럴 거까지야…."

"언니, 치사하면 **빼**! 완벽하게!"

"그래. 굶는 거 정말 싫다. 비인간적이야."

"근데 단식 중에 섹스 하는 건 괜찮을까요?"

가영이 귓속말로 물었다. 눈치 없는 나는 그때야 어젯밤 가영이 왜 잠을 못 잤는지 알고 괜히 혼자서 얼굴을 붉혔다.

"글쎄, 나도 궁금하네. 안 하는 게 좋지 않을까?"

"근데 식욕을 억제하면 왜 성욕이 더 커지는 걸까요?"

가영의 말에 눈을 동그랗게 뜨고 내가 물었다.

"누가 그래?"

"어젯밤 못 잤다니까요."

이번엔 가영이 내 흉내를 내며 눈을 동그랗게 뜨고 대답해 우리는 마주 보고 웃었다.

식욕이란 원초적 욕구를 차단당한 우리는 또 하나의 원초적 욕구에 대해 궁금해하며 수목원을 나왔다.

승합차를 타고 돌아오는 길에 노을을 봤다. 이곳은 노을이 잘 보인다. 주황색과 빨간색의 중간쯤 되는 노란색에 가까운 색이 만들어지는 광경이 신비로웠다. 노을이 물드는 것도 한 번에 일어나는 일이 아닌데 사람 사이의 관계도 한 번에 일어나진 않을 거다. 얼마 전 헤어진 성훈과 나도 빨갛게 물들었다 주황색의 중간과 노란색을 거쳐 점점 흐려지면서 멀어진 것은 아닌지. 우리는 서로 이유를 묻지 않고 헤어졌다. 묻거나 설명하지 않아도 대략 느껴진다. 헤어지게 될 거라는 느낌. 그런 느낌을 받을 때 허무해진다. 왜 남녀 간의 문제는 이렇게 다른 걸까. 가족처럼 속을 드러내지도 않고, 적당한 거리를 두는 직장동료들과도 다른. 노을이 찬란하게 물든 후 사라지는 것과 비슷해 보인다. 노을이 찬란했던 순간을 뒤로하고 사라지는 것처럼 남녀의 사랑도 찬란했던 붉음이 서서히 옅어지면서 그 끝자락을 놓치며 헤어진다. 나는 헤어짐을 두 번 경험했다. 헤어질 무렵 체중이 는 것도 비슷하고 헤어진 후엔 더 많이 늘어난 것도 비슷하다. 견디다 못해 단식원에 온 것도 마찬가지다. 헤어질 것 같은 느낌이 들 때 허기가 지고 허기를 채우다 마침내 헤어지고 나면 더 많이 먹게 되는 이유는 무엇일까? 가영의 말대로 식욕을 억제하면 성욕이 커지고, 성욕을 억제하면 식욕이 커지는 걸까? 나의 실패한 연애가 노을처럼 사라져 가는 것을 보면서 서글펐다. 아무 일도 일어나지 않는 나날이 참을 수 없을 때 연애의 끝을 본다. 일종의 권태다.

그날 저녁은 어제와는 사뭇 달랐다.

일찌감치 커플들은 방으로 들어갔다. 가영과 나는 그네를 탔다. 귀 끝에 바람이 살랑이는 느낌이 좋았다. 그네를 질리도록 타고 우리는 거실에 있는 체중계에 올라갔다. 3kg 줄었다. 만족한다. 가영은 4kg. 우리는 어제 돌렸던 훌라후프를 돌리기로 했다. 어제는 해질녘이었지만 오늘은 광릉수목원에 다녀오는 바람에 짙은 어둠이 깔린 밤이 되었다. 마을 아래로 펼쳐진 평화로운 풍경을 보며 훌라후프를 돌리는 기분이 괜찮았다. 누군가는 마을을 보며 밥 짓는 냄새가 난다고 코를 킁킁거렸다는 스태프의 말이 떠올랐다. 그 말이 떠오르자 나도 모르게 흰쌀밥에 김을 올려 젓가락으로 돌돌 말아 입안에 넣는 상상을 했다. 침이 고인다. 팔짱을 끼고 유연하게 돌리는 가영과 달리 나는 온몸이 움직였다.

"나는 왜 너처럼 안 되지?"

"언니가 상체를 움직여서 그래요. 허리를 돌려요. 가슴을 돌리지 말고."

"이렇게?"

허리보다는 가슴이 먼저 돌아갔다. 깔깔 웃으며 훌라후프를 돌리고 방으로 들어갔다. 간단히 씻고, 각자 침대에 누웠다.

그날 밤은 내내 고요했다.

사람친구 커플도 싸우지 않았고, 허브와 기타도 방으로 들어간 것 같았다. 가영이 첫사랑 얘기를 해주었다. 학교에서 유명한 남자친구였는데 그 애가 고백을 해서 세상을 다 얻은 것 같았단다. 너무 기대한 탓인지 친구들과 농구 경기를 하는데 같이 가자고 하거나, 집까지 바래다주지 않는 것을 당연하게 생각하는 그에게 서운했단다. 그럴 법하다. 그런데 사실 집까지 바래다주는 게 남녀 사이에 그리 중요한 건 아니라고 내가 말했다. 여자가 연애만 시작하면 뭐든 남자가 다 해주기를 바라는 것도 좀 웃긴 것 같다고 하자, 가영이 눈을 동그랗게 뜨고 경이로운 표정을 지었다.

"언니, 그런 생각은 못했어요. 다들 그렇게 하거든요."

"연애를 드라마에서 배워서 그래. 현실은 안 그래."

"집이 서로 멀다거나 일이 바쁘면 중간에서 만났다 헤어질 수도 있고, 여자나 남자나 둘 다 돈 버느라 힘든데 남자가 데이트 비용 다 부담하는 것도 그렇고, 꽃을 사는 것도 남자여야 한다는 것도 좀 그렇지 않니? 남자도 꽃 받고 싶을걸."

"그래요? 남자들도 꽃 받고 싶을까요?"

"그럴 것 같은데."

"와, 언니는 좀 다르네요. 우리 언니는 남자한테 대접받지 못할 거면 만나지도 말라고 하는데."

"그래? 난 연애를 많이 해보진 않았지만, 연애도 인간관계잖아. 서로 배려해줘야지."

"그럼 언니는 밀당 같은 거 안 해요?"

"음. 내 성격 탓인지 난 그런 거 안 해. 좋고 싫은 건 분명하게 표현하는 편."

가영이 말문이 터졌다. 까칠해 보였던 모습과는 달리 털어놓기 시작하니까 귀엽기만 했다. 가영의 최대 고민은 연애였던 모양이다. 사실은 나도 그렇다. 내 연애는 성공적이지 못했다. 두 번 모두. 누가 먼저랄 것도 없이 맹숭맹숭 헤어졌으니. 맹숭맹숭해진 이유는 뭘까 생각해보면 둘 다 연애인지 결혼인지 결론을 내리지 못했기 때문인 것 같다. 열정은 식고 평범해진 감정으로 결혼을 해야 할까 고민하다 '우린 아닌 거 같지?'라는 표정으로 '오늘이 마지막인가?' 하며 헤어졌다. 그런 내가 연애에 대해 조언한다는 것도 우습지만 가영은 내 얘기를 열심히 들었다.

다음 날 아침, 그러니까 나흘째 되는 날이었다. 거울을 보고 자기애에 빠졌다. 턱선이 드러나고 콧대가 살아나면서 파묻혔던 보조개가 서서히 드러난 얼굴을 만족스럽게 보고 있었다. 그때 허브가 내 얼굴을 보며 말했다.

"어머, 자기 얼굴선이 아주 예쁘네. 보조개도 보이고. 역시 젊어서 그런지 효과가 있네. 나도 빠진 것 같긴 한데 자기처럼 감춰진 미모가 되살아나진 않잖아? 이미 사라진 건가, 아, 쓸쓸해지네."

"사장님도 눈도 커지고, 코도 드러났어요."

"그래? 파묻혔던 코가 나왔나? 살찌면 코가 볼딱지에 묻히더라고."

여자사람친구도 잘록해진 허리를 드러내 리본 모양으로 묶어 보였다.

모두 변해 가는 모습에 만족해하고 있을 때, 기타는 변한 게 없다며 수염만 더 자란다고 투덜거렸다. 단식의 효과도 서로 다르게 나타난다. 단식효과로는 내가 으뜸이라며 추켜세워서 기분이 좋아졌다. 나가면 바로 연애에 성공할 것 같은 기분이다.

오늘의 스태프는 다시 젤로다. 그가 내게 다가와 주머니에 뭔가 살짝 넣어주었다. 나는 카디건 주머니에 손을 넣어 그가 준 것을 손에 꼭 쥐고 방으로 들어갔다.

"세상에!"

에스프레소 시럽이었다. 나는 일단 문을 걸어 잠그고 에스프레소 시럽을 텀블러에 담아 생수를 넣어 한 모금 마셨다. 온몸에 수혈을 받은 느낌이었다. 커피를 반쯤 마시고 텀블러 뚜껑을 꼭꼭 닫아 가방에 넣었다. 혹여 커피 냄새가 날까 봐 창문도 열어 환기를 시키고 방문을 열고 다시 나왔다.

'이게 뭐라고…. 떨린다.'

밖으로 나왔을 때, 젤로는 허브와 이야기하고 있었다.

"내일 아침이면 아마 모두 나비가 되어 있을 거예요."

빙긋이 웃으며 말했다. 한 마리의 나비라. 날갯짓해본다. 그와 눈이 마주쳤을 때, 나는 한껏 미소지어 보였다. 그가 나눠주는 죽염을 입안에 넣고 오래오래 음미하며 녹여 먹었다. 까짓것 저 남자를 꼬셔서 평생 이렇게 살아볼까. 귀리죽에 채소 줄기 씹어가며 가끔 닭목살로 단백질 보충하면서. 욕망을 버리고 깨끗하게 살아볼까?

목련은 꽃부터 피어도 예쁘기나 하지. 목련은 예쁘니까 괜찮지만 난 늘 이렇게 서두르는 게 문제다. 두 번의 헤어짐도 어쩌면 빨리 피고 시들해졌기 때문인지도 모르겠다.

"아, 내일이면 우린 속세로 가서 온갖 유혹과 마주하겠네요."

"유혹을 잘 이겨내시고 보식기간 지킨 다음, 하루 1식 실천해보세요. 몸도 가벼워지고 좋아요."

그는 회원들에게 하루 1식 식단을 손수 만들어 나눠주었다. 그는 내게 식단표를 주며 나직하게 속삭였다.

"이렇게 먹으면 아메리카노 정도는 마음껏 마셔도 돼요."

"그렇다면 도전해볼까요?"

"네. 하다가 어려우면 언제든 연락하세요."

그는 식단표 아래 적혀 있는 전화번호를 콕 찍어 보이며 말했다.

바보처럼 설렜다. 그날 저녁 남겨놓은 커피를 음미하며 마셨다. 가영은 커피를 갖다 준 사실을 알고 나와 젤로를 의심했다. 그러면서 둘이 잘 어울린다고 말했다.

"색으로 따지면 언니는 파랑색, 젤로 오빠는 베이비핑크 같아. 대비되지만 잘 어울려."

가영의 그럴듯한 해석에 머릿속으로 푸른 드레스를 입은 나와 핑크색 연미복을 입은 젤로를 떠올려보고 헛헛하게 웃었다.

'아무 일도 없었는데…. 바보 같은 상상은 여기까지.'

마지막 날, 5일 만에 먹게 된 미음은 부드럽기 이를 데 없었다. 맛이야 별거 없을 테지만 입술에서 시작해 입안에 머물며 목구멍을 타고 내려가는 따뜻하고 부드러운 느낌이 눈물 나게 반가웠다. 행복감이란 이런 것인가 싶었다.

미음을 먹고 세 쌍의 나비처럼 우리는 파란 대문을 나섰다. 단식원 앞에서 원장과 스태프들의 배웅을 받으며 속세로 내려왔다. 제법 만족감을 느끼며. 총 7kg 감량했다. 평소보다 2kg 더 줄었다는 게 마냥 즐거웠다. 그렇게 속세로 돌아와 바쁜 나날을 지내던 중 문득 휴대폰을 만지작거리다 그와 다시 만나는 상상을 하곤 했다. 그러다가 진짜로 다시 만났다.

북한산 입구에서였다. 그때 나는 단식원에 다녀온 후로 몸매를 유지하기 위해 고군분투하고 있었다. 하루 1식은 내겐 너무 어려웠다. 전날 저녁, 회식 때 먹은 곱창구이를 산바람에 훌훌 날려 털어버리겠다는 굳은 결의로 산에 오르려던 참이다.

그는 일행이 있었지만, 나와 이런저런 얘기를 나누며 산에 올랐다. 그렇게 해서 단식원 밖, 속세에서의 만남이 시작되었다.

"연락할 줄 알았는데…."

"기다렸어요? 먼저 연락하죠."

"전화번호 줬으니까, 할 줄 알았죠."

"아, 그럼 내게만 준 거예요?"

그는 고개를 끄덕이며 웃었다.

"그럼 우리 사귀어요. 오늘부터."

"그럼 데이트하러 가요. 단식원 나와서 산 아래 다이어트 카페 차렸어요. 가볼래요?"

"좋지요."

나는 그의 카페에 정규회원처럼 드나들었다.

카페는 여린 노랑으로 페인트를 칠한 단층짜리 일자형 건물이었다. 양쪽으로 창문이 나 있어 한옥 같은 느낌이 들었다. 다이어트 카페답게 메뉴가 소박했다. 차와 귀리 빵과 귀리 죽, 여린 잎 샐러드, 뿌리식물 샐러드. 몇 접시 먹어야 양이 찰 것 같은 메뉴였지만 부지런히 드나들면서 나도 모르게 어느 정도 가벼움을 유지할 수 있었다. 나비처럼은 아니지만 말이다.

그 카페에 유일한 육식 메뉴가 닭목살 구이였다.

앙증맞기도 했다. 닭가슴살도 아니고, 날개도 아니고, 다리도 아닌 닭목, 먹을 게 뭐 있다고. 닭목살이 돌돌 감긴 꼬치에 허브가 몇 잎. 맛은 괜찮았다. 먹을수록 허기가 지긴 했지만. 그 허기를 이겨내고 우리는 결혼했다.

한날은 그의 카페에서 닭목살을 감질나게 먹다가 허기를 이길 수 없어서 집에 오자마자 압력솥에 삼계탕을 안쳤다. 탐욕이라곤 없을 거 같아 좋아하고 결혼까지 했지만, 도저히 식단까지 공유하기는 어려웠다. 나는 매일매일 돋아나는 어지럼증을 이겨낼 수가 없노라고 그에게 말했다.

　"난 네가 그 무엇을 먹든 너를 좋아해. 소 한 마리를 먹어도 좋아할 거야. 먹고 싶은 대로 먹어."

　"진짜지? 나 먹는다 그럼. 소는 안 되겠고, 닭이라도 실컷 먹어야겠다."

　예전엔 실컷 먹다가 단식을 하러 갔다면 지금은 소식을 하다 참을 수 없을 때 닭 한 마리를 먹는 방식이 됐다. 그 과정을 반복하면서 나의 위도 서서히 작아진 것 같다. 이젠 미칠 듯한 허기가 찾아오진 않는다. 이젠 실패하지 않는다. 사랑도, 식단도. 예전의 사랑이 불타오르는 붉은 노을이었다면 젤로와 사랑은 물들이지 않고 서로를 바라보는 사랑이다.

　압력솥의 딸랑이가 울어댈 때 젤로가 식탁으로 왔다.

　그에게 닭목살과 녹두죽을 퍼주고, 나는 목 없는 닭 한 마리를 알뜰하게 먹어치우려다, (전 같으면 그랬겠지만) 도저히 포기할 수 없는 다리 한 개와 날개 한 개, 닭가슴살 3분의 1을 소심하게 잘라냈다. 그와 함께 가볍게 살기로 했으므로. 난 녹두죽은 먹지 않는다.

　식탁에 마주 앉아 그에게 물었다.

　"근데 닭목살만 먹는 특별한 이유라도 있어?"

"어렸을 때, 엄마가 닭백숙을 자주 했어. 요리하기 편해서 그랬던 것 같아. 엄마가 아주 바쁘셨거든. 압력솥에 딸랑딸랑 소리가 나면 식탁에 모였지. 형이 둘 있는데, 형들은 빨랐고, 난 좀 느린 편이었고, 어렸을 때 늘 뭔가 만들고 있었고 먹는 것보다 만드는 게 좋아서 언제나 늦었지."

"뭐야? 그래서 남은 게 설마 닭목?"

"응. 가슴살은 퍽퍽했고…. 그래서 닭목살을 먹게 됐어. 닭목 사이사이 숨어 있는 살들을 하나하나 발라 먹었는데 그 맛이 다리나 날개 못지않았던 거야. 닭목살을 나만큼 잘 발라 먹는 사람도 드물걸. 그러자 형들은 의례 자기들 둘이 다리와 날개를 사이좋게 나눠 먹고, 넌 목살이면 돼지? 하며 남겨놓곤 했어."

"그랬구나. 생존경쟁에 뒤처져서 다른 방법으로 진화된 건가?"

"먹는 것보다 혼자 노는 것을 더 좋아해서 먹는 시간이 아까웠던 것 같아. 그래서 적게 먹고 만족하는 방법을 터득한 거지."

"그래서 결국 지금은 내가 자기 형 노릇을 하게 된 거야?"

"먹어. 그래도 돼. 대신 운동은 하고."

식습관이 다른 우리, 아니 체질이 다른 우리는 그럭저럭 맞춰가며 살고 있다. 나는 젤로처럼 먹고 살 수는 없다. 하지만 그에게 기울어진 내 마음만큼이나 식단도 그를 따라가려고 한다. 그는 미켈란젤로처럼 소박하게 먹고 많은 일을 한다. 카페 뒤 텃밭에 채소를 키우고 있다. 여린 잎과 오이나 당근, 비트 같은 것들을 소스도 없이 맨입에 먹는 그처럼 나도 입을 대지만 난 여전히 소스가 좋다.

속세에서 치열하게 일하는 나와 산 밑에서 귀리죽만 먹는 그와 어떻게 같을 수 있겠는가. 그래도 그와 함께 살면서 체중이 늘진 않는다. 서당 개 흉내라도 내고 있어 그런가 보다. 체중에 대한 스트레스를 던 나는 점점 더 젤로를 사랑하게 될 것 같다. 닭목살만 먹는 남자. 내 남자 말이다. (76장)

아기장수

이미옥

나는 아기장수다.

태어날 때, 지역 뉴스에 나왔다. 몸무게가 4kg이었고, 풍성한 머리숱과 동그란 눈, 도톰한 손가락을 꼬물거리는 모습이 신문 표지에 실렸다. 미르 마을의 우량아라고. 아버지는 신문에 난 사진을 미용가위로 잘라 이발소 거울마다 붙여놓고, 뒷걸음칠 치면서 바라보다가 고개를 돌려서 보았다가, 다시 앞으로 와서 들여다보며 미소 지었다.

"미르 마을의 인물이야! 크게 되어라!"

나는 이발소 의자에 빨래판 같은 받침대를 대고 앉아, 아버지의 이 말을 알람처럼 듣고 자랐다.

"옛날부터 아기장수는 마을을 구하고 나라를 구했단다. 너도 큰일을 하게 될 거다. 더구나 네 태몽은 용꿈이었어. 그러니 넌 아마 왕이 될 거다."

"제가요?"

나는 아버지의 말을 들을 때마다 가슴이 웅장해짐을 느꼈다. 가슴속 깊은 곳에서 용이 자라고 있는 느낌이다. 그러나 그 용은 상상 속의 용이었고, 현실은 용과는 거리가 멀었다. 나는 지나치게 평범했다. 아버지의 말과 달리 머리도 좋지 않았고, 행동도 굼뜨고, 성격도 소심하고 소극적이었다. 나는 혼란스러웠다. 집에서 아버지가 내게 심어준 생각과는 다르게 현실에선 나를 누구도 눈여겨보거나 크게 될 인물이라 생각하는 것 같지 않았다. 그래도 아버지가 들려주는 전설적인 태몽을 버릴 수는 없었다. 나는 늘 비장했다. 집안 분위기가 그렇기도 했다. 아버지는 내 방문을 조심스럽게 두드렸고, 홀아비가 된 이후에도 아침마다 거르지 않고 밥상을 차렸다.

그만큼의 정성을 먹고 학교로 향하는 아기장수, 마음은 무겁기 짝이 없었다. 아버지의 말이 진실이면 좋겠지만, 아버지의 말대로 크게 될 인물이면 좋겠지만, 현실적으로 불가능한 것을 알고 있었기 때문이다. 아무리 살펴봐도 덩치 큰 것을 제외하면 특징이 없는 것을 어쩌란 말인가. 이리 치이고 저리 치이며 아무렇게나 밀려난 짐짝 같은 느낌을 받을 때가 더 많았다. 무엇이든 할 수 있다는 말은 때에 따라 달라진다는 단서가 붙어야만 한다. 나는 무엇이든

할 수 있는 사람은 아니었다. 아버지가 그 사실을 빨리 알기를 바랐다.

중학교에 입학해 학급문고에서 발견한 『아기장수 우투리』를 보고 내 이야기인가 싶어 펼쳐 들었다. 책장을 넘기면서 나는 손에 땀을 쥐었고, 다 읽고 났을 때는 울고 싶었다. 아버지는 뭔가 잘못 알고 있는 게 확실했다. 아기장수는 비극이었다. 마을을 구하거나 나라를 구하지 못했다. 그가 영웅으로 태어난 건 맞을지 모르지만 꿈을 펴지 못하고 죽게 된 것은 어찌 보면 가난한 그의 부모와 능력 있는 자를 역적으로 몰아 죽이려는 왕과 관군 때문이었다. 이제까지 내 가슴을 웅장하게 만들었던 용의 태몽과 아기장수 이야기는 아버지의 간절한 바람을 엮어 만든 뻥이었다는 사실을 알게 되었다. 하지만 아버지에게 내색하지 않았다. 그리고 아기장수 우투리와는 다른 아기장수일지 모른다는 일말의 희망을 안고 태몽에 대한 희망을 놓지 않고 있었다.

그러던 어느 날, 태몽이 효력을 발휘하는 날이 왔다.

또래 아이들보다 뒤처졌던 내가 새로 부임한 역도 코치의 눈에 띈 것은 순전히 엉덩이 덕분이었다. 운동장에 놓여 있던 바윗덩어리를 들어올리던 탄탄하고 넓고 강한 엉덩이.

"저 엉덩이 누구냐?"

"아, 4킬로요. 아기장수예요"

"오라고 해."

여자애들의 부탁으로 바윗덩어리를 치우던 나는 걸을 때마다 허벅지가 쓸려 보풀이 일어난 체육복 바지에 신경을 쓰며 코치에게 갔다. 코치가 나를 부른다는 말을 듣고 무슨 일인가 싶어 긴장한 탓이기도 했다. 그런데 멀리서 봐도 코치는 팔짱을 낀 채 얼굴에 웃음이 가득한 모습이었다. 나쁜 일은 아닌 것 같아 안심하고 가까이 가서 고개를 꾸벅 숙였다. 유난히 검은 피부에 입이 큰 코치는 거의 어금니까지 드러나게 웃으며 말했다. 햇볕 아래 코치의 치아만 하얗게 빛났다.

"너, 역도 하자!"

그 말을 듣자 아버지의 말이 떠올랐다.

'크게 될 거다!'

이건가, 내게 온 기회가? 나는 고개를 갸웃거리며 생각했다. 아버지의 얼굴에 넘치는 자부심을 떠올리며 이게 아버지가 바라던 것인지 가늠해본다. 아닐 수도 있지만 좋았다. 나의 커다란 엉덩이와 기둥같이 굵은 다리에 반해 다리를 찔러보며 좋아하는 코치가 반가웠다. 이제껏 나의 힘은 청소하거나 필요 없는 물건을 치우던 일에 쓰였다. 그런 일 말고 내게 뭔가 그럴싸한 일을 해보자고 말한 사람은 오직 코치뿐이었다.

집까지 단숨에 뛰어간 나는 아버지에게 곧장 달려갔다. 아버지는 삼거리 슈퍼 할아버지의 쭈글쭈글한 턱에 난 수염들을 깎느라 심혈을 기울이고 있었다.

"아버지, 저 학교에서 새로 오신 역도 코치 선생님이 역도 하래요!"

"아버지 지금 일하는 중이니까 기다려라! 집중해야 한다."

누워 있던 삼거리 슈퍼 할아버지가 입을 열었다.

"아, 우리 마을에도 올림픽 선수가 하나 나오는 건가? 고놈 역도 하면 잘하겠다. 튼실하니."

"네, 역도도 괜찮지요."

아버지는 약간 실망스러운 표정으로 삼거리 슈퍼 할아버지의 면도를 끝내고 깍듯이 인사를 해서 배웅했다. 그리고 뒤로 돌아서서 내게 손짓했다.

"자세히 얘기해 봐라."

"학교 운동장에서 무거운 돌을 들어서 옮기고 있는데 친구가 역도 코치님이 오라고 했다고 빨리 가보라고 했어요. 그래서 갔더니 코치님이 저를 보시며 이렇게 입을 크게 벌리고 웃으시면서 '너 역도 하자!'라고 하셨어요."

"그래? 역도가 태몽값을 하려나? 태몽은 분명 왕이 될 꿈이었는데. 아무래도 좀 부족한데."

나는 이 기회에 아버지를 설득하고 싶었다.

"아버지, 왕이 되는 것보다 더 나을 수도 있어요. 역도를 한다고 해도 왕이 못될 것도 아니거든요. 외국에도 영화배우나 코미디언이 왕이 되잖아요. 역도 하다가 왕이 될 수도 있어요. 일단은 역도를 해보고 싶어요."

"그래? 그렇다면, 역도를 하면서도 공부는 놓지 마라."

공부라니. 아버지는 현실을 너무 모른다. 모르는 건지 무시하는 건지 알 수 없었던 나는 그냥 "알겠습니다!"라고 대답했다. 학원에 가지 않고 학교에서만 공부해서 상위권에 들긴 어렵다. 그나마 시골 마을이라 공부를 못해도 드러나지 않을 뿐, 절대로 내가 잘하는 공부는 아님에도 불구하고 모른 척 그렇게 말한다. 그래도 나는 다행이라 생각했다. 아버지가 안 된다고 할까 봐 걱정했었다.

세상의 모든 아버지는 허무맹랑한 꿈을 꾸는 걸까. 나는 궁금했다. 아버지가 아들인 나를 빌어 꾸는 꿈의 대가로 내가 날마다 잠자리에 들 때마다 느끼는 불안과 두려움을 아버지가 짐작이나 하고 있는지. 아버지의 무지함이라면 불쌍한 노릇이고, 알면서도 그런다면 나에겐 너무나 가혹한 처사 아닌가. 무엇이 됐건 나는 좀 억울하다는 생각을 하며 이불 속으로 들어갔다. 이젠 나도 아버지의 꿈에서 벗어나 평범해질 수 있다. 왕의 꿈에서 역도 국가대표 선수로 내려왔으니.

역도를 시작하고 운동의 강도가 심해질수록 아버지와 마주칠 때마다 허리가 묵직해졌다. 역도부에서 연습을 끝내고 온 날 국가대표 선수가 그리 쉽지 않다는 것을 알게 된 절망감 때문이다. 나는 아버지를 위해서라기보다는 나를 위해서 바벨의 무게를 올리고 싶었고, 몸의 근력을 탄탄하게 키우고 싶었다. 거의 모든 시간을 연습하는 것에 보냈다. 뛰면서 몸이 탄탄해지길 바랐고, 허벅지와 엉덩이를 받치고 있는 굳건한 다리를 만들고 싶었다. 날마다 연습을 거듭한 덕분에 이제 제법 허벅지와 엉덩이에 힘이 들어갔다.

굳건해진 다리를 벌리고 땅을 밀어낼 듯 선다. 그 다음 바벨을 들기 위해 허벅지와 엉덩이에 힘을 주고 배꼽을 끌어당겨 등에 붙인 후 엉덩이를 들며 바벨을 들어올린다. 코치가 단 한 번에 반해버린 자세다. 바벨의 무게가 올라갈수록 코치의 사랑도 깊어갔다. 땀에 전 내게 수건을 던져주며 코치가 말했다.

"학교 대표 선수 해보자!"

집으로 돌아가 아버지께 말했다.

"아버지, 학교 대표 선수 선발에 나가기로 했어요."

"대표 선수? 그럼 이제 올림픽에 나가는 거냐?"

"아니요. 학교 대표가 되고 난 후 도 대표로 뽑히고 국가대표가 되면 올림픽에도 나갈 수 있대요."

"아, 그래? 장하다. 열심히 해보자. 공부도 하고 있지?"

"네…."

아버지는 내게 바라는 게 많았다. 그렇더라도 노력할 거다. 무모할 정도로 많은 시간을 들여 운동했다. 물론 공부는 되지도 않을뿐더러 그럴 시간도 없었다. 역기를 들어올릴 때마다 왕이 될 태몽은 이제 국가대표가 될 태몽으로 바뀌어 무성하게 자란 풀처럼 온 동네에 퍼져나갔다. 근거가 부족한 왕이 되는 꿈에서 역도선수로 바뀐 것은 그나마 숨통이 트였지만, 여전히 나를 억누르는 것은 '국가대표'라는 타이틀이었다. 아버지가 간절히 바라고 대부분 어른이 좋아하는 타이틀, 국가대표. 가능할까?

    나는 새벽에 일어나 달리기를 시작했다. 동이 터오기까지 달렸다. 달리면서 비로소 마을을 보았다. 나지막한 시골 마을, 멀리서도 우리 집은 눈에 띈다. 빨간색과 파란색이 사선으로 휘어감은 이발소 등 때문이다. 이발소 뒤로 살림집이 연결되어 있다. 그곳에 건장하게 태어난 아들이 왕이 될 것이란 확실하진 않지만 믿고 보자는 아버지와 그랬으면 좋겠다는 아들이 산다. 자라면서 그 꿈은 이루지 못할 것을 이미 알았다. 그래도 버리고 싶지 않았다. 가슴속에 오래된 전설처럼 각인된 왕이 될 태몽. 아버지의 꿈을 이뤄줄 수 있을 것만 같은 만만한 자신감이 뛰면서 차올랐다. 마치 바람 빠진 튜브가 점점 빵빵해지는 것처럼.

    그러나 마을을 돌아 집으로 돌아올 즈음엔 다시 튜브에 바람이 빠지기 시작했다. 그 모든 거짓말을 인정하기엔 모두 잃을 것 같은 상실감이 두려웠고 새롭게 시작하자는 결의는 부풀어 오르기조차 힘겨웠다. 그럴수록 나는 훈련에 매달렸다.

    코치가 요구한 것은 한 가지다.

    "생각을 버리고 뛰어라."

    코치의 단순한 요구가 좋았다.

    "난 아무것도 아니다. 난 아기장수가 아니다. 태몽은 개뻥이다. 그러니 뛰어야 산다."

    발목에 모래주머니를 찼다. 동네를 끝없이 돌았다. 운동복에 소금기가 묻어나 허옇게 얼룩졌고, 허벅지에 쥐가 나고, 종아리가 부풀어서 방망이로 맞은 것처럼 무거웠다. 그래도 뛰었다. 코치가 요구한 가장 간단한 원칙, 생각 없이 뛰기를 충실하게 따랐다. 체력은 날로 강해지고, 손바닥은 물집이 잡혔다가 굳어지기를 반복해, 두툼하고 딱딱해졌다. 마치 거북손처럼 거친 껍질 속에 말랑한 손이 숨 쉬고 있었다. 연습 강도는 나날이 강해졌다. 연습이 나를 바꾸었다. 오랜만에 나를 만난 사람은 대체로 놀랐다.

"네가 아기장수냐? 많이 컸구나. 아주 의젓해졌어. 몸도 이렇게 단단해지고."

신기해하면서 나의 몸을 돌아보며 감탄했다. 뿌듯했다. 스스로 만들어낸 강인한 몸을 보면서 코치 덕분이라고 생각했다. 코치는 운동장에서 우연히 발견한 돌덩이 같았던 내가 나날이 변모하는 모습을 보며 흐뭇해했다.

연습을 끝내고 집으로 돌아온 나는 마루에 벌러덩 누워 팔베개하고 생각했다. 어렸을 때부터 알람처럼 듣던 아버지의 "크게 될 거다"라는 말은 사실 달콤했다. 그 말의 달콤함은 중독성이 있어서 아무런 노력도 하지 않으면서 상상만으로 크게 될 거라 믿었던 것 같다. 성공의 순간을 머릿속에 그리다 보면 정말 크게 될 것 같은 느낌이 들었다. 그러나 지금은 아니란 걸 안다. 속임수다. 개뻥이다. 믿지 말자. 그동안 수없이 들어왔던 알람 "크게 될 거다"가 어느 사이 꺼졌다. 이젠 들리지 않는다. 나는 드디어 현실로 돌아온 거다.

드디어 학교 대표선수를 선발하는 날이다. 인근 중학교에서도 구경을 올 만큼 이미 아기장수의 소문은 자자하게 퍼졌다. 그런 소문에 관한 이야기는 귀신같이 빨리 듣는 아버지는 아침부터 이발소에서 머리를 손질해주었다. 역도경기에 나가는 아들의 머리를 2:8로 정갈하게 가르고 반짝이는 헤어크림을 발라 귀 옆으로 착착 붙여놓았다. 만족해하는 아버지와 달리 울고 싶은 심정이었던 나는 학교 화장실로 달려가 머리를 감았다. 찬물로 감아선지 헤어크림은 씻기지 않았다. 그래서 몇 번이나 물기를 털어내려 때아닌 헤드뱅잉을 해서 귀가 얼얼할 정도다.

　선수 선발에 앞서 주의사항을 듣고 선발대회가 시작됐다. 모두가 '천장수'를 응원했다. 천장수, 학교대표가 되었다. 나는 코치가 손을 번쩍 들어줄 때 날아갈 듯 기뻤다. 두 손을 불끈 쥐고 코치를 향해 감사의 인사를 했다. 아버지는 멀리서도 들릴 만큼 장수가 내 아들이라며 원래 태몽은 왕이 될 꿈이었다고 사람들에게 말하고 있었다. 사람들은 고개를 끄덕였고, 축하한다고 어깨를 토닥였다.

　"기운 센 아들을 둬서 좋겠어. 이발사는."

　이발사, 이발사에 대한 자부심이 넘치던 아버지가 머리가 산발이 된 아들을 발견한 건 그때였다.

　"아니, 머리가 왜 저렇게 됐지? 아침에 내가 멋있게 스타일을 만들어줬구먼."

　"아, 운동하다 보니 헝클어졌겠지 뭘. 운동하는 놈들이 머리에 기름 바른다고 붙어 있나?"

아버지가 머릿기름을 들고 쫓아올까 봐 조마조마했던 나는 서둘러서 단상을 내려갔다.

"이제 내일부터는 도 대표 선발대회 준비해야 한다. 손이 거북이처럼 두꺼워지도록 연습해라. 알겠나? 명심해라! 코끼리 다리가 되도록 뛰어라."

"네. 코치님!"

아버지는 연신 나의 헝클어진 머리를 못마땅해 했지만, 자전거에 태우고 쌀가마니보다 무겁다면서도 좋아하며 집으로 갔다. 그날 저녁 돼지고기를 두툼하게 썰고 양파와 파를 듬뿍 넣어 빨갛게 버무려 구워주었다. 아버지는 어쩌면 알고 있는지도 몰랐다. 그의 아들 천장수는 왕이 될 감이 아니라는 걸. 그러면서도 알람처럼 누누이 일러주는 것은 없는 놈은 자신감이라도 있어야 한다는 굳건한 믿음 때문인지도 몰랐다.

연습은 계속되었다. 한번 열린 몸은 이제 나날이 성장해 나갔다. 나는 역도경기 준비를 하면서 키가 7cm나 컸다. 힘도 폭발적으로 커졌다. 코치마저도 놀랄 정도로. 이제 나의 힘은 누구도 감당할 수 없을 경지에 이르렀다. 도 대표 선발대회를 얼마 앞두고 교장 선생님이 교장실로 불러서 나를 바라보며 놀란 표정을 지었다.

"이야, 몸이 이렇게 변할 수도 있나? 부러운데. 정말 부러워. 이번 대회 잘해! 정 코치 아이들 좀 잘 먹여."

"네, 감사합니다. 교장 선생님!"

코치는 교장 선생님이 준 봉투를 받아들고 도 대회를 준비하는 아이들을 모두 데리고 읍내로 나가서 고기 파티를 했다.

"뭔 일이야?"

"우리 애들 맛있게 해주세요! 내일 대회 나가요."

나는 도 대표 선발대회에 맞춰 하루하루 준비했지만, 막상 내일이라 생각하니 불안했다. 나의 불안을 눈치 챈 코치는 내 밥 위에 쉬지 않고 고기를 올려주었다. 나는 눈물을 흘렸다. 코치에게 과분한 사랑을 받고 있다고 생각하니 대회에 나가 꼭 도 대표로 선발되어야 할 것 같은 부담감이 가슴을 조여 왔다.

그날 밤, 화장실에 들락거리느라 잠을 설쳤다.

아버지는 그가 화장실에 드나들 때마다 코치 욕을 했다.

"내일이 대흰데 뭐 한다고 내내 가만있다 오늘 고기를 먹여. 화장실 다니느라 잠도 못 자게. 허어, 그것 참. 코치가 왜 그 모양이야."

다음 날 아침 나는 일찌감치 일어나 학교로 갔다. 운동장엔 버스가 대기하고 있었다. 버스를 타고 시청 앞 종합운동장으로 향했다. 버스 안에는 떡과 과일이 간식으로 준비돼 있었고, 아이들은 이것저것 갖다 먹느라 바빴다. 나는 어젯밤부터 속이 좋지 않아 먹지 않았다. 마음을 다잡느라 바빴다. 마음을 안정시키고 그동안 닦은 실력을 보여주기 위해 심호흡을 하며 머릿속으로 끝없이 연습했다.

발을 땅으로 밀어내면서 엉덩이를 뒤로 쭉 빼서 허벅지와 엉덩이에 힘을 주고 엉덩이의 힘으로 일어난다. 바벨은 다리 앞에 수평으로 놓아야 하고 손바닥이 밑으로 향하게 바벨을 잡고 다리를 벌렸다 구부린다. 어깨까지 끌어올린다.

수십 번을 그려내며 종합운동장까지 왔다.

아버지는 이발소 문을 닫고 경기장으로 왔다. 반듯하게 2대 8로 가른 가르마 사이로 햇빛이 줄지어 선 오후였다. 나는 역기 앞에 섰다. 가슴이 단단해지고, 허벅지와 엉덩이에 힘이 차올랐다. 그 힘은 세포 하나하나를 부풀리고 응집시켜 단단하게 만들었다. 지면을 밀어내며 다시 한 번 힘을 모았다. 바벨은 다리 앞에 수평으로 놓여 있다. 손바닥이 밑으로 향하도록 해 바벨을 잡고 다리를 벌렸다 구부린다. 어깨까지 끌어올린다.

'아, 심봉이 가슴에 닿았다. 이럴 수가. 탈락이다.'

나는 마지막까지 바벨을 정성스럽게 내려놓았다. 그때 온몸을 지배했던 긴장감이 사라지고 얹혀 있던 돼지고기가 끄억하고 내려갔다. 해방감이 찾아왔다. 비로소 '아기장수'라는 그림자를 벗어날 수 있다고 생각하니 탈락이 오히려 기뻤다. 나는 태몽이 개뿔이란 걸 증명해 보인 느낌이었다. 이젠 노력하며 살면 된다. 운명 따윈 없다. 아버지가 이 사실을 인정하길 바랄 뿐이다.

아버지는 어이없는 목소리로 말했다.

"어젯밤에 밤새도록 화장실 드나들더니 힘이 빠졌구먼. 시합 전날 돼지고기는 왜 먹여가지구. 쇠고기나 되면 말을 안 해…."

아버지의 말에 코치는 고개를 들지 못했고, 아쉬워했다.

"괜찮아. 내년에 다시 하면 돼. 넌 크게 될 거다."

코치의 말을 듣는 순간, 차오르던 힘이 맥없이 빠졌다.

"크게 안 되고 싶어요."

"뭐라고?"

운동장에 마른 먼지를 일으키며 달려온 구형 BMW에 코치와 내 목소리가 바퀴 사이로 말려 들어갔다. 아버지가 타고 있었다. 아버지는 턱으로 차를 가리켰다. 그날 우리는 BMW를 타고 종합운동장을 밤새도록 돌고 돌았다. 아버지가 틀어놓은 노래는 '무조건' 달려간다는 트로트였는데 계속 듣다 보니 눈물이 났다. 누군가를 위해 무조건 달려간다는 말은 얼마나 가슴이 따뜻해지는 말인가.

아마도 아버지는 아버지로서의 부족함을 태몽으로 보충하려 한 지도 몰랐다. 그 감정이 무조건 달려간다는 노래에 이입되어 아버지는 목이 터지라고 무조건을 외쳤다. 아무리 무조건 달려와도 모든 일에는 한계가 있는 법. 나는 몸의 기량을 키웠지만, 기술은 아직 부족했던 거다. 아직 어린 나를 내년에 꼭 선수로 만들겠다며 코치와 아버지는 얼싸안았다.

다음 날 아침 해장국을 먹고 빌려온 구형 BMW를 반납했다. 돌아오는 길은 멀었다. 버스를 두 번 갈아탔다. 인생에 단 한 번뿐인 대회인데 기죽이고 싶지 않았다며 버스에 탄 모든 사람에게 떠벌리는 아버지가 창피하지 않았다. 내 어깨에 기대서 코를 골고 있는 코치를 위해서 어깨를 낮춰주느라 다리가 앞에 있는 의자 밑으로 쑥 들어갔다. 버스가 덜컹거리며 미르마을 입구에 들어서고 있었다.

꿈과 희망의 미르마을이란 빛바랜 현수막을 지나 버스정류장에 내려선 아버지는 코치에게 점심을 먹으러 가자고 했고, 코치는 난

감해했다. 아버지에게서 벗어나고 싶은 게 역력해 보였다. 내가 아버지의 허리를 감싸 안으며 집으로 이끌었고, 코치가 희고 흰 이를 드러내며 웃어주었다.

"오늘만 쉬고 내일부터 다시 훈련 시작이다!"

"네!"

나는 아버지와 걸으며 생각했다.

나는 아기장수가 아니다. 후련했다. 그동안 아버지가 들려준 헛된 이야기를 버리지 못해 아닌 걸 알면서도 믿어 보려 애썼던 나는 이제 비로소 가벼워졌다. 우투리의 겨드랑이에 났다던 날개가 내게 돋친 기분이다. 그리고 난 아마 진짜 장수가 될 거다. (51장)

가설들

—성냥팔이 소녀 재구성—

이미옥

눈이 내렸다. 수많은 발자국이 지워졌다. 자동차 바퀴 자국이 다시 내린 눈 위에 선명하게 찍혔다. 소란한 사람들의 말소리와 발소리가 하얗게 내린 눈을 침범했다. 도로는 거대한 드라이아이스 같았다. 그 거리는 경기가 좋은 시절엔 하늘에 둥실 떠 있는 애드벌룬처럼 한껏 들떠 있는 거리였다. 사람들이 휴일마다 쏟아져 나와 햇빛 아래 줄지어 서서 맛집을 찾아다니거나 카페에 앉아 커피를 홀짝이거나 갖가지 포즈로 사진을 찍으며 도시를 즐겼다. 거리마다 꽃을 팔고 길거리 음식이 넘쳐나던 시절이었다.

그러나 몇 년 새 거리는 조용해졌다. 절대로 죽지 않고 변이를 거듭하는 강력한 바이러스 때문이기도 하고 그로 인한 경기침체로 사람들의 삶이 팍팍해진 탓이기도 했다. 크리스마스가 되어도 작년에 썼던 트리를 그대로 쓸 정도로 도시의 색은 점점 화려함과는 거리가 멀어지고 있다. 사람들의 얼굴에도 그늘이 내려와 한겨울의 잿빛 하늘만큼이나 어두웠다. 그들의 얼굴엔 웃음이 사라지고 거리를 걸을 때도 땅바닥만 보고 걷는 사람들이 많았다. 그 썰렁한 거리에서 아무도 모르게 한 소녀의 생명이 기울어가고 있었다. 사람들이 새해를 축하하며 얼싸안던 그해의 마지막 밤이었다.

새해 첫날, 그 거리에서 나뭇가지가 뻗어나간 것 같은 골목길에서 얼어 죽은 소녀가 발견됐다. 방송과 신문, 각종 언론매체에서 찾아온 사람들이 그 골목을 메우고 있었다. 소녀의 시신이 수습되었다. 누가 보기에도 얼어 죽은 것이 분명했다. 소녀는 그 도시에 하나밖에 없는 종합병원 영안실로 옮겨져 살아서도 추웠던 삶을 죽어서도 냉동실에서 가족을 기다리게 되었다. 소녀의 가족이 나타날 때까지는 어쩔 수 없는 일이었다.

"그 소녀를 봤어요."

"아마 모자도 쓰지 않고 맨발이었지요?"

"그랬던 거 같아요. 너무 추웠기 때문에 그 소녀를 보고도 걸음을 멈출 수 없어서 종종걸음으로 걸었어요. 그래서 자세히 보진 못했어요. 자세히 보았나요?"

"저도 너무 추워서 정신이 나가서 걸었어요. 알았더라면 뭐라도 도왔을 텐데 안타깝네요."

"도대체 왜 한쪽 슬리퍼만 신고 그 추운 날 눈길을 헤맨 걸까요?"

"모퉁이에서 마주쳤을 땐 양쪽 신발은 신고 있었던 거 같아요. 어른 슬리퍼였던 거 같아요."

"쯧쯧 신으나 마나겠군요."

"그마저도 잃어버린 걸까요?"

"빼앗겼을 수도 있지요."

"맞아요. 이 세상엔 소녀의 것을 빼앗을 정도로 나쁜 사람도 얼마든지 있어요."

"그렇지요."

그때 백화점의 지점장이 출근하던 길에 지하주차장으로 들어가지 않고 내렸다. 지점장은 백화점 입구 맞은편에 있는 맛집 골목을 흘깃 쳐다봤다. 그는 직원들과 건널목을 건너 레스토랑이 있는 골목으로 들어와 가볍게 묵념을 하고 굳은 표정으로 돌아서서 삼삼오오 서 있는 사람들을 향해서도 가볍게 인사를 하고 왔던 길을 되돌아가 백화점으로 들어갔다. 그를 따르던 그의 직원들이 대형 가스난로를 들고나와 사람들이 모여 있는 곳에 놓아주었다. 지점장님의 지시라며 놓고 간 난로에 사람들이 모여들었다. 소녀의 이야기를 다시 이어갔다.

"그 애 얼굴 봤어요?"

"아니요. 차마 볼 수가 없어서 눈을 감았어요."

"전 발도 겨우 봤어요. 도저히 볼 수가 없었어요."

"그렇죠? 만약 눈을 마주치면 밤마다 꿈을 꿀 것 같아서 볼 수가 없더라고요."

"최초 목격자가 누구죠?"

기자라는 남자가 그녀들 사이를 비집고 들어와 물었다.

그녀들 중 노란색 패딩 코트를 입은 여자가 손을 들었다.

"기억나는 대로 소녀에 관해 이야기해주세요."

남자가 휴대폰 녹음기능을 켜자 여자가 말했다.

"헐렁한 후드 티셔츠를 입었는데 기모였던 거 같아요. 정확하진 않지만, G로 시작하는 영어글자가 새겨져 있었고 바지도 보풀이 일어난 기모 바지였어요. 그리고 삼선슬리퍼를 한 짝만 발에 꿰고 있었어요."

"다른 건요? 혹시 얘기도 해봤나요?"

"너무 추워서 말할 엄두가 나지 않아 지나쳐 갔어요. 이럴 줄 알았으면 말을 붙여보는 건데 제가 너무 무심했던 것 같아요."

그녀의 곁에 서 있던 여자가 말했다.

"그 애가 기어들어 가는 목소리로 '꽃 사세요'라고 말한 거 같아요."

"맞아요. 장미꽃, 시든 장미꽃을 대여섯 송이 들고 있었어요. 그렇죠?"

"아, 그런 것 같기도 해요. 꽤 자세히 봤네요. 전 빨리 지나가느라 못 봤어요."

두 여자는 눈을 마주쳤다.

"또요?"

남자는 주변을 둘러보며 물었다.

그들 주위로 더 많은 사람이 모였다. 동그랗게 모여선 사람들이 여자들의 입만 쳐다보고 있었다. 얼어붙은 빙산처럼 보였던 백화점 건물이 가느다란 겨울 햇볕에 살짝 녹아내리기 시작했다.

"그 애는 가끔 이 골목을 돌아다녔어요."

그때까지 뒤에서 지켜보고 있던 다른 여자가 말을 시작했다. 모두 그녀 주변으로 모여들었고, 시선이 집중됐다.

"그렇다면 그 애가 이 근처 사나요?"

"거기까진 모르겠고요. 이 골목은 맛집이 많아서 데이트 명소예요. 그 애는 연인 사이를 다니며 꽃을 팔았어요. 꽃은 늘 장미꽃이었는데 아마도 화원에서 팔다 남은 걸 얻어오는 거 같아요. 언제나 시든 꽃만 팔았죠."

"그걸 누가 사던가요?"

"우리라면 어림없겠지만 여자들이 소녀를 보고 '어머, 불쌍해라.' 라고 하면 남자들은 대부분 꽃값을 주고 꽃은 그냥 가져가라고 말하곤 했지요. 연인에게 인간적인 모습을 보여주고 싶은 거겠죠."

"아, 그랬군요. 평소에도 이 거리를 다녔던 아이네요."

"저도 그 애 알아요."

구경꾼 중에서도 한 여자가 나섰다.

이번엔 모든 사람이 그녀에게 시선을 돌렸다.

"우리 가게가 요 앞이에요. 포차예요. 그 애가 가끔 우리 가게에서 남은 음식물을 얻어가곤 했어요. 이상한 건 남은 안주보다 남은 술을 더 챙겼어요."

"술이요? 그 애가 술을 마셨나요?"

"그건 아닌 거 같고, 아버지가 주정뱅이 아닐까요?"

사람들이 고개를 끄덕였다.

그들은 어린 소녀가 보호자 없이 거리를 헤매고 다니고 먹을 것이 없어 남은 음식을 얻어갔다면 분명 그 집의 가장은 술주정뱅이거나 폭군일 거로 생각했다. 그런데 주변을 둘러봐도 어디든 아파트단지뿐인데 소녀와 아버지는 도대체 어디에 사는 걸까. 그들이 살 만한 곳이 어딘지 찾고 있었다. 사람들은 단체로 수수께끼를 풀듯 자리를 떠나지 못했다.

그때 갑자기 한 여자가 울음을 터트렸다.

"그 애가 내게 뭔가를 내밀었는데 손으로 획 뿌리쳤어요. 너무 놀랐거든요. 그게 꽃이었나 봐요. 세상에, 그때 그 애를 좀 더 자세히 봤더라면 꽃을 사주고 따뜻한 밥도 한 끼 사줬을 텐데. 너무 마음이 아파요."

"우리 모두 그랬어요. 너무 슬퍼하지 마세요."

여자들은 그녀에게 다가가 토닥이며 위로했다.

"맞아요. 나도 기겁해서 달아났어요. 그날 날씨가 너무 추워서 아무 생각 없이 빠르게 걷다 보니 나를 잡는 손이 무서웠던 거에요"

"그 애에게 누군가 작은 도움이라도 주었더라면, 그러니까 얼마라도 주었더라면 그 소녀는 죽지 않았을까요?"

"아니, 누군가 신고라도 했으면 경찰이 데려가지 않았을까요?"

"어제는 정말 추웠어요. 그 추위가 잠깐의 여유도 앗아간 거예요."

"얼마나 춥고 배가 고팠을까요. 가엾은 소녀!"

남자가 여자들 사이로 끼어들어 말했다.

"자, 더 보시거나 기억나시는 분 안 계세요? 사소한 거라도 좋아요."

"궁금한 게 있는데 물어봐도 되나요?

남자가 고개를 끄덕이자 여자가 말했다.

"그 애의 가족이 안 나타나면 그 애는 어떻게 되나요?"

"무연고자로 지자체에서 장례 치러 줄 겁니다."

"다행이네요."

"그러게요. 고통스러운 삶을 산 그 애의 영혼을 위로해주고 싶네요."

"소녀가 발견되었을 때 소녀의 긴 머리카락 위로 눈꽃이 피어 있었대요."

"그런데 그 소녀가 마지막까지 보았던 것은 어떤 가족의 외식 풍경이었을 것 같아요. 바로 레스토랑 앞이었거든요."

"한 해의 마지막 날, 가엾은 소녀가 춥고 굶주릴 때 우리는 반소매 차림으로 저녁을 먹고 있었던 거네요."

"미안하네요."

"따뜻한 한 끼의 식사가 간절했을 소녀에게 밥 한 끼를 대접하고 싶어요."

"이미 죽고 없는 소녀에게 저녁이 무슨 소용이 있겠어요."

"그래도 떠나는 영혼이 덜 춥고 덜 외로웠으면 좋겠어요."

"그 애는 현실의 성냥팔이 소녀였네요. 쯧쯧. 우리가 이웃에 더 많은 관심을 가져야 해요. 정말 이대로 가면 안 되겠어요. 사람 사는 세상에 이렇게 온기가 없어서야 아이들의 미래가 걱정되네요."

"가까이 있었더라면 도울 수 있었을 텐데."

"담요라도 주고…."

"따뜻한 국물이라도 줄 수 있었을 텐데."

"우린 너무 멀리 있었지요?"

"그렇지요."

그때 주위가 소란해지면서 우는 소리가 들렸다. 사람들이 하나둘 그곳으로 갔다. 백화점에서 설치한 대형 트리 앞에 그 남자는 쓰러져서 울었다.

"누가 내 딸을 죽였어?"

"어머, 그 애의 아버지인가 봐요."

"내 딸이 왜 죽어 갑자기. 내 착한 딸이 왜 죽냐고. 이건 분명 타살이야."

"애가 옷도 제대로 안 입고 한겨울에 슬리퍼를 신고 나왔던데…."

"뭐라고요? 그럴 리가 없어요. 집에서 나갈 땐 코트도 입고 부츠도 신고 나갔어요. 누가 **빼앗아간** 게 틀림없어요. 범인을 찾아주세요."

남자의 말에 신빙성이 느껴지지 않았다. 수세미 같은 머리에 씻지 않아 피부색이 거뭇거뭇했고, 술에 절어 살았던 흔적이 역력한 눈빛과 매무새가 그 남자가 소녀의 아버지라는 걸 한눈에 알아볼 수 있었다. 사람들은 그 남자를 보면서 소녀가 저런 아버지 밑에서 갖은 고생을 다 하며 살았을 걸 생각하며 눈물을 훔쳤다.

"경찰서로 가보시오. 딸애가 있는 곳을 알려줄 거요. 근데 어쩌다 이 지경이 되어 아이까지 얼어 죽게 만든 거요?"

"뭐야? 이 자식이 지금 뭐라고 헛소리를 지껄이는 거야. 내 딸이나 내놔. 네놈이 죽였냐?"

비틀거리며 달려들자, 남자는 벌레 떼어내듯 물리쳤다. 손을 털고 일어나 그를 내려다보며 말했다.

"부끄러운 줄 알아야지, 뉘우침이 없어. 딸을 죽게 만들어놓고, 아비라는 작자가."

소녀의 아버지는 바닥을 엉금엉금 기어 겨우 몸을 추스르고 일어나 비틀거리며 경찰서가 있는 방향으로 걸었다. 걸어가면서 이제까지 한 번도 들어본 적 없는 욕을 해댔다.

"가마솥에 욱여넣고 삶아 죽일 놈들. 내 딸을 죽이다니. 내 딸을 죽였어. 내 딸을. 내 소중한 딸을."

백화점 앞 골목에 모여 있던 사람들은 새해에 큰 액땜한 셈 치자며 하나둘 흩어졌다. 그중 한 여자가 울먹이며 말했다.

"우리 모두의 책임이에요. 그 애를 못 본 것, 보고도 지나친 것이 그 애를 어린 나이에 얼어 죽게 한 거예요."

"맞아요. 저는 가까이 있었지만, 너무 가까워 발견하지 못했어요.

상상조차 할 수 없었으니까요."

"그 추운 날 어린 소녀가 밖에서 떨고 있을 거라 누가 상상이나 했겠어요? 우리 모두 그래요."

"맞아요! 상상하기 쉽지 않아요. 우리들의 눈은 볼 수 있는 게 한정되어 있어요. 가까우면 가까운 대로, 멀면 먼 대로 말이죠."

"소녀가 레스토랑의 불빛을 볼 때 조금이라도 따뜻했을까요?"

"아마 상상했겠지요. 간절히 원했을 거예요. 간절히 원하면 현실처럼 느껴진다던데. 그렇게 상상하면서 죽었을지도 모르죠. 너무 가엾어요."

"가엾네요!"

"그럴수록 레스토랑 안에서 식사하는 가족의 모습이 잘 보였을 거예요. 소녀의 마음이 어땠을까요?"

"그 창문 아래 식탁엔 스테이크와 피자, 케이크, 샐러드와 과일들이 있었어요."

"그 소녀의 눈에 그 음식들이 어떻게 보였을까요?"

"생각만 해도 마음이 아프네요."

"크리스마스트리가 반짝이는 창문 앞이었지요."

"네. 그렇대요."

"그날 저녁 늦게 퇴근하는데 별 하나가 유난히 슬픈 빛으로 저를 따라왔어요. 소녀였을까요?"

"별이요?"

"별이 지면 누군가 하늘나라로 떠난다잖아요."

"그 소녀였을지도 모르겠네요."

"소녀는 별이 된 게 틀림없어요!"

"그렇게 아름다운 크리스마스트리 앞에 그렇게 맛있는 음식이 가득한 레스토랑 앞에서 그렇게 추운 겨울밤에."

"어린 소녀가 이 세상을 떠나가고 있는 것을."

"우리는… 아무도… 몰랐네요…."

"이 모퉁이에서 시든 장미를 손에 든 채로."

"우리, 떠난 소녀를 잊지 않기 위해 동상을 세워요."

"그래요."

"그게 좋겠어요."

"후원회도 만들고요."

"네. 좋은 생각이에요."

"사람들이 잊지 않도록."

"그리고…."

"다시는…."

"이런 일이…."

"반복되지 않도록…."

그녀들은 결연한 표정으로 서로를 감싸 안으며 이 도시에서 얼어 죽은 소녀를 위해 무언가를 하는 자신의 모습을 보여주고 싶었는지 모르겠다. 그 레스토랑 앞에는 소녀를 추모하는 꽃다발과 소녀에게 줄 음식들이 줄줄이 늘어섰고, 그날 저녁 뉴스에서 다시 그 소식을 들었다.

"새해 첫날 안타깝게 죽은 어린 소녀의 소식이 들어왔습니다. 소녀는 A시의 번화한 거리에서 오늘 아침 차가운 시신으로 발견되었습니다. 발견 당시 소녀는 시든 장미꽃을 끝까지 놓지 않고 있었고, 얇은 옷에 슬리퍼도 한 짝만 신고 있었다고 합니다. 소녀는 인근 주민들의 증언에 따르면 그 거리에서 자주 꽃을 팔며 구걸을 했던 것으로 밝혀졌고, 음식점 주인의 말에 따르면 술과 남은 음식을 얻어갔다고 합니다. 그 소녀의 유일한 가족인 아버지는 알코올중독 증세를 보여 죽은 소녀의 보호자이지만 적절한 양육이 이루어지지 않고 아동학대 정황도 발견되어 조사 중이라고 합니다."

사람들은 그들이 사는 A시에 이런 끔찍한 사건이 일어났다는 사실에 경악했고, 도시의 이미지 쇄신을 위해 반드시 소녀의 추모회를 만들어 반성하는 자세를 보여주어야 한다고 결의했다. 소녀는 새해 첫날부터 각종 뉴스를 장식해 어린 소녀의 새해 첫날 죽음에 대해 자세히 다뤘다. 아동학대 처벌 강도를 높여야 한다는 전문가의 진단과 복지의 사각지대에 있는 약자들을 관리할 새로운 부서를 만들어야 한다는 전문가의 따끔한 일침이 연일 계속되자 정치권에서도 관심을 가지고 여야의 대표 의원들이 바쁘게 다녀갔다. 소녀가 마지막 밤을 지낸 레스토랑은 소녀를 추모하기 위해 3일간 영업을 하지 않고 레스토랑을 장례식장으로 제공했다. 전국에서 소녀의 넋을 위로하기 위해 찾아왔고 레스토랑에서는 따뜻한 차를 무료로 대접하고, 죽은 소녀와 같은 처지에 있는 소년 소녀를 돕기 위해

기부금을 모았다. 3일간 6천여만 원이 모였다고 뉴스에서 전했다.

A시의 시민들은 다시는 A시에서 이런 일이 발생하지 않도록 해야 한다며 기부금으로 소년 소녀 가장을 도왔다. 새해의 훈훈한 소식으로 뉴스의 헤드라인을 장식했다. 한 사업가는 소녀의 죽음을 기리기 위해 소녀의 뼛가루를 다이아몬드로 만들어 소녀를 추모하고 이웃에 대한 무관심을 반성할 수 있도록 레스토랑의 벽에 다이아몬드가 된 소녀를 상시 전시하는 것을 제안했다. 사람들은 생소한 인간 다이아몬드에 관심을 가졌다. 소녀의 유골에 높은 열과 압력을 가해 불순물을 제거하고 가공하면 검푸른 다이아몬드가 나온다고 한다. 소녀의 아버지는 다이아몬드를 탐냈지만, 아동학대로 처벌받을 수도 있는 자신의 처지에 반성하는 자세를 보여주어야 했다. 눈물을 뚝뚝 흘리며 고맙다는 말만 했다. 그래서 소녀의 유골은 다이아몬드 제작사로 보내졌다.

이 일이 화제가 되어 장례문화에 대한 토론까지 이어졌는데 며칠 만에 죽어서 다이아몬드가 되고 싶다는 사람이 늘어나 우리나라의 장례문화 변화에도 일조했다는 의미를 부여했다. 또 하나 다이아몬드가 된 소녀를 레스토랑 벽면에 전시하는 것이 옳은가에 대해서도 갑론을박이 오갔다. 모든 사람이 볼 수 있으려면 시청 앞 광장에 설치하는 것이 좋지 않겠냐는 의견과 소녀가 떠난 장소인 레스토랑에 설치되어 사람들이 찾아와 꽃도 주고 추모도 이어가는 게 좋다는 의견으로 갈렸다. 그 와중에 레스토랑에서는 그 소녀의 아버지가 모든 조사를 마치고 나오게 되면 일자리를 제공해주어 인간다운 삶을 살도록 돕겠다고 해서 다이아몬드 전시는 레스토랑에 하는 것이 더 의미가 있다는 의견을 지지하는 쪽이 늘어났다.

이렇게 해서 소녀의 사후 거취문제가 정리되었다.

모두 다 해피엔딩이다. 다만 소녀도 행복할지 궁금해진다. 소녀는 죽어서 다이아몬드가 되기보다는 살아있는 동안 행복했어야 한다. 그러나 누구도 그런 말은 하지 않았다. 소녀를 다이아몬드로 만들어준 기업인이 조명되고 장례문화에 대한 개선으로 이어지더니 소녀의 아버지 갱생을 도운 레스토랑 사장이 유명인이 되어 휴일이 되면 레스토랑 앞에 줄이 길게 늘어섰다.

새해를 맞이하고 소녀의 죽음으로 얼룩진 1월이 가고 2월이 왔을 때는 거의 모든 사람이 소녀의 일을 잊었다. 그들은 아마 다이아몬드가 된 소녀가 있는 레스토랑을 지날 때 소녀를 떠올릴 것이다. 이 도시에서 똑같은 사건이 벌어져도 사람들은 별로 놀랍지 않을 것이다. (48장)

숨바꼭질

정명숙

　요양원에서 나온 후, 내가 제일 먼저 가고 싶은 곳은 '요술램프'였다. 그 헌 책방에 가면 그동안 굶주렸던 영혼의 곡기를 채울 수 있을 것만 같았다. 요양원에서 근무하는 동안 나는 책을 제대로 읽지 못했다. 책만 못 읽은 것이 아니고 나무도 꽃도 제대로 구경하지 못하고 몇 달이 후딱 지나버렸다.

　요술램프의 출입구에 들어서면 이름만 들어도 알 수 있는 소설가나 시인들의 초상화 옆에, 그들 작품 속 문장들이 보인다. 출입구에서 책이 진열된 책장이 있는 곳까지 가려면 계단실을 내려가야 하는데, 그 계단실 벽면의 초상화 그림과 독특한 글씨체로 써진 문장들이 나는 좋았다. 오랜만에 찾아간 그 서점 출입문을 열었다. 한용운, 윤동주, 백석, 이해인 시인들의 시 몇 구절이 시야에 들어왔다.

순간 나는 상쾌한 향기를 느꼈다. 그 향기는 나의 후각기관과 상관없이, 시를 읽음과 동시에 뇌 속 깊은 곳에서 바람 불듯 회오리치며, 내 머릿속을 온통 환기시켜 주는 신선한 그 무엇이었다.

문득, 나를 행복하게 해주는 향기를 누린다는 것은, 무언가를 외면하고서야 얻어지는 것일까, 어쩌면 소설 『오멜라스를 떠나는 사람들』에서 오멜라스를 떠나는 사람들도 이런 느낌을 가지지 않았을까, 하는 생각을 하다가 고개를 저었다.

'당치않아. 그들이 오멜라스를 떠나는 것은 그들의 속된 행복을 떠나는 것이겠지. 오멜라스에서 누리는 행복과는 다른, 고통과 불편을 감수하고라도 떳떳한 행복을 찾고 싶어 떠났을 거야.

나는 떠나는 사람이 아니고, 오멜라스에서 울부짖는 아이의 입장인지도 모르잖아.

아니야, 어쩌면 커다란 오멜라스 안에 있는 작은 오멜라스를 떠났는지도 몰라.'

'그만해. 난 요양원이라는 직장을 그만둔 것뿐이야.'

나는 생각의 꼬리를 자르고, 빠른 걸음으로 모니터 앞으로 갔다. 어떤 책을 검색할지 미리 정하고 서점에 온 것은 아니었다. 이해인 시가 있는 시집을 검색하여 찾고, 그 시집 옆에 있는 나희덕 시인의 시집도 같이 들고는, 다소 설레며 테이블로 향했다.

그때 주머니 속 휴대폰이 강하게 떨렸다. 조용한 서점 안에서 휴대폰 진동소리는 크다고 느껴졌다. 서둘러 꺼내보았다. 경자 씨다. 나는 어제 밤샘 근무를 하고 아침에 퇴근하며, 오늘 출근한 경자 씨가 내 뒤를 이어 러브하우스에 들어가지 않았는가. 경자 씨가 왜 전화했을까.

잠시 망설였다. 받고 싶지 않았다. 자동으로 입력되는 문자를 선택했다. '지금은 전화를 받을 수 없습니다. 문자 주시기 바랍니다.'

테이블 앞에 앉았다. 이해인 시를 읽었다.

어젯밤 요양원 일이 책의 글자보다 더 크게 눈앞에 어른거린다. 경자 씨 전화가 마음에 걸린다. 문자가 왔는지 휴대폰이 짧게 떨렸다. 볼까 말까 하다가 그만두었다.

내가 요양보호사로 일을 시작할 때만 해도, 요양원에서 정년퇴직할 때까지 근무할 생각이었다. 보육교사로 취업하기 위해 열군데도 넘게 이력서를 내었지만, 나이 탓인지 연락이 없었다. 나이 오십이 넘은 사람을 굳이 채용할 필요가 없을 것이라는 생각이 들었다. 요양보호사로 오랫동안 일한 성당교우 마리아의 권유도 있었지만, 내가 요양원에서 직접 일을 해보아야 할 나름의 이유도 있었기에, 마리아가 다니는 H요양원에 취업하기로 하였다.

그 요양원은 내가 사는 동네에서 버스로 한 시간이나 걸리는 곳에 있다. 내가 요양보호사로 일한다는 것을 이웃들이 아는 것이 싫었고, 마리아와 같은 요양원에 있으면 뭔가 더 나을 것이라는 생각에, 멀어도 그곳을 택했다.

요양보호사 채용 시험 면접관은 요양원의 부원장이었다. 깔끔한 정장차림에, 머리카락은 땋아서 한 쪽 어깨 앞쪽으로 늘어뜨린 부원장의 모습이 이상하게 보이지 않는 것은, 갸름한 얼굴에 오뚝한

콧날 때문일 거라는 생각을 하였다. 부원장의 질문은, '주임도 뽑고 있는 중인데, 주임이 아니고 요양보호사를 선택한 것이 맞는가, 적어도 일 년 이상은 근무할 수 있는가' 하는 두 가지였다. 그 두 가지 질문 외에는 더 묻지 않고

"웃는 얼굴모습이 좋으네요."

라는 말로 면접이 끝났다. 그러고 보니 그녀는 얼굴에 웃음기 하나 없었고, 이마에는 세월이 지나며 남긴 고운 주름 몇 개가 보였다. 요양원 경력이 없는 사람에게 주임 운운하는 것은 아마도 내 이력서에 기재된 사회복지사 2급 자격증 취득 내용을 보았기 때문일 거라는 생각을 하였다.

며칠 뒤부터 나는 요양원으로 출근했다.

요양원은 건물의 3, 4, 5, 6층을 사용하였고, 내가 일하는 3층에 40명, 마리아가 일하는 4층에 40명의 환자가 입소하여 있었다. 3층 내부는 학교 교실처럼 긴 복도 한쪽에, 네 명씩의 침대가 있는 방이 301호부터 310호까지 열 개의 방이 있다.

복도 다른 한쪽으로는 면회실로 통하는 문이 있고, 부원장실의 뒤쪽 막힌 벽면이 있고, 그 옆에 '러브하우스'라는 이름의 방문이 보이고, 그 옆에 공동 거실이 있다. 공동거실 옆으로 간호조무사와 요양보호사들의 컴퓨터가 있는 업무공간이 있다. 신입 요양보호사(부원장은 신입사원이라고 불렀다)들 오리엔테이션 때 3층을 한 바퀴 돌았는데, '러브하우스'방은 왜 생뚱맞게 그런 이름으로 부원장실 옆에 있는지 물어보고 싶었지만 참았다.

오리엔테이션 다음날은 주임이 신입사원들 교육을 담당하였다.

"어제 오리엔테이션 때, 부원장님께서 궁금한 것들은 대부분 설명을 해주셨을 거예요. 저는 실무와 관련된 것을 가르쳐 드릴게요. 일하다가 모르는 것은 분홍앞치마 하신 선배 선생님들한테 물어보시고, 제가 수시로 들를 테니 그때 저한테 물어보셔도 돼요."

주임은 이어

"우선 이 건물에서 여러분들이 이용할 식당 위치 등을 알려드릴게요. 오늘은 일을 한다기보다는 선배들 따라다니며 보고 배우시고, 내일부터 일하시면 됩니다. 자, 이 연두색 앞치마를 하시고 저를 따라오세요."

주임은 네모형 얼굴의 40대 후반쯤으로 보이는 남자였다. 그는 나를 포함한 신입 요양보호사 네 명을 데리고 다니며 5층의 식당, 물리치료실, 세탁실 위치 등을 가르쳐 준 다음, 요양원에서 가장 중요한 것은 어르신들 식사 수발과 배변 관련된 일이라고 하였다. 그러자 한 신입사원이 말했다.

"저는 남자분들 기저귀를 한 번도 갈아본 적이 없어요. 실습 나가서도 할머니들 기저귀만 갈았어요."

경자 씨다. 면접 볼 때 대기실에서 수다를 떨어 그녀 이름을 안다.

같이 있던 신입사원들은 예상하지 못한 경자 씨 발언에 민망한 표정들이었다. 주임은 고개를 끄덕이더니 친절한 목소리로 말했다.

"저도 요양보호사로 일 년간 일하고 주임이 되었어요. 요양원에 입소한 분들은 다 등급을 받으신 분들이라, 어딘가 아프신 환자분들이잖아요? 우리는 환자를 돌보는 것이기 때문에 여자, 남자를 가리지 않아요. 저도 할머니들 기저귀 많이 갈았어요. 4층으로 가서 제가 기저귀 가는 방법을 알려드릴게요. 마침 기저귀 가는 시간이네요."

주임은 4층의 어느 노인 침대 앞으로 안내했다.

나는 노인의 안색이나 피부색으로 보아 그가 병이 깊다는 것을 느꼈다.

"어르신. 기저귀 갈 시간인데 제가 갈아드릴게요. 그리고 이분들은 신입 요양보호사 선생님들이에요. 앞으로 이분들은 이곳에서 일할 분들이에요."

주임의 말이 끝나고, 나는 그 노인의 눈을 보았다.

나는 그 노인의 눈빛에서 많은 감정을 읽었다. 당혹스러움과 귀찮음, 괘씸함, 모멸감, 거부감 같은 것들이 분명했다. 어쩌면 노인은 말이나 몸짓으로 의사표현이 어려운 건강 상태인지도 모른다.

주임이 말했다.

"이분은 94세요. 그래서 다른 분들 모습과 좀 다를 수는 있지만, 기저귀 가는 방법은 다 같으니까 잘 보세요."

"이렇게 큰 기저귀를 먼저 대어 놓고, 네모나고 길쭉한 기저귀로는 이렇게 사이에 끼워 넣고 반을 접은 다음, 이렇게 싸주시면 돼요. 그리고 큰 기저귀는 다 아실 테지만 이렇게 새지 않도록 마무리해 주시고요. 나중에 소변 보면 안에 있는 기저귀만 젖을 테니 그 기저귀만 갈면 돼요."

주임은 노인의 바지를 입히고 모로 눕게 한 다음, 무릎과 무릎 사이에 얇은 베개를 끼워주었다.

"우리 부원장님이 늘 강조하는 게 효(孝)예요. 그래서 요양원 이름도 '孝'자가 들어가게 지었죠. 그냥 내 가족이다, 생각하시고 일하시면 돼요."

그날 주임을 따라다니며 두 명씩 한 조가 되어 침대 위 환자를 휠체어로 옮기기, 안전하게 휠체어 밀고 이동하기, 휠체어에서 의자로 옮기기, 침대 시트 갈기 등을 실습해 보게 되었다.

주임 말대로 부원장이 어느 때는, 요양원 노인들을 매우 생각해 준다고 느낄 때도 있었다. 화장실만 빼고는 곳곳에 CCTV가 있다. 입사한 지 일주일이 안 된 어느 날, 3층 공동거실 쪽 스피커에서 갑자기 방송으로

"어르신을 공경하는 마음 좀 가지세요!"

라고 말하는 부원장의 목소리가 들려 놀라기도 했다. 누구한테 하는 말인지 몰라 분홍앞치마 선배한테 물어보니

"가끔 그래. 신경 쓰지 마. 뭐, 면회 온 사람들 들으라고 하는 말일 거야."

속삭이듯 말해주었다. 또 어느 때는 어르신 식사수발을 40분 이내로 마치면 안 된다고, CCTV로 다 보고 있다고, 얼음보다 차가운 목소리로 방송을 하였다.

어쩌다 마주치기라도 하면 마치 못 볼 것을 본 듯이 도도하게 지나치며, 반듯하게 입을 다물고 거리를 두는 부원장이다. 요양시

설에 들어온 요양보호사에게 '신입사원'이라는 걸맞지 않는 말이지만, 듣기 싫지는 않은 호칭을 붙여주고, '요양보호사 선생님'이라는 호칭을 사용하게 하는 분이, 요양보호사들과 옷 끝 하나라도 닿을까 거리 두는 건 뭔가 싶었다.

4층에서 근무하는 마리아한테 부원장에 대해 물어 보았지만 '부원장이 요양원에서 원장 할 일을 다 하고 있는 능력 있는 사람'이라고만 했다. 마리아 말로는 자신이 근 10년 그 요양원에 있어 보니 원장은 그냥 건물주일 뿐이고, 부원장이 수완이 좋아 입소자도 많고, 운영도 잘 하고 있는 것이라고 했다. 나는 그 '수완'이라는 게 무엇인지 알고 싶었다. 나중에 혹시 내가 요양원을 하게 된다면, 나도 그런 '수완'을 발휘하고 싶었다.

요양원에서는 내가 할 일이 끊임없이 이어졌고, 선배 요양보호사들의 강박까지 전해졌다. '근무시간 내내 서 있어야지, 앉으면 안 된다, 부원장이 보고 있다.'는 말을 여러 번 들었다. 나는 보육교사로 어린이집에서 근무했던 때문인지 CCTV 같은 것은 별로 신경 쓰지 않았다. 누가 보거나 안 보거나 내가 할 일을 성실하게 하면 그뿐이었다. 분홍앞치마의 눈총에도 아랑곳하지 않고, 앉아서 해도 될 일은 굳이 서서하지 않았다.

어린 아이들에게 늘 말을 하던 습관 때문에 치매 노인들한테도 말을 많이 하였다.

'어르신. 물병 여기 새로 놓았어요.' '어르신. 지금은 세수 할 시간이에요.' '어르신, 목욕하러 가실 시간이에요.' '어르신. 이건 나물무

침인데 드시면 좋은 거예요.'

식사 시간에 요양보호사들은 그다지 말이 없다. 그냥 열심히 떠먹여주기 바쁘다. 어느 날은 혼자 식사가 어려운 환자를 천천히 먹여주다가 둘러보니 나 혼자 말하고 있었다.

"희아 씨. 매우 잘 드시고 있어요. 조금밖에 안 남았어요."

눈이 천사처럼 깨끗한 희아 씨는 40대 초반인데 누워 지내는 사람이다. 희아 씨는 조금만 섭섭하게 말해도 식사를 하지 않는다. 식사시간도 40분을 다 사용해야 겨우 밥 반 공기 먹는다. 그래서 요양보호사들은 되도록 그녀의 식사수발을 하려들지 않았다. 그러나 나는 아기들 밥 먹여주는 시간이 얼마나 긴지 알기에, 그 시간이 길다고 여기지 않았다. 희아 씨는 내가 먹여줄 때 가장 잘 먹었다.

요양원에는 인지장애를 가진 분들이 대부분이지만, 인지는 멀쩡해도 혼자 거동이 어려운 분들도 있었다. 오히려 그런 분들이 치매 노인보다 때로 더 괴로워하기도 했다. 말이 통하지 않는 치매노인과 한 방을 쓰니 소통이 어렵고, 걸핏하면 자기 물건을 가져갔다고 생떼를 쓰기도 하니 불편하기도 한 것이다.

한 사람 한 사람 병도 다르고 증상도 다르고, 하는 행동도 다 달랐다.

아침마다 '아이고! 아이고!' 하고 곡을 하는 할머니도 있는데, 처음에는 초상이라도 났나 하고 놀랐으나, 자신이 기저귀에 변을 보고는 곡을 하는 거였다.

"아이고, 아이고오, 내가 오줌 싸고 똥을 싸고오, 아이고!"

그 할머니는 그 외 시간에는 조용했다.

80이 넘은 한 할머니는 자신이 임신을 하여 큰일이라고 수심이 가득하였다.

"나, 애 가졌어. 클 났네. 애를 떠야 하는디, 클 났네."
하는 말에, 다른 이가 아니라고 해도 믿지 않는다.

70세도 넘는 치매증상이 있는 할아버지가 경자 씨한테 자기한테 시집오라고 하여, 경자 씨가 '나 나이가 많아서, 애를 못 낳아서 안 돼.'라고 농담으로 받아넘긴 일도 있다. 그 노인 곁에 가는 것을 다들 꺼렸고, 나는 주임한테 남자 요양보호사를 보내달라고 요청하였다. 아무리 치매가 있어서라지만, 노골적인 성희롱 행위는 여성 요양보호사들이 힘들어 하였다.

경자 씨는 어디서 주워듣고 왔는지, 누구는 옛날에 교장 선생님이었고, 누구는 옛날에 계급이 대령이었고, 누구는 옛날에 시장에서 크게 장사를 하던 할머니였다는 등의 말을 전해주었다. 이상하게도 요양원 입소 전의 직업이나 지위는 이름보다도 빨리 기억되었다.

젊은 시절 그들이 어떤 일을 하였건 현재는 남의 도움을 받아야 배변 처리가 가능하고, 사물함 두 칸의 물건들만이 그들이 소유라는 점에서, 요양원 입소자들은 과거 지위고하나 빈부의 차이가 별 의미는 없다는 생각이 들었음에도 그랬다. 그런 생각이 조금 바뀐 것은 교장 선생님이었다는 노인의 배변 수발을 들고 나서였다. 그분은 기저귀를 차지 않았다. 인지장애가 있어 여러 단어를 써서 말을 하지는 못하였으나 거동이 가능하였다. 가만히 있지 못하고 여기저기로 걸어다녔다. 변의가 있으면 몇 마디 말로 표현을 하였다. 변의가 있음을 표현하면 화장실에서 배변할 수 있도록 해달라는 딸의 부탁을 들은 부원장은, 그렇게 하도록 하였다고 한다. 문제는 변의를 느끼고 매우 빨리 보기 때문에 요양보호사는 급히 서둘러야 한다고 하였다. 하루는 목욕실에서 분홍앞치마의 선배가 불렀다.

"박 쌤! 빨리 와 봐요. 김 어르신 큰 거 보신대요."

교장 선생님이었던 분이 목욕실 벽을 짚고 서 있었다. 분홍앞치마 선배가 서둘러 바지를 무릎 아래까지 내리고 있었다. 나는 재빨리 대야를 대어주려고 뛰어갔으나 이미 늦었다. 굵고 건강해 보이는 변이 마치 살아있는 것처럼 꿈틀대며 바닥으로 떨어졌다. 선배는 체온이 남아 있는 그것을 어서 치우라는 눈짓을 하고는, 자신은 그 분의 바지를 마저 벗겨 옆으로 던져놓고 샤워기를 빼들었다. 아랫도리를 씻기기 위해서다.

그날 나는 만약 그분의 자녀가 그런 부탁을 하지 않았다면 그분이 기저귀를 차고 다닐 것이라는 생각을 하였다. 요양원 노인들한테는, 가족의 관심이야말로 재산보다도 지위보다도 가치가 있다는 걸 알게 되었다.

또 한 분의 교장 선생님이었던 분은 누워서 생활하는 분이었는데, 늘 시계를 가까이하고 시계를 보았다. 기저귀를 갈 때는 눈을 꼬옥 감고 있었다. 목욕 후 옷을 입히고, 손에 시계를 쥐어주면 아이처럼 활짝 웃었다. 말 한 마디 하는 것을 들은 적이 없는데, 하루는 분홍앞치마 선배가 말했다.

"310호 교장선생님이 오늘은, '내가 죽어야 하는데, 이렇게 오래 살아서 선생님들 고생만 시키네요. 죽는 게 내 맘대로 되는 것도 아니고. 아이구 참.' 하더라구."

"네? 그분이 말을 할 수 있어요? 진짜?"

"아주 가끔 말을 해요. 그래서 내가, 왜 그런 말씀을 하냐고, 좋은 생각만 하시라고 했지. 예전엔 그분 자녀들이 면회를 자주 오더니, 누워 계신 지 오래 되어서 그런지 요즘에는 몇 달에 한 번이나 올까."

"그분은 시계를 늘 차고 계시던데요. 자녀를 기다리는 걸까요?"

"그냥 그 시계에 대한 애착이 대단한 거겠지. 처음부터 그 시계를 손에서 놓은 적이 없었으니까."

토요일은 6층의 강당에서 초청목사가 와서 예배를 드렸다. 엘리베이터 앞에 휠체어를 탄 어르신들을 미리 대기하도록 한 다음 엘리베이터를 함께 타고 6층 강당까지 가는 것도 매우 긴장되는 일이었다. 서로 먼저 타겠다고 하여 안전에 신경 써야 하기 때문이다. 대령이었다는 분은 예배가 끝나고 나서 주는 요구르트 한 개와 빵을 받고는, 이제 받았으니 어서 가지 왜 빨리 안 가냐고 화를 내다가 휠체어를 타고 혼자 엘리베이터를 타는 바람에 정신없이 뛰어가 잡아야 했다.

신입 두 달은 그렇게 정신없이 갔다. 가르쳐준답시고 분홍앞치마를 두른 선배 중에는 힘든 일만 골라 시키는 사람도 있었으나, 한 달이 지나며 내가 할 일의 범위를 알게 되었고, 어르신들 이름과 각자의 질환과 각기 다른 식단을 알게 되었고, 기저귀 가는 시간의 역겨운 냄새에도 적응이 되었고, 기저귀 가는 손도 빠르게 되었다. 궁금했던 러브하우스에도 갓 입소한 노인이 잠시 머무는 동안 들어가 보게 되었다. 러브하우스는 침대 한 개가 있고 넓었으며, 독립된 공간이라 네 명이 있는 곳과는 달랐다. 요양원 적응 기간을 필요로 하는 입소자가 '러브하우스'에서 며칠 있다가 방이 정해지면 옮겨갔다. 부원장실과 벽 하나를 사이에 두고 있어 소리가 다 들린다고, 말을 함부로 하면 안 된다고 선배들이 귀띔을 주기도 하였다.

신입의 긴장이 풀리기 시작하자 그동안 보이지 않던 것들이 보이기 시작하고, 자신의 모습을 볼 수 있는 내면의 거울이 작동하자 번민이 시작되었다.

마리아를 만났다.

"마리아. 난 아무래도 이 일을 오래하기 힘들 것 같아."

"너무 열심히 해서 그런 것 아닐까? 일이 많이 힘들지?"

"아니, 내가 최선을 다하여 열심히 한 것은 맞지만, 그 이유는 아니야. 내가 기계 같다는 생각이 들어."

"기계라니?"

"느낌이 없는 기계."

"그게 어떤 건지 조금은 알 것 같기도 해. 요양원에서 일을 하려면, 어쩌면 그런 게 필요한지도 몰라."

"마리아. 난 어제 310호 신영수 노인 손에 장갑이 끼워져 있는 걸 보았어. 식판을 들고 갔는데, 장갑 낀 손을 내밀며 벗겨 달라고 하더라구. 그래서 벗겨 주었지. 밥 먹으라고. 근데 김샘이 나중에 알고는 장갑이 벗겨 있더라고 하면서 그 장갑을 벗기면 자꾸 거기를 만져서 기저귀가 비뚤어지고 그래서 소변이 샐 뿐 아니라, 혹시라도 거기에 피부병이라도 생기면 어쩌냐고 하는 거야. 장갑을 왜 끼워놨는지 난 들은 바도 없어 알 수도 없었지만, 알겠다고 했어."

"그랬어?"

"자기 몸도 자기가 만질 수 없게 하는 게 이상하지만, 뭐 치매증상이 있는 사람들이니 통제가 필요하긴 하겠지 싶다가 지난번 목욕시간에 그 신영수 노인한테 김샘이 희롱한 게 생각났어."

"희롱이라니?"

"응. '이거, 뭐에다 쓰려고 덜렁덜렁 달고 다녀.' 하는 소리를 들었거든."

"하하. 그건 글라라가 몰라서 그래. 김샘은 여기 근무한 지 꽤 오래 되었어. 신영수 노인도 입소한 지 오래 되다 보니 신영수 노인한테 장난친 거야. 그걸 성희롱이라고 생각했구나?"

"아무리 그래도 할 말이 있고, 안 할 말이 있지. 어쨌든 요즘은 억제 대를 하고 있는 김기철 노인을 봐도 그렇고, 손발톱 깎아줄 때 보면 모두가 다 영양이 한참 부족해 보여. 아니, 요양보호사들 식사는 그렇게 잘 나오면서, 노인네들 식사는 왜 그런 거야? 영양사가 짠 식단이라면서, 그게 제대로 된 식단일까? 지난 번 미역국에는 고기가 있는 건지 없는 건지, 없나 보다 하고 보면 고기가 보이기도 하고. 그리고 어르신들 사물함은 대체 언제 적에 들여놓은 거야? 세상에, 나무가 낡아서 부스러지고, 내가 모르고 닦았다가 나무가

시가 일어나서 놀랐어. 그래서 주임한테 얘기했더니 부원장한테 말은 해보는데, 당장은 못 갈 거라고 하는 거야. 그러면서 그건 왜 닦냐고. 선생님이 안 해도 된다고. 그건 알바들이 하는 거라고."

"하하, 글라라. 기계 같다더니, 말하는 걸 들으니 아닌데?"

"그러니까 나는 그런 생각을 하긴 하는데, 실제로는 마치 기계처럼 일을 한다니까?"

"아하, 나도 그럴 때가 있지. 기저귀 한 바퀴 갈고 나면 사람이 아닌 마치 사물을 대하듯 기계적으로 일한 느낌이 들기도 하지. 난 오히려 그래서 편하다고 생각해. 난 그냥 천직이다 생각하고 다녀. 어떤 직업인들 내 맘에 쏙 들겠어? 그리구 우리 요양원은 공공시설은 아니잖아. 사업성을 생각 안 할 수 없지. 요양보호사는 걸핏하면 그만두는데, 식사라도 잘 챙겨줘야지 뭐. 비품이나 물건들 구입은 가능한 아끼고 있고."

"나는 처음 일을 시작할 때 단지 취업만이 아니고, 또 다른 이유가 있었어. 내가 막내잖아. 큰 오빠가 연세가 좀 있으시지. 혈관성치매라서 개봉동에 있는 요양원에 계시거든. 그래서 내가 좋은 요양원에 취직을 해서 요양원이 괜찮은 것 같으면, 같은 요양원에 있고 싶었어."

"어머, 그랬구나. 그럼 우리 요양원으로 모셔."

나는 고개를 저었다.

"오빠가 입소 전에, 밖에 혼자 나갔다가 헤매기도 하고, 집에서 자기도 모르게 변이 나오는 실수도 하고 하니까 권사인 올케 교회

활동이 어려워졌지. 이래저래 요양원으로 모신 거야. 처음에 요양원에 입소할 때만 해도 걸으셨고 식사도 어느 정도 하셨었어. 그때는 요양원 문 앞에서 다리가 붓도록 서 계셨었대. 집에 가고 싶다고. 연하곤란이 점점 심해져서 비위관 사용을 권하는데, 올케가 허락하지 않아. 거기요양원은 식사수발을 여기처럼 40분씩 하지 않아. 끽해야 20분. 그러다 보니 지금은 피골이 상접한 모습이야. 나는, 내가 같은 요양원에 있으면 될 거라고 생각했어. 근데 목욕대 위에서 목욕을 할 때나 기저귀를 갈 때 오빠가 불편할 것 같아. 사람 다 알아보는데. 차라리 남이 낫지.”

“그렇구나. 그럼, 글라라가 요양원 그만두고, 오빠를 우리 요양원으로 모실 거야?”

“좀 더 생각해 보고.”

찻집 밖 커다란 화분에 참나리 꽃이 피어 있었다. 오래 전에 피었는지, 주황색 꽃잎이 뒤로 잔뜩 젖혀져 돌돌 말린 채 끝까지 버티려고 오기를 부리고 있는 것 같았다. 갑자기 더워왔다.

그날 마리아는 많은 이야기를 하였다. 자신의 친정어머니 이야기를 할 때는 눈물을 흘렸다.

마리아의 어머니와 나이 차이가 많았던 아버지는, 마리아가 고등학생 때에 치매를 앓다가 돌아가셨다고 하였다. 지금 생각하면, 치매는 증상이고 뇌에 병을 있었던 것 같은데, 당시는 그냥 약도 없는 치매로 생각하고 친정어머니는 농사를 지어 가며 정성껏 수발을 들으셨다고 한다. 그렇게 3년이 되다 보니 온 가족이 모두 힘들어하고, 특히 마리아의 남동생이 우울증이 오자 친정어머니는 모진 결심을 하셨다고 하였다.

"엄마가 남동생까지 다 결혼시키고, 돌아가실 무렵에서야 나한테만 말씀하시더라고. '아버지는 어차피 돌아가실테니 자식이라도 살려야겠다는 생각에, 아버지 곡기를 내가 끊었다'고. 처음엔 드시던 죽만 끊었다가, 힘들어 하는 아버지를 보며 아예 물도 끊으셨다고. 엄마는 그 말을 할 때 울음을 터뜨리셨어. '평생 농사일만 뼈 빠지게 하시고, 오로지 가족밖에 모르시던 아버지가, 바짝 마른 입과 혀로 물을 원하는 모습을 한 시도 잊은 적이 없다'고 하시며."

마리아는 왈칵 눈물을 쏟았다.

마리아는 잠시 진정하고 말을 이었다.

"그런 말씀을 하신 지 얼마 안 되어 엄마도 심장마비로 돌아가셨는데, 평소 지병이 있기는 했지만, 언니는 지병으로 돌아가셨다고 생각하지 않아. 자신이 엄마 부탁으로 사다준 향부자를 조금씩 모아 놓고 계셨던 게 마음에 걸린다는 거야. 속이 냉할 때 조금씩 끓여 드시겠다고 부탁하여 사다 드렸다는데, 엄마 돌아가신 후 그게 어디 있는지 못 찾았다고. 다 무식해서 생긴 일이야."

마리아는 눈물 때문에 말을 계속하지 못하다가, 겨우 추스르고 말을 이었다.

"글라라. 난 가끔, 그 당시에 지금 같은 요양원이 있었더라면 좋았을 것이라는 생각을 해. 지금은 적어도 그런 일은 없을 거잖아."

나는 마리아에게 어떤 말을 해주어야 할지 몰라 손을 잡아주었다. 내 코끝도 아려왔다.

밤샘 근무하던 다음 날 하루 쉬게 되어, 오전에 좀 쉬고, 요양원에 입소한 오빠를 보러 갔다. 올케와 전화로 약속을 하고 점심시간에 요양원에서 만났다. 못 본 사이 더 말라서 60대 후반인 오빠가 80대는 되어 보였다. 오빠는 자고 있었다. 두 명의 요양보호사가 식사 30분 전에는 일어나 앉아 계셔야 한다며, 자고 있는 오빠한테 예고 없이 상체를 벌떡 일으켜 앉혀 놓았다. 그리고 턱받이 앞치마를 해주고, 같은 방 다른 입소자들도 앉혀 놓고 나갔다. 오빠는 자다가 갑자기 일어나 잠시 호흡이 고르지 못하다가 나를 보고 어리둥절하였다. 요양보호사들의 성의 없는 태도가 매우 마음에 안 들어 뒤쫓아가 말했다.

"자고 있는 사람을 갑자기 일으켜 놓으면 어떻게 해요? 침대 상체 부분을 올리든가 미리 깨우던가 해야죠."

"바쁜데 언제 한 명 한 명 그렇게 해요. 그리고 일으켜야 잠이 깨죠. 앉을 수 있는 사람은 모두 앉혀 놓아야 하거든요."

요양보호사는 별꼴을 다 보겠다는 듯한 표정으로 말하고 바삐 가버렸다.

식사 전에, 요양보호사가 돌아다니며 식사할 수 있는 자세로 해주어야 하는 것은, 어느 요양원이나 같을 것이다. 그런데 방법은 다른 모양이었다. '내가 일하는 요양원의 부원장이 보았으면 무어라고 했을까' 하는 생각을 하였다.

잠시 후 다른 요양보호사가 식판을 들고 왔다. 침대 식탁 위에 올려놓은 식판에는 일반식을 믹서로 갈아서 담아 온 음식들이 보였다. 밥도 갈고, 된장국도 갈았다. 빨강색 반찬은 김치, 노란색은 단무지, 그리 곱게 갈리지 않은 생선조림. 조금씩 떠 먹여주는데, 제대로 드시지 못한다.

올케가 말했다.

"어느 때는 느리게라도 드시는데, 어느 때는 못 삼키고 '팍!' 하고 다 넘기는 때도 있어. 아침저녁을 어찌 먹여 드리는지 알 수가 없네. '팍' 하고 넘기면 여기저기 튀어서 앞치마도 그렇고, 먹여주는 사람 옷에도 튀고 그래. 점점 삼키기가 힘드신 것 같아."

식사 중에 꼭 그런 말을 해야 할까, 생각하는 중에, 오빠가 '욱' 하고 넘어오려는 것을 참고 있는 것이 보였다. 식판의 음식을 다 드실 수 있지도 않지만, 다 드신다 해도 영양이 매우 부족하다는 걸 요양원 사람들은 알 것이고, 올케도 알고 나도 안다. 그런데도 우리는 그냥 그러려니 하고 환자가 못 삼키고 있다고만 말하고 있다.

오빠가 건강할 때는 자신의 온 존재를 기우려 열심히 일하고, 도움을 청하는 사람을 마다하지 않았으며, 가족을 살뜰하게 챙겨주던 사람이었다. 그런 이에게 '치매환자'라는 이름이 붙은 뒤, 가족과 다른 공간에서 지내며, 다시 가족과 함께 지내는 것을 기대할 수 없게 되었다. 요양원에 입소했더라도 가족의 도움으로 일주일에 한 번씩 주말에 집에 다녀오는 사람도 있다. 오빠는 입소 후 단 한 번도 그런 적이 없다. 조카 내외는 일주일에 한 번씩 면회를

왔다. 올케는 거의 매일 점심시간에 와서 식사 수발을 들지만, 교회 관련한 모임에 시간을 맞추느라 초조하게 식사 수발을 들 때가 많았다.

그날 오빠와 대화는 몇 마디 나누지 못했다. 그래도 편안한 표정으로 나를 바라보았고, 어디 아픈 데는 없느냐고 묻는 말에 '응'이라고 답했다. 여기 저기 만져보고 아프지 않느냐는 말에는 '아니'라고 답했다. 편안한 표정이 나에게는 위로가 되었다.

오빠는 겨우 점심식사를 마쳤고 올케가 먹여주는 약을 애써 삼키고 졸다가 잠이 들었다.

올케와 전철역까지 걸으며 오빠의 영양을 이야기했다. 올케는 영양 캔을 하루에 두 번이라도 먹여달라고 요양보호사한테 부탁하였다고 하였다. 사물함에 넣어 놓았는데, 요양보호사가 교대 근무를 해서 제대로 먹여드리는지는 모르지만, 빈 캔이 놓여 있으면 드렸다고 생각한다고 하였다. 올케가 그래도 오빠 생각을 많이 해준다는 생각에, 수시로 올케를 못마땅하게 여긴 내가 부끄러웠다.

나는 다음날 주임한테 사직서 양식을 달라고 하여 받았다. 주임은 혹시 마음이 안 맞는 사람이 있는지 물어보고, 혹시 있다면 그 사람이 다른 층에서 근무하게 해줄 테니, 그냥 다니면 좋겠다고 하여 미안한 마음이 더했다. 나는 퇴직 희망일을 20일 후로 써서 사직서를 내고 변함없이 일했다. 부원장은 가는 사람 잡지 않고, 오는 사람 마다 않는 성격이라고 들은 대로인지 아무 말도 전해 듣지 못했다.

요양보호사들은 이동이 잦다더니 그 사이 그만둔 사람들이 있었는지 신입이 몇 명 들어왔고, 그 중에는 남자 요양보호사도 한 명 있었다. 주임은 남자 요양보호사를 구하기 힘들었다고 말했다. 주임은 취업할 남자 요양보호사를 알아보았을지는 모르나, 채용은 부원장이 했을 것이다. 주임은 공감능력이 뛰어난 사람으로 요양보호사들을 도닥여주며, 부족한 부분은 자신이 처리했다. 주임은 네모난 얼굴에 눈꼬리가 올라간 모습이 주는 인상과는 다르게, 요양보호사들의 애로사항을 잘 들어주었고, 개인의 사정을 배려하여 시간표를 짜주는 사람이었다. 목욕실에 물기가 많을 때는, 말없이 자신이 자동차 와이퍼로 훑어내기도 하는 솔선수범하는 사람이었다. 부원장은 요양보호사를 직접 나무라는 일이 없었고, 오로지 CCTV를 보고 있다는 엄포와 가끔 그걸 증명하듯 방송을 하여 보이지 않는 감독을 할 뿐, 저녁시간에 방마다 라운딩을 할 때도 요양보호사를 지적하는 일이 없었다. 지적 사항이 발견되면 주임을 불러서 말했다. 어쩌면 부원장의 수완이란 것이 그런 게 아닐까 싶었다.

나의 근무 마지막 날은 나이트(밤 근무를 그렇게 부름)였다.

주임이 그날 밤은 러브하우스에 있는 어르신을 봐 드려야 한다고 했다.

"네? 러브하우스에 언제 사람이 들어왔어요?"

"왜 4층에서 본 적 있는 94세 어르신 있잖아요. 그분요. 많이 안 좋으셔서 혼자 계시며 수발을 받으셔야 해서 오후에 부원장님이 말씀해서 옮겨드렸어요."

"아니, 많이 안 좋으시면 병원으로 가셔야죠."

"워낙 연세가 많으시고, 병원에 간들 해줄 수 있는 게 뭐 있겠어요. 자녀분들이 내일 온다고 부원장님이 그러니까, 오늘밤 샘이 그 방만 신경 써 주세요. 나도 오늘 나이트니까, 다른 분들은 내가 간호선생님이랑 챙길게요."

"아니, 그 방을 그럼 간호선생님이 봐 주셔야죠. 아, 알았어요."

나는 러브하우스로 갔다. 마리아가 있었다.

"마리아가 왜 여기 왔어?"

"이분이 4층에 계시던 분이잖아. 부원장님이 나한테 부탁하셨어."

마리아의 말을 들으며 노인을 보았다. 눈은 허공을 헤매고 있었다. 바싹 마른 두 팔은 가슴으로 올려놓고 있었는데, 진분홍색으로 보였다. 온 피부가 오톨도톨하였다. 신체 어디라도 잘못 건드리면 바스러질지도 모른다는 생각이 들었다. 힘든 것은 굉장한 악취였다.

기저귀를 열자 진한 녹색, 검은 빛을 띤 녹색의 묽은 변이 흥건했다. 러브하우스 방 안에 가득한 냄새로 숨을 쉬기 어려웠다. 둘이 빠르게 기저귀를 한 번 가는데 땀이 비 오듯 하였다.

러브하우스는 환풍구가 없는 방이고 방문은 닫혀 있었다. 나는 복도 쪽으로 난 문을 열었다. 선풍기 한 대가 돌아가지만 더운 바람이 불었다.

기저귀를 갈기가 무섭게, 기저귀는 같은 색깔의 변으로 다시 채워졌다. 마리아와 나는 되도록 그 열기와 냄새를 덜 호흡하려고 말을 아꼈다. 노인의 호흡과 맥박은 유지되고 있었다.

그 작은 체구의 노인에게서 어떻게 그렇게 많은 변이 나올까 싶게 계속되는 배설에, 나는 그냥 있자고 했다. 나중에 한꺼번에 치우는 것이 노인을 덜 힘들게 하는 것이라고 했다. 그러나 마리아는 그건 아니라고 했다. 마리아와 나는 장작 같은 노인의 깡마른 다리를 들고, 기저귀를 갈고 피부를 닦아주었다. 꽤 밤이 깊었을 거였다. 나는 시간이 존재한다는 것도 잊고 있었다. 노인이 더운 숨을 쉬고 있었고, 냄새 속에서 시간이 갇혀 있었다. 마리아와 나는, 기저귀를 갈고 물티슈로 닦아주는 것이 몇 번인지 알 수도 없게 계속하였다.

주임이 와서 냄새난다고 문을 닫아 달라고 하였다. 그러다가 상태를 물어보았다. 답을 하려는데 부원장실 쪽에서 말소리가 들렸다. 벽하나 사이가 그렇게 잘 들리는지 몰랐다.

"일찍 왔구나. 아버지가 위독하시다."

"누나. 작년에도 그래서 왔더니 여전하셨잖아요."

"뭐? 이놈아. 또 그 얘기니? 아들놈이 되어서 아버지 한 번 더보는 게 그렇게 원통하냐? 미국 가는 비행기표 값이 비싸다고 해서, 내가 준 비행기표 값까지 받아간 놈이 하는 말이라고는. 이번에도 안 돌아가시면 비행기표 사주마."

부원장의 목소리는 다소 화가 나고 흥분된 목소리였다.

"나는 그동안 누나가 아버지를 잘 모시고 있다고 생각했어요. 몇 년간 죽만 드시면서도 살아계셔서 위독하시다는 말이 실감나지 않아서 한 말이에요. 지금 어디 계세요? 아, 저기 화면에 보이네요."

"내가 근무하는 요양원에 아버지를 모시고 있는 것이 나로서는 최선이었어. 나도 일을 해야 하는데, 내가 직접 수발들기는 어렵잖아. 바로 옆방에 계시긴 한데, 문이 반대쪽이니 공동 거실로 돌아가야 돼."

"누나. 저 방에 가 봐야 할까요? 아버지는 저런 자신의 모습을 우리가 보기 원할까요? 나는 돌아가시는 모습을 보겠다고 저 방에 가는 게 더 불효 같아요. 여태 해드린 것도 없는 놈이, 임종을 지킨다고 용서가 될까요?"

"아버지는 우리를 잊은 지 오래야. 나를 알아보지 못한 지도 오래 되셔서, 내가 옆에 다가갈 때마다 안타까웠어. 그러니 용서니 뭐니 속절없는 말 하지 말고, 더 늦기 전에 가보자."

"지금 가 봐도 우리가 할 수 있는 게 없잖아요. 조금 있다 정리가 되면 가죠."

우리를 보고 있다니. 방마다 CCTV가 있는 것은 다 알지만, 사람이 죽어 가는데, 저쪽은 보고 있고, 이쪽은 듣고 있다는 것에 참을 수 없는 역겨움을 느꼈다.

함께 서 있던 주임이, '이분이 부원장의 부친인 줄 몰랐다'는 말을 작게 하였다.

노인의 대변이 거의 그쳤나 싶었다. 노인의 온 몸에서 심한 냄새가 났다. 나는 잠시 복도로 나와 숨을 크게 쉬었다. 마리아는 물수건으로 노인의 몸을 닦아주었다.

주임이 나더러 퇴근하라고 했다.

"퇴근요?"

"마지막 밤인데, 고생하셨어요. 퇴근하셔도 돼요."

경자 씨가 출근해 있었다. 내가 부원장실을 향해 걸음을 옮기자 주임이 따라오며 작게 불렀다.

"박샘. 내가 왜 퇴근하라고 하냐면, 부원장이 나오면 퇴근이 늦어질지 몰라요. 여기는 나도 있고 경자 씨도 있으니 어서 가요. 이미 퇴근시간이 되었으니 괜찮아요. 그리고."

"그리고 뭐요?"

"그리고 부원장이 여기 금방 안 올 수도 있어요. 돌아가셨다는 말을 전하기 전까지는."

나는 머리가 핑 돌았다. 노인은 오래 버티지 못할 것이다. 자식들이 손이라도 잡아주어야 하지 않을까 하는 생각이 스쳤으나, 카메라를 보고 있는 그들에게 아무 말도 하고 싶지 않았다. 나는 퇴근해야 한다고 생각했다.

나는 러브하우스에서 나와 손을 씻고 옷을 갈아입고 도망치듯 퇴근했다. 러브하우스에 들어가기 싫어서 마리아와 인사는 생략했다.

그게 오늘 아침이라니. 나는 전혀 다른 세계인 아름다운 시가 있는 서점으로 오면서 시간이 서로 단절됨을 깨달았다. 러브하우스의 마지막 밤은 이미 돌아갈 수 없는 다른 세계의 과거다. 그래도 궁금하다. 경자 씨는 왜 전화를 했을까. 문자를 확인하였다.

'박샘. 러브하우스 할아버지 돌아가셨어.ㅠ 지금 바쁜데, 몰래 화장실에 와서 휴대폰 쓴다. 그분이 부원장 아버지라는 걸 빨리 말해주고 싶어서. 내가 '염병을 할. 자식새끼들은 다 어디 가고'라고 말하는데, 부원장이 온 거야. ㅠ 요 옆에 G병원 장례식장으로 모셨고, 나는 러브하우스 정리하고 있어.'

장례식장을 상상해 본다. 사람들이 많이 올 것이다. 부원장이 다니던 교회 사람들이 와서 기도해줄 것이다. 요양보호사들은 가지 않을 것이다. 몰라서 못 가기도 하겠지만, 가는 것이 더 이상하기 때문이다. 장례식장에 누가 오건 조문객이 많거나 적거나 돌아가신 노인이 달라질 것은 없다.

나희덕 시인의 시집을 뒤적였다. 전에 읽은 적 있는 시를 찾았다 「다시, 다시는」이라는 시는 많은 생각을 멈추게 한다. 그동안 나는 그 시를 읽지 않으려고 노력해 왔다. 생각은 멈추고 온 몸의 세포가 오로지 허무로 무장하는 것을 견딜 수 없어서였다. 허나 이미 허무로 빈틈이 없는 마음은 그 시를 읽게 한다. 나는 그 시를 읽고 일어섰다. 시집 두 권을 계산하여 들고 밖으로 나섰다. 피곤함이 견딜 수 없이 몰려왔다.

며칠을 쉬고 토요일에 오빠를 보러갔다. 주말에는 올케가 교회를 가느라 점심시간 맞추어 오기 힘들다는 말을 듣기도 했고, 이왕이면 보호자가 오지 않는 날에 가는 것이 오빠에게도 좋을 것 같았다. 정오가 되기 전에 도착하여 식사 수발을 하려고 하였는데, 오빠가 하고 있는 커다란 턱받이에 흘린 김치 양념이 보였다. 눈에 눈물이 글썽한 채, 갑자기 나타난 나를 당혹스러운 눈빛으로 바라본다. 빨리 못 삼키는 오빠한테 요양보호사가 핀잔을 주었을 것이라고 나는 여긴다. 오빠는 치매지만 자존심도 있고 수치심도 있다. 동생이 나타난 게 본인에게는 든든한 아군이 와서 좋은 것이 아니고, 감추고 싶은 것을 들킨 것 같은 감정일 것이라고 나는 여긴다.

주말이라 오빠가 있는 방의 환자 둘은 보호자들과 외출을 하였는지 보이지 않고, 요양보호사도 보이지 않았다. 방 밖에서 만난 요양보호사한테 식사 수발을 들러 왔다고 하자,

"오늘은 주말이라 요양보호사가 당번만 나와요. 그래서 점심을 좀 일찍 드렸어요. 식사 끝났어요."

한다.

"네? 지금 12시도 안 되었는데, 연하곤란 있는 분이 벌써 식사를 하셨다구요?"

"네. 한 11시 반부터 드셨을 거예요."

심드렁하게 말하는 그녀에게 더 무어라 말한들 별 의미는 없을 듯 했다.

식후 드시는 약이 서랍에 있다고 하는 말에 사물함 서랍을 열어 보았다.

"그 약요, 그 박카스 유리병으로 살살 두드려 부셔서 주시면 돼요."

오빠가 늘 드시는 그 약이 무엇인지 궁금하였다. 올케가 곁에 없을 때 학인하고 싶어서 약 봉지의 이름을 보고 검색을 해보았다. 요양병원이 아니고 요양원이니 그 약은 보호자가 가져다 놓은 것이다.

위장약, 진해거담제, 신경안정제. 하루 세 번, 같은 약이다.

치매 관련 약은 없다. 평소 고혈압이 있고, 고지혈증이 있는 오빠인데 그런 약도 없다. 다시 검색해도 그렇다.

일단은 약을 드렸다. 오빠는 참을성 있게 삼키려고 노력하였다.

"오빠. 오빠는 무얼 제일 하고 싶어요?"

"집."

나는 저절로 숨이 길게 쉬어졌다.

"집에 가고 싶죠. 올케한테 내가 말해볼게. 하루나 이틀이라도 다녀올 수 있으면 좋겠어요."

오빠는 어휘가 제대로 떠오르지 않아 말이 제대로 안 나와서 힘들어 하는 것이 표정에서 보였다.

"너랑 한집에서 살았지. 밥도 먹고."

오빠는 드문드문 말을 하였으나 정확하였다. 나는

"네. 그랬죠. 옛날에. 시골에서. 우리 식구 다 같이 살았었죠." 하고 말하고는 무슨 생각에서 하신 말씀일까 답을 찾으려고 애썼다.

그 옛날 집은 이제 존재하지 않는다. 오빠는 '한집에서 살았던 네가 나를 나의 집으로 데려다주어야 하는 것 아니냐.'라는 뜻으로 말씀하신 것으로 짐작되었으나 나는 약속할 수 없었다.

"오빠. 생각나? 나 어릴 때 내가 숨바꼭질 하자고 자주 졸랐지. 그때는 정말 오빠가 날 빨리 못 찾는 줄 알았어. 볏짚가리 뒤에 숨기도 하고, 장독 뒤에 숨기도 하고, 감나무 뒤에 숨기도 하고. 어릴 때는 왜 그리 숨을 데가 많은지. 그 왜 엄청나게 커서 나 같은 사람 넷은 들어가게 생긴 장독, 그 간장독 뒤에 내가 숨었던 기억 나?"

"음."

"오빠가 날 찾으려고 여기 저기 기웃거리는 걸 보면서 난 정말 내가 잘 숨었다고 좋아했지."

오빠는 무어라고 하고 싶은 듯 보였으나 소통이 잘 안 된다고 여긴 듯 침묵했다. 잠시 후 오빠는 매우 졸려 보였다. 눕도록 도와주었다. 올 때마다 식후에 잠이 드는 이유가 약 때문이었음을 알았다. 뼈만 남은 오빠가 다시 회생할 수 있을까 하는 생각이 들었다. 나는 오빠가 저리 마르도록 무관심했다는 자책을 하였다.

오빠가 치매라는 소식을 듣고 오빠를 찾아간 것은 2년 전이었다. 그때는 치매가 있는지조차 알 수 없도록 오빠는 밝은 표정으로 맞이했다. 올케는 교회에 가고 없었다.

"좀 앉아서 있어 봐." 하더니 과일을 씻어 깎아주었다.

"자, 어서 마셔. 응? 어서 마셔."

오빠는 마시라는 말을 너무도 당연하게 하였다.

올케가 들어왔다.

"고모 왔네? 오빠가 담배 끊고 자꾸 냉장고를 열고 드시더니, 저렇게 살이 쪘어요. 자기 이제 좀 그만 먹어. 저 배 나온 것 좀 봐."

오빠는 그렇게 배가 나왔던 사람이었다. 최근 1년간 식사를 제대로 못하면서 이제 저장해 둔 영양을 다 써 가는 것일까, 하는 생각이 들었다.

그날 올케와 통화를 하였다. 왜 치매약이 없는지 물어보았다. 그건 자기도 모르는 거라고 하였다. 그냥 병원에서 처방해준 약이라고 하였다.

약 봉투 보니 오빠가 폐렴으로 입원했던 병원이네요, 그 병원에서는 폐렴만 치료해 달라고 언니가 그랬잖아요, 오빠가 치매 약을 타서 드시던 병원은 G병원이구요, 지금 G병원에서는 약을 안 타시나요, 하는 나의 물음에 올케는 약을 너무 많이 먹는 것은 안 좋을 것 같아서 폐렴이 무서우니 그 병원에서만 약을 타왔다고 하였다.

나는 오빠를 내가 다니던 요양원으로 모시자고 하였다.

"고모. 거기는 내가 매일 다니기에는 멀어. 그래도 여기는 내가 매일 점심을 먹여 드리거든."

올케 말에, 가족을 자주 보는 것과, 식사를 좀 더 잘 하는 것 중에 무엇이 더 나을까 생각하였다.

"그렇군요. 그럼 비위관 사용을 하면 어떨까요. 너무 말랐어요."

"에이구. 그래도 아직은 천천히 씹을 수 있고 억지로라도 삼키는데, 그렇게 맛을 느끼며 먹어야지, 비위관은 맛을 알아, 뭘 알아."

"그래도 영양이 공급돼야 살잖아요."

"뇌가 망가졌는데, 살만 찌면 뭘 해."

"아이구, 언니. 살이 문제가 아니고, 생존의 문제예요."

"그때는 오빠가 그러더라구. '인정상 내가 어찌해야 하는지 모르겠어.' 오빠가 그런 말을 할 수 있는 줄 몰랐어."

"그게 무슨 뜻일까요?"

"응. '고모가 말하는데 당신 자존심이 강해서 멀쩡한 정신 같으면 지금처럼 못 살고 자살했을 거'라고 했거든. 그래 그랬나 나한테 그러더라구."

"네? 그 말을 언니가 오빠한테 그렇게 말했단 말예요? 그건 우리끼리 한 말이고, 오빠 모습이 비참해서 한 말이잖아요!"

"그래 오빠 말끝에 내가 그랬지. 걱정 마요. 어떻게 안 해도 되니까, 그저 가만히 있으면, 내가 알아서 편안하게 해줄 테니."

나는 편안이라는 말에 안정제가 퍼뜩 떠올랐다. 올케는 앞으로 치매 약을 더 이상 주지 않을 것이다. 고지혈증약도 주지 않을 것이다. 비위관 사용도 허락하지 않을 것이다. 다만 오빠를 편안하게 해줄 안정제는 계속될 것이다. 어쩌면 올케로서는 그게 최선이라고 생각하는 것일 수 있다.

"언니. 오빠를 큰 병원에 예약해서 모시고 가면 어떨까요."

"아이구, 움직이지도 못하는 사람을 어떻게 데리고 가. 그리고 치매 약은 어느 병원이나 다 똑같지. 내가 오빠 다니던 병원에 치매약을 처방해 달라고 해볼게."

치매약을 처방받겠다는 올케의 말을 믿어보기로 하였다.

오빠는 남을 배려하기로는 일등이라며 불만스러워 했던 올케였다. 그래도 올케는 그동안 오빠를 위해 최선을 다하고 있었는데, 긴 병에 효자 없다더니 오빠의 치료를 멈추려고 한다.

그래도 날마다 오빠를 면회 오고 점심을 먹여드리니, 그것도 감사해야 한다고 여겼다.

오빠는 장모를 돌아가실 때까지 모셨고, 처남이 서울에서 대학을 졸업할 때까지 한 집에서 살았다. 오빠가 건강이 나빠진 것은, 다니던 건설회사 사장이 아파트를 짓다 말고 부도내고 잠적한 뒤였다. 빚쟁이들이 회사 경리를 맡은 오빠를 찾아왔고, 오빠는 어떻게든 틀어막아 회사를 살리려고 안간힘을 썼다. 아파트를 계약한 사람들의 피해는 막아야 하겠다는 일념으로, 살고 있는 아파트와 상속받은 시골의 땅을 담보로 대출까지 받아 해결하려고 애썼다. 오빠는 사장이 나와서 조금만 힘을 보태면 될 것이라는 생각을 하였으나, 사장은 끝내 나타나지 않았다. 아파트를 다른 회사가 이어 지을 때까지 오빠는 엄청난 스트레스를 받았고, 술도 많이 마셨다. 그 스트레스가 원인인지 오빠는 뇌혈관에 문제가 생긴 것이 몇 년 후 치매로 이어졌다. 치매 판정 후 2년이란 짧은 세월 동안 오빠의 모습은 이제 예전으로 돌아갈 수 없는 정도가 되어 버렸다.

요양원 입소 후, 오빠가 그렇게 집에 가고 싶어 하여, 나는 올케한테 말하지 않고 오빠를 모시고 집으로 갈까도 생각한 적이 있었다. 오빠 명의의 아파트이다. 못 갈 이유가 뭐란 말인가. 그러나 올케한테 전화했을 때 올케는 교회라고 하였다. 아파트 문의 비밀번호를 물어보기가 망설여졌다. 오빠는 비밀번호를 외우지 못했다. 모시고 간다 한들, 그 밤의 시간이 가족들 눈총 받고 편치 않다면 그것도 아닌 것 같아 포기한 적이 있었다.

나는 올케더러 뭐라 하기 전에, 여러모로 무능한 나 자신을 자책

하고 있었다. 그냥 내가 오빠를 자주 가 보고, 할 수 있다면 영양주사라도 가까운 병원에서 맞게 해 드리겠다고 생각했다.

그러나 그런 기회는 주어지지 않았다. 이틀 뒤 새벽에 오빠의 심정지 소식을 받았다. 올케는 자다가 119대원이 전화로 산소호흡기를 사용해야 하는데, 보호자의 허락이 필요하다고 하여, 당연히 사용해야죠, 라고 답했다고 말하였다.

오빠는 G병원의 중환자실에 있었다. 동기간들과 면회시간에 갔을 때 오빠가 어디에 있는지 보이지 않았다. 침대 가까이 가서야 침대에 누워 있는 오빠가 보였다. 얄팍하다고밖에 표현할 수 없는 상태가 되어 있었다. 호흡부터 혈액순환까지 모든 걸 의료기기에 맡기고 있었다. 눈은 반창고로 붙여 놓았다. 시골에서 올라온 큰언니가

"아이구, 힘들어서 어쩌나. 우리 동생."이라고 말하였다.

테이프를 붙인 양쪽 눈의 꼬리 쪽으로 한 방울씩 눈물이 맺혔다. 큰 언니가 손수건으로 닦아주려 하자 간호사가 안 된다며 거즈로 닦았다.

의식이 없는 상태에서도 목소리에 몸이 반응할 수도 있음을 보고 가슴이 멍했다.

기관 절개는 올케가 허락하지 않아 입을 벌린 채 기도삽관이 되어 있었다. 목에 구멍을 뚫는다는 것을 올케는 받아들이기 어렵다고 하였다.

그날 병원을 나와 걸으며 올케가 말했다.

"의사한테 일주일 내로 퇴원할 수 있냐고 물어보았더니 알 수 없다고 하네. 열흘 지나까지 병원에 있으면 다시 그 요양원으로 들어갈 수 없는데."

"네? 언니. 요양원에서 말하길 심정지가 20분이나 되어 있었다면서요. 어휴, 제발 열흘 이후라도 깨어나기만 해도 좋겠어요."

"그 요양원은 일주일 이상 나가 있으면, 입소 대기 중에 있는 사람을 받아서, 요양원을 다른 데를 알아 봐야 하거든."

오빠가 요양원에 입소가 안 될까 봐 걱정하는 올케를 보고 마음 같으면 소리를 버럭 지르고 싶은 충동을 느꼈다. 하마터면 이렇게 소리 지를 뻔했다.

'그놈의 요양원! 요양원! 거기 맡겨놓고 언니랑 조카는 안 보니까 편하겠지, 자기 할 일들 다하고. 오빠는 굶어 죽어 가고 있거나 말거나!'

"언니. 오빠는 다시 요양원에 갈 수 없을 거예요. 기적이 일어나지 않는 한."

이후 오빠가 중환자실에 있는 동안, 이틀에 한 번씩 찾아갔다. 별 변화가 없었다. 한 참 들여다보다가, 위로의 말이랍시고 몇 마디 하다가 오곤 하였다. 다른 환자의 가족들도 비슷해 보였다. 오빠 옆 침대에는 기관절개관을 한 채 미동도 않고 누워 있는 환자가 있었다. 아내로 보이는 여인이 지친 모습으로 와서 '자기야. 자기야. 말 좀 해 봐. 들려? 말 좀 해 봐.' 하다가 나갔다. 그 여인의 말이 오래도록 잊혀지지 않았다.

오빠가 돌아가시고 장례식장을 떠난 장의차는, 오빠가 살던 아파트를 돌아서 화장장으로 갔다. 오빠는 아파트 대문 비밀번호를 외우지 못해도 집안을 들어가 보았을까? 만질 수 없는 자신의 물건들을 바라보았을까? 집에 가면 제일 먼저 찾고 싶은 걸 찾아보았을까? 누구의 간섭도 받지 않고 큰 대 자로 누워보았을까? 가족과 함께 했던 '집'을 원 없이 샅샅이 보고 떠났을까?

오빠의 결혼사진이 걸려 있던 집, 아이가 커가는 모습을 보며, 아이의 사진을 정성껏 앨범에 정리하며 행복해했던 집, 아이의 등록금을 내느라 때로 잠도 설치며 고민하던 그 집. 부모님 초상화가 걸려 있고, 올케가 교회를 다녀도 오빠 고집으로 제사를 정성껏 모시던, 행복도 갈등도 스며든 집. 책장 어디쯤에는 오빠만 아는 메모가 꽂혀 있을지도 모르고, 오빠가 소중하게 여기던 글귀가 밑줄 쳐진 책이 있는지도 모르고, 어쩌면 대학 시절 농사일을 도우며 썼던 한문이 반도 넘던 농사일지가 어딘가 보관되었을 집. 세상살이가 힘들어도 지게 진 아버지의 사진 앞에서 다 떨쳐내려고 애썼을 오빠가, 이미 팔렸거나 담보로 잡힌 전답들 등기부 등본을 때로는 몇 시간씩 바라보았을 그 집. 그래도 그 집은 가장 은밀하고 가장 편안하고 누구도 침범할 수 없는 오빠의 성(城)이었을 것이다. 사후세계를 믿지 않는 나는 오빠의 혼이라도 집에 들러 갔을 거라고 믿고 싶었다.

나는 H요양원 부원장이 왜 '러브하우스'로 방 이름을 붙였는지 알 것 같았다. 요양원은 하우스다. '홈'이 될 수 없다. 오빠는 가족이 있고, 자신이 일기를 쓰던 테이블이 있고, 자신이 식구들과 밥을 먹던 식탁이 있는 집에 가고 싶었을 것이다. 세상에 러브하우스는 많아도 한계가 있음을 부원장은 알고 있었다. 그래서 그녀는 웃지 못하고 지냈을까. 그녀는 언제 웃을 수 있을까. 어쩌면 나도 웃지 못하는 사람이 되지 않을까. 내가 어떻게 웃을 수 있겠는가. 우리 모두는 공범들 아닌가.

꽤 오랫동안 나는 요술램프를 찾아가기 힘들었다. 내 머릿속의 행복한 향기조차도 차마 누릴 수 없다는 생각에서였다. 내가 위안을 받을 수 있는 많은 것들을 스스로 차단했다. 나는 혼자서는 풀 수 없는 숙제를 짊어진 사람처럼 마음이 무거웠다. 하루 대부분 시간을 오빠를 회상하며 보냈다. 어쩌다 꿈을 꾸면 나는 오빠와 숨바꼭질을 하고 있었다. 나는 오빠를 찾느라 집을 뱅뱅 돌았다. 어디에 숨었는지 찾을 수 없어서 소리치다 깨어 보면 오빠가 없는 현실을 믿을 수 없었다. 나는 어린 시절 숨바꼭질 하자고 오빠를 졸라서 오빠는 술래가 되고 나는 숨었다. 이제 오빠는 숨고 나는 술래가 되었다. 오빠의 의지와는 상관없이 너무 멀리 숨어버려서 찾을 수 없다는 것을 나는 너무 늦게 깨달았다.

나를 염려하던 마리아가 '누군가에게는 너무 늦지 않게, 꿈같은 요양원을 만드는 궁리를 하자'는 문자를 보냈다. 나는 '둘이서는 못 만들어.'라고 답 문자를 보냈다.

그녀는 답했다.

'그래. 그러나 뭐든 작아도 씨앗이 필요한 거야.'

나는 답을 하였다.

'생각해 볼게.'

나로 말할 것 같으면

이선민

1. K호텔

K호텔은 서울이 내려다보이는 산 중턱에 위치해 있다. 현대적인 외관과 세련된 서비스, 고급스러운 식사까지 흠잡을 것 없는 곳이다. K호텔은 매년 봄 '코튼 캔디(Cotton Candy) 프로모션'을 진행한다. 객실 1박, 조식 2인, 수영장 2인에 최고급 K호텔 타올 두 장이 추가된다. 예약은 보통 오픈 하루 만에 매진된다. 미처 예약하지 못한 이들은 프로모션 리뷰로 아쉬움을 달랜다. 솜사탕을 한 입 베어 물면 손가락 끝까지 그 달콤함이 전해지듯, K호텔 수건으로 몸을 감싸는 순간 하얀 솜사탕 위를 뒹구는 기분이라 했다.

K호텔 수건 중에서도 가장 빛나고 가장 도톰한 수건. 그는 인간 나이로 치면 60대다. 하지만 이제 막 태어난 인간 아기처럼 뽀얗고 보송하다. 물과 세제거품이 휘몰아치는 세탁기 안에서도 숨 차 하는 법이 없다. 섬유 근육 사이사이에는 늘 공기를 불어넣어 도톰함을 유지한다. 모두 그를 '대장'이라 불렀다. 그는 '대장'이라 불리는 것을 좋아했다.

그는 오염된 수건들을 퇴출시켰다. 대장이 지목한 수건은 모두 아웃이었다. 인간들이 수건들을 데려갔다. 대장은 수건뿐 아니라 인간들의 대장이기도 했다. 세탁 차량이 아닌 폐기 차량을 타고 나간 수건 중에는 돌아온 수건이 없었다. 돌아오지 못한 수건들은 뜨거운 불구덩이에 떨어져 흔적도 없이 사라진다 했다. 대장 말한 마디면 모두 벌벌 떨었다. 그는 손 하나 까딱하지 않고도 수건을 나락으로 떨어뜨릴 수 있는 무시무시한 존재였다.

2. 칠순 여행

대장은 단박에 알아보았다. 그들이 K호텔에 어울리지 않는 인간들이라는 것을.

70대 김정남 여사, 그녀의 딸 혜영과 손주 경민. 그들은 룸에 들어서자마자 이것저것 들춰보며 호들갑을 떨었다. 한 덩치 하는 경민이 침대 위로 몸을 날리며 말했다.

"우와, 여기 진짜 고급이다."

"너무 멋지다. 창 밖 좀 봐요, 엄마."

혜영이 한껏 들뜬 목소리로 김 여사를 부른다.

"잠만 자는데 뭐가 그리 비싸냐 했는데. 그럴 만 허다, 야."

내내 못미더운 표정이었던 김정남 여사 얼굴에 웃음꽃이 핀다.

"수건도 끝내주네."

욕실에서 손을 닦고 나오며 혜영이 감탄을 연발한다.

김정남 여사 집에는 삼대가 함께 산다. 김 여사는 부산 출신이고 그녀의 딸 혜영은 예산 토박이다. 혜영은 초등학교 행정실 직원이다. 직장과 친구들이 모두 예산에 있는 터라 서울에 올라올 일이 거의 없다. 김 여사도 평생 서울 나들이라고는 손가락에 꼽히는 정도다. 가장 최근 방문이 10년 전이었다. 조카 결혼식을 위해 김 여사와 친지들은 함께 관광버스를 타고 올라왔다. 강남 어딘가에 있다는 결혼식에 들러 두 시간 정도 시간을 보낸 후 곧바로 다시 예산으로 내려갔다.

"장모님, 칠순 여행은 어디로 가고 싶으세요?"

칠순을 앞둔 김 여사에게 사위 종국이 물었다.

"나 서울 한 번 가 봤음 하네."

김 여사가 답했다.

"제주도나 동남아는 어떠세요?"

종국은 서울을 좋아하지 않는다. 본사 회의 차 종종 서울에 다녀오는데 그 여정이 썩 유쾌하지 않기 때문이다.

"아니, 서울에 가고 싶네. 확인해야 할 것도 있고."

"경민 애미가 장모님 평생 고생하셨다고 칠순 때 좋은 곳 다녀오자 했어요. 그래서 돈도 꽤 모아 놓았는데."

"서울서 최고 좋은 데 가고, 최고 맛있는 거 먹고 올 테니, 그리 알게."

김정남 여사의 벗 황옥분 여사는 서울 사는 아들 집에 종종 다녀온다. 황 여사는 틈만 나면 서울 자랑이다. 밤에 창 밖을 보면 온통 별천지라는 둥, 63빌딩을 올려다보다 뒤로 나자빠질 뻔했다는 둥, 서울 개들은 유모차를 타고 다닌다는 둥. 말도 안 되는 이야기들을 어찌나 장황하게 늘어놓는지. '내 언젠가 이 두 눈으로 꼭 확인하고 말리라' 별러 오던 김 여사였다.

종국은 K호텔 룸을 두 개 예약했다. 김정남 여사, 혜영, 종국, 경민이 한방에 묵을 수는 없기 때문이다. 그런데 여행 이틀 전, 종국이 운영하는 편의점 알바가 예고도 없이 그만두었다. 결국 여행은 김 여사, 혜영, 경민 셋이 가기로 하고 방 하나를 취소했다. 종국은 개념 없는 알바 때문에 여행을 못 가게 되었다며 투덜댔지만 한편 조금 들뜨기도 했다. 늘 북적이던 집에서 혼자만의 시간을 보낼 생각에 말이다.

3. 김정남 여사

"비싼 호텔 베개가 왜 이 모양이냐? 푹푹 꺼지는 통에 한숨도 못 잤네."

"난 엄마 때문에 한숨도 못 잤다고요."

"여기 최고급 호텔 맞냐?"

"폭신하고 좋기만 하구만 왜 그래요."

"목에 뜨신 수건 좀 올려야겠다. 이 주전자 어떻게 끓이는 거랬냐? 물 좀 올려줘."

암막커튼 탓에 더듬더듬 일어난 혜영이 작은 조명을 하나 켜고 전기포터에 물을 올렸다. 끓인 물과 찬물을 섞어 온도를 맞춘 후 수건에 흠뻑 적셔 김정남 여사에게 건넸다. 김 여사가 어깨에 수건을 올린 지 30분쯤 지났을까? 커튼 사이로 서서히 빛이 스며들었다. 휴대폰으로 시간을 확인한 김 여사의 잔소리가 다시 시작되었다.

"얼른 일어나라, 서울까지 와서 잠만 자나?"

김 여사는 젖은 수건을 내려 의자 등받이에 걸쳤다.

"9시도 안 됐어요, 엄마. 뭘 이리 서둘러요."

"63빌딩도 가야 하고 개 유모차도 확인해 봐야 하니까 얼른 준비혀."

샤워를 마친 혜영이 머리를 말리려 새 수건을 들고 나오다 웃음보가 터졌다. 김 여사는 진작 준비를 마치고 문 앞에 서 있었다.

김 여사가 입은 빨간 블라우스와 빨간 바지 모두 처음 보는 것이다. 스팽글 박힌 선글라스와 컴포트화 또한 마찬가지다. 오른쪽 손가락에 두 개, 왼쪽 손가락에 한 개. 금가락지는 김정남 여사가 늘 끼고 다니는 것들이다. 그럼에도 불구하고 오늘은 좀 달리 보인다.

"서울서 없이 입고 댕기면 사람들이 무시한담서? 어떠냐, 좀 있어 보이냐?"

"아이고, 서울 땅이 아무리 복잡하다 해도 울 엄니 잃어버릴 일은 없겠네요."

'서울에 아는 사람 없어 다행이네.' 혜영은 안도의 한숨을 쉬었다.

그때 옆으로 아들 경민이 눈에 들어왔다.

경민은 평일이고 주말이고 제까닥 일어나는 법이 없다. 출근하면서 깨우고 가느라 전쟁인데. 그런 아들이 스스로 옷은 물론이요, 신발까지 챙겨 신고 문 앞에 서 있다니. 할머니 팔짱을 꼭 낀 채 말이다.

"우리 김 여사 때문에 못 살아. 경민이는 대체 어떻게 꼬신 거예요?"

김 여사와 경민이 서로에게 윙크를 날린다.

"옷만 대충 갈아입고 나갈게요. 1층 로비에 먼저 가 계세요."

혜영은 머리 말리기를 포기하고 들고 있던 새 수건을 젖은 수건 위로 던졌다.

4. 독재자

김 여사 가족은 방 정리도 하지 않은 채 외출했다.

이제 호텔 방에는 대장과 푹 젖은 수건, 둘뿐이었다. 의자 등받이 푹 젖은 수건 위로 대장이 반쯤 겹쳐져 있었다. 의자 밑에는 진녹색 가방이 놓여 있었다. 김정남 여사의 것이다.

'분하다, 물기도 닦지 않고 날 내던지다니. 이런 대접은 처음이야.'

대장이 혜영을 괘씸해하며 못마땅한 표정을 짓던 그때, 푹 젖은 수건이 온 힘을 다해 몸을 비틀기 시작했다. 녀석은 가죽 등받이에 밀착되어 꼼지락거릴 뿐 자리에서 흘러내리지 않았다. 하지만 두툼하고 보송한 대장은 달랐다. 의자에 반쯤 걸쳐 있던 탓에 작은 진동만으로도 조금씩 아래로 미끄러져 내려갔다.

"지, 지금 뭐하는 거야?"

대장이 푹 젖은 수건에게 버럭 소리쳤다.

무게중심이 아래로 내려갈수록 떨어지는 속도가 빨라졌다. 기를 쓰고 녀석이며 의자 등받이를 붙잡아보려 했지만 소용없었다. 대장은 맥없이 낙하하며 위를 올려다보았다. 푹 젖은 수건이 말했다.

"잘 가게, 대장이여. 아니, 독재자여."

"빌어먹을."

입에서 욕이 튀어나왔다.

지퍼가 활짝 열려 있는 진녹색 보스턴 백은 흡사 입 벌린 악어의 모습이었다. 일주일을 족히 굶어 독이 오를 대로 오른 악어. 그 입

속으로 떨어짐과 동시에 대장은 정신을 잃고 말았다.

5. 미진사우나

　김 여사는 몇 년 전 한창 사우나에 재미를 붙였다. 동네 아주머니들과 하루가 멀다 하고 찜질방에 갔다. '미진사우나'는 예산 시내에 있는 찜질방이다. 근방에서 가장 저렴한데다 관리가 잘 되어 인기가 좋다. 찜질방 사장 황 여사 부부는 걸핏하면 싸운다. 찜질방에 손님이 있건 없건, 밤이건 낮이건 말이다.

　며칠 전에는 아침 댓바람부터 고성이 오갔다. 찜질방 문을 열던 황 여사가 남편에게 불같이 화를 내고 있었다. 전날 남편이 깜빡하고 간판 불을 켜두고 퇴근한 것이 화근이 되었다. 남편은 젊은 날 보증 한번 잘못 선 후 지금까지 황 여사에게 꽉 잡혀 살고 있다.

　"이번 달 전기 값은 당신 용돈에서 제할 줄 아쇼."

　"뭐? 쥐꼬리만한 용돈에서? 이 여편네가 미쳤나."

　"그래, 미쳤다. 미친년이랑 사니까 좋냐? 그때 확 도장을 찍었어야 했는데. 아이고, 내 팔자야."

　"거참, 말을 말아야지."

　황 여사 남편이 얼른 꼬리를 내린다.

　"출출한데 국밥이나 먹으러 갑시다, 옥자 씨."

　"흥! 만날 국밥 타령은. 국밥이랑 결혼하지 그랬수."

　황 여사는 못 이기는 척 남편을 따라 길 건너 국밥집으로 향한다.

떠들썩하던 거리가 금세 조용해진다.

김 여사가 사우나에 다녀온 어느 날 못 보던 수건이 한 장 늘어
있었다. 미진사우나 수건이었다. 혜영은 얼굴이 화끈거렸다. 혜영
의 동창, 미진은 황 여사 딸이다. 황 여사는 딸 이름을 따 찜질방
이름을 '미진사우나'라 지었다.

"엄마, 왜 사우나 수건을 가져온 거예요?"

혜영이 짜증 섞인 목소리로 물었다.

"그거 다 사우나 비에 포함된겨."

김 여사의 대답에 혜영이 목소리가 커진다.

"황 아줌마가 알면 어쩌려고 그래요!"

"걔가 전에 내 돈 떼먹은 거 알지? 그 수건, 그 돈 반의 반도
안 된다."며 당당한 김 여사였다.

몇 달 전 황 여사가 급히 김 여사에게 "돈 좀 빌려 달라." 했다.
그래 놓고 차일피일 미루며 도통 갚을 생각을 않는 것이었다.

"5만원 언제 줄 거냐." 물으면 황 여사는 적반하장이었다.

"이번 달 말에 준다니까. 거참 야박하네. 우리가 어디 하루이틀
만난 사이인감?"

되레 큰 소리다.

결국 김 여사는 자신만의 방법으로 꿔준 돈을 받아내기로 했다.
찜질방 수건을 집에 가져온다거나, 식혜를 꺼내 먹고 계산을 하지

않는다거나, 초등학교 3년 손자를 데려가 유치원생이라 우긴다거나 하는 식으로 말이다.

6. 낯선 곳

"이번에는 호텔 수건이에요?"

칠순 여행에서 돌아와 짐 정리를 하던 혜영이 '대장'을 펄럭펄럭 흔들어 제쳤다. 하루 꼬박 기절해 있던 대장은 심한 현기증을 느꼈다.

"글쎄, 아니라니까 저러네!"

김 여사 목소리가 한 수 위다.

"내가 창피해서 못살아, 정말."

혜영이 목소리를 높였다.

"설사 내가 진짜 가져왔다 치자. 거기 호텔비가 얼만데 수건 한 장 가지고 이 난리냐!"

김 여사가 사위에게 슬쩍 바통을 넘긴다.

"안 그런가, 최 서방?"

"네, 장모님. 그 호텔 숙박비가 많이 비싸긴 하죠."

혜영은 종국에게 가자미눈을 하고는 밖으로 나가버렸다. 대장을 거실 바닥에 패대기치며 말이다.

대장은 화를 삭이며 주변을 조심스레 둘러보았다.

누워 있는 탓일까? 여덟 평가량의 거실 천장이 유독 높아 보였다.

가족이 흩어진 거실은 고요했다. 정면에 커다란 창이 위치해 있지만 커튼이 쳐져 있는 탓에 밖이 보이진 않았다. 창 오른편으로 현관이 나 있고 왼편으로 3인용 소파와 다용도 테이블이 있다. 테이블 모퉁이로 시선을 옮기는데 개다 만 수건들이 보였다. 두어 개는 반듯한 모양으로 접혀 포개 있었고 두어 개는 테이블 위에 제멋대로 널려 있었다. 수건들과 눈이 마주친 지 십여 초의 시간이 흘렀다.

"앗!"

대장의 입에서 외마디가 튀어나왔다.

믿을 수가 없다. 맨 위에 있던 수건이 꼼지락거리더니 테이블 아래로 걸어 내려오는 것이 아닌가! 그 아래 수건과 옆에 누워 있던 수건들까지. 차례로 테이블을 타고 내려와 대장을 둥글게 에워쌌다. 허여멀건이, 푸르딩딩이, 분홍튀튀, 누리끼리, 미진사우나 수건까지. 합이 다섯이다. 그들은 대장을 내려다보고 대장은 그들을 올려다보았기에 대장의 얼굴에 약간의 굴욕감 같은 것이 느껴졌다.

7. 천국 혹은 지옥

"여… 여긴 천국인가?"

대장이 혼잣말처럼 물었다.

"아저씨는 누구세요?"

분홍튀튀가 물었다.

"흠… 나로 말할 것 같으면 K호텔 대장 수건이다. 여기 대장은 누구지?"

대장은 일부러 조금씩 뜸을 들이며 말했다.

"대장? 대장 같은 건 없는데?"

허여멀건이가 답했다.

대장은 한껏 가슴을 내밀어 도톰함을 극대화하며 다시 말했다.

"여기서 가장 빛나고 가장 도톰한 수건. 대장 수건 말이다. 나로 말할 것 같으면…."

"대장, 소장, 맹장 할 때 그 대장? 푸하하!"

웃겨 죽겠다는 표정으로 푸르딩딩이 말했다.

있을 수 없는 일이다. 대장의 말을 자르다니!

"난 그저 예의를 갖추고 싶은 것일세. 이곳 대장을 불러주게."

대장이 애써 태연한 척 말해 보았지만 실패다.

그에게 흥미를 잃었는지 수건들이 하나둘 자리를 떠나고 있었다.

"별 이상한 수건 다 보겠네. 자, 이제 뭐 하고 놀까?"

다급해진 대장이 물었다.

"너희는 어떻게 움직이는 거지?"

질문이 그들을 붙잡아 세웠다. 분홍튀튀가 물었다.

"어떻게 움직이냐고? 너는 움직이지 못하니?"

"나로 말할 것 같으면 수건 중의 수건, 대장 수건이다. 인간이 나의 발 역할을 대신해주지."

"스스로 걷지도 못하면서 뭐가 대장이라는 거야?"

푸르딩딩이가 말했다.

인자한 미소의 누리끼리가 덧붙인다.

"우리는 인간과 함께 살고 있다네. 우린 그들의 얼굴과 몸을 닦아주고, 그들은 우리를 깨끗하게 세탁해주지. 그들은 우리의 친구라오. 인간들은 우리가 움직일 수 있다는 걸 모르지. 안다면 아마 굉장히 놀랄 걸. 우린 인간들을 놀래켜 줄 시기를 엿보는 중이지."

누리끼리의 말에 모두들 고개를 끄덕였다.

'천국이 아니라 지옥이군.'

대장은 한심한 표정으로 그들을 바라보았다. 그러면서도 문득 '나도 움직일 수 있나?' 궁금해져 몸 이곳저곳 힘을 주어 보았다. 하지만 솜털 하나 움직이지 않았다.

8. 수건 공장

김 여사는 1남 4녀 중 장녀다. 그녀는 국민학교 3학년까지 다니고 중퇴했다. 가난 때문이었다. 10대 중반까지는 밭일과 집안일을 도우며 동생들을 돌봤다. 남들이 고등학교에 입학할 즈음엔 사촌 언니가 다니던 공장에 취직했다. 당시 부산에는 큰 직물공장이 여럿 있었다. 그녀는 수건 공장에서 청춘을 보냈다. 부끄럽지는 않았지만 그렇다고 자랑할 만한 일도 아니었다.

김 여사는 수건이 꼭 제 모습 같다 했다. 묵묵히 얼굴, 손, 발, 먼지와 오물까지 닦아주는 수건. 그녀는 동생들 손과 발을 닦아주는 세면수건이었다. 아버지의 폭력을 견뎌내야 하는 발수건이자, 친정어머니의 땀과 눈물을 닦아주는 손수건이었다. 그리하여 그녀는 아무리 해지고 더러워도 수건을 버릴 수가 없다 했다.

김 여사는 요즘 노인학교에 다닌다. 특히 한글 수업이 있는 월, 수, 금요일은 절대 빠지지 않는다. 국민학교를 중퇴한 그녀는 읽고 쓰는데 늘 자신이 없었다. 그녀는 지금이 제일로 행복하다 했다.

오늘은 수요일, 이중모음 세 번째 시간이다. 김 여사는 자리에 앉아 지난 주에 배운 글자들을 깍두기공책에 다시 한 번 써 보고 있었다. 수업 시간이 다 되었는데 한글 선생님이 아닌, 박 주임이 들어왔다. 선생님 차를 택배 차량이 뒤에서 들이받는 바람에 수업이 취소되었단다. 다행히 큰 사고는 아니었다 했다.

평소보다 일찍 집에 돌아온 김 여사의 눈에 쇼핑백이 들어왔다. 모서리로 빼꼼히 튀어나온 수건 끝자락이 보였다. 안을 들여다보니 미진사우나, K호텔 수건이 들어 있었다.

9. 위기

"버, 벌써 오셨어요? 엄마 없을 때 갖다 버리려고 했는데."
당황한 혜영이 말까지 더듬는다.
"이게 다 뭐냐? 내가 뭐라고 했냐! 수건 버리지 말라 했지."
김 여사가 쇼핑백에서 수건들을 꺼내며 소리쳤다.

"아이고, 그만 좀 합시다, 김 여사님. 내 중학교 동창 지영이 알죠? 걔가 오늘 우리 집 놀러 왔다가 묻잖아요. 미진이네 사우나 수건이 왜 여기 있냐고. 얼마나 얼굴이 화끈거리던지. 그 수건들 다 갖다 버릴 거예요!"

수건들에겐 날벼락 같은 일이었다. 김 여사 집 수건 세계에서 버려지는 일이란 있을 수 없는 일이기 때문이다. 그들은 보통 세면 수건으로 시작해 구멍이 나기 전까지 5년이고 10년이고 욕실을 지킨다. 구멍이 나거나 해지면 발수건으로. 발수건으로도 사용하기 힘들면 걸레로 사용한다. 그렇다고 세면 수건이 발수건을, 발수건이 걸레를 무시하거나 얕잡아 보는 일은 없다. 인간이 아기에서 청년으로, 청년에서 장년으로, 장년에서 노인으로 자연스럽게 늙어가듯. 김 여사 집 수건의 인생도 그냥 그런 거였다.

"다녀왔습니다."

경민이 집에 들어서자마자 김 여사를 찾는다.

"할머니, 저 배 고파요."

김 여사 방문을 연 경민이 멈칫했다.

"할머니, 왜 그러세요?"

경민이 물었다.

"니 엄마가 내 수건 다 갖다 버린단다."

"멀쩡한 수건을요?"

김 여사 손자답다.

"지 애미보다 친구 말이 더 중하지, 저것은."

할머니 콧구멍에서 폴폴 김이 나고 있었다.

10. 개똥구릴내

경민은 김 여사와 함께 있는 시간이 좋다. 할머니는 맞춤법이 틀려도 혼내지 않는다. '미친' 이런 말도 그냥 넘어가 주신다. 특히 할머니가 해주시는 감자전은 최고다. 경민은 감자전만큼, 아니 그보다 더 많이 할머니를 좋아한다. 경민은 할머니 기분을 풀어주고 싶었다.

"할머니, 저한테 좋은 생각이 있어요!"

경민이 가방에서 교과서를 꺼내 김 여사 앞에 내밀었다.

"지금 한가하게 책이나 볼 때냐?"

김 여사가 역정을 냈다.

"여기 봐요, 할머니."

경민이 책 표지를 가리켰다.

"추함? 자화상? 요즘에는 학교에서 이런 걸 배우냐?"

김 여사가 물었다. (김 여사도 이제 이 정도는 읽는다.)

"이게 원래 수학 책이거든요. 이건 사회 책이구요."

경민은 빈 종이에 수학을 쓴 후 획을 더해 '추함'을 만들었다. 사회를 쓴 후에는 획을 더해 자화를 만든 후 '상'자를 덧붙여 '자화상'을 만들었다.

"수업 시간에 심심해서 책 제목에 낙서한 거예요."

할머니 눈치를 보며 경민이 말을 이었다.

"엄마가 화난 이유는 수건 이름 때문이잖아요. 사우나, HOTEL 글자를 알아볼 수 없게 꾸미면 엄마도 버린다 뭐한다 말 안 할 걸요?"

경민이 제방으로 건너가 패브릭 마커를 들고 왔다. 김 여사와 경민은 머리를 맞댄 채 한참을 킥킥댔다. 대장에겐 위아래로 HOTEL 글자가 새겨져 있었다. HOTEL 글자는 그에게 훈장 같은 것이었다. 하지만 그 자리엔 이제 '개똥구릳내'라는 글자가 대신하고 있다. 김 여사와 경민은 H 앞에 ㄱ을 붙여 '개'로 만들었다. O 위에는 '또' 글자를 더해 '똥'을, T 위에는 ㄱ을 붙여 '구'를 만들었으며 E 위에는 리를 붙여 '릳'을, L옆에는 ㅐ를 붙여 '내'로 만들었다.

미진사우나는 훨씬 쉬웠다. 획을 여기저기 더하고 ㅅ, ㅁ, ㄱ을 더하니 '미친싸움닥'이 되었다.

개똥구릳내? 개똥구린내? 싸움닥? 싸움닭? 싸움닭? 어딘가 좀 어색했지만 중요한 문제는 아니었다.

"이제 호텔 수건인지 찜질방 수건인지 아무도 모르겠죠?"

김 여사와 경민이 흡족한 미소를 지었다.

마침 저녁 준비를 끝낸 혜영이 김 여사 방문을 두드렸다. 김 여사와 경민은 바뀐 글자가 잘 보이게 쫙 펴서 혜영에게 보여주었다.

"봐라, 감쪽같지? 수건 버릴 생각은 꿈에도 마라, 알 것냐?"

11. 또 다른 위기

대장은 갈수록 말이 없어졌다.

'개똥구릿내'가 그를 주눅 들게 했다. 진짜 개똥구린내가 나는 것 같아 종일 한 마디도 안 할 때도 있었다. 혼자 누워 있는 시간은 외롭고 무료했다. 하지만 다른 수건들에게 먼저 말을 걸거나 도움을 청하지 않았다. 수건들도 차차 대장에게서 관심이 멀어졌다. '혼자 있는 걸 좋아하나 보다.'며 특별한 일이 아니면 아는 체도 하지 않았다.

'미친싸움닭'은 달랐다. 미진사우나 때나 '미친싸움닭'일 때나 똑같이 명랑했다. 뭐가 좋은 지 웃음소리가 끊이지 않았다. 삐딱한 푸르딩딩이에게도 화내는 법이 없었다.

왠지 심술이 나면서도 자꾸 신경이 쓰였다. 펄럭 소리만 들어도 '미친싸움닭'임을 구분해냈다. 깔깔 웃는 소리만 들어도 기분이 좋아졌다.

나흘 전 김 여사 집에 새 식구가 들어왔다.

경민 친구 성원이네가 해외여행을 가서 일주일 간 고양이를 돌봐주기로 했다. 고양이 이름은 '나리'였다. 나리는 이갈이를 하는지 양말이며 전선이며 식구들 손가락을 마구 물어댔다. 식구들이 모두 외출한 평일 오후. 수건들은 어느 때처럼 빨래통에서 나와 집 안 곳곳을 누비고 있었다. 움직이지 못하는 대장만 욕실 수건걸이에 걸린 채 하염없이 시간을 보내고 있었다. 그때였다.

"나리야, 저리가!! 꺄아아!"

낯익은 목소리가 비명을 지르고 있었다.

욕실 문틈으로 대장 눈에 미친싸움닭이 보였다. 미친싸움닭은 나리에게 물린 채 이리거리 휘둘리고 있었다.

대장이 고함을 질렀다.

"야, 그만해!"

누군가를 위해 이렇게 소리친 것은 처음이었다.

주변을 둘러보았으나 다른 수건의 모습은 보이지 않았다. 나리는 편한 자세를 찾더니 앉아서 수건을 질겅질겅 씹기 시작했다. 계속 그렇게 씹혔다가는 곧 구멍이 날 터였다. 대장은 온 에너지를 짜내 소리를 질렀다. 머릿속엔 '미친싸움닭을 구하러 가야 한다' 그 생각뿐이었다.

"야아아아아아아아! 그만하라고!"

순간 대장이 수건걸이에서 툭 떨어졌다. 대장은 기절하지 않았다. 하지만 기절할 것 같았다. 두 발로 욕실바닥을 딛은 채 서 있는 것 아닌가! 대장은 곧장 거실로 달려 나갔다. 펄럭펄럭 날갯짓을 하며 나리를 겁주었다. 그때 그들을 발견한 푸르딩딩이가 다른 수건들을 불러왔다. 그들은 3단 탑을 쌓아 몸집을 부풀렸다. 나리는 제 몸집 열 배나 되는 수건 괴물을 보고는 줄행랑을 쳤다.

미친싸움닭은 무사했다. 모두 안도의 숨을 내쉬었다. 그러다 수건들의 시선이 일제히 대장에게로 향했다. 모두 입이 떡하니 벌어졌다. 하지만 가장 놀란 것은 대장 자신이었다. 대장은 누웠다 다시 일어나 보았다. 마법의 양탄자처럼 날아 보기도 했다. 그리고 소리쳤다.

"움직여, 내가 움직인다고!"

12. 나로 말할 것 같으면

날이 풀리자 김 여사네 앞마당에 빨래 너는 날이 많아졌다. 바깥에서 직접 쬐는 햇살은 객실 또는 거실 안으로 새어 들어오던 그것과는 비교가 안 되었다. 눈으로만 보던 음식을 제대로 먹어보는 느낌이랄까.

그때 마당 밖 대문에 인기척이 났다. 모두 부리나케 제자리로 돌아갔다. 김 여사와 경민의 모습이 보인다. 사이좋게 노란 항아리 우유를 하나씩 들었다. 뒤로 혜영, 종국도 따라 들어온다. 웬일로 가족이 다 같이 사우나를 다녀오나 보다. 부부 손에도 항아리 우유가 들려 있다.

가족은 집으로 들어가지 않고 마당 마룻턱에 앉았다. 김 여사, 종국, 혜영, 경민은 나란히 앉아 다리를 번갈아 흔들며 항아리 우유를 마신다. 그때 '딩동!' 하고 종국의 휴대폰 알람이 울렸다. 문자를 확인하는 종국의 눈이 왕방울만 해졌다.

"장모님, 서울 한 번 더 가셔야 할 것 같은데요?"

"응? 뭔 일로?"

김 여사가 물었다.

"얼마 전 본사에서 편의점 혁신 아이디어 공모를 했거든요. 제가 낸 제안서가 1등으로 뽑혀서 부상으로 K호텔 1박 숙박권을 준다네요."

종국이 답했다.

"정말인가? 그럼 가야지! 우리 사위가 최고네, 최고야! 가서 이렇게 말하면 되나? 나로 말할 것 같으면 최종국이 장모 되는 사람일세!"

종국이 웃으며 김 여사의 말을 받았다.

"나로 말할 것 같으면 김정남 여사 사위이자 이혜영이 남편 되는 사람이올시다. 하하."

혜영도 외친다.

"나로 말할 것 같으면 김정남 여사 딸이자 최종국 씨 부인이자 최경민이 엄마 되는 사람입니다."

이에 질세라 경민이 더 큰소리로 외쳤다.

"저로 말할 것 같으면 김정남 여사 손주이자 최종국 이혜영 씨의 아들이자, 그림 그리기와 피구를 잘 하는 어린이이자, 체육시간을 제일 좋아하고 수학시간은 극혐인 학생이자…."

"고만해라, 많이 묵었다 아이가."

혜영답지 않은 농담이다.

"야, 야. 왜 애기 말을 끊냐. 계속해 봐라, 우리 손주."

"역시 할머니는 내 편이라니까. 사랑해요, 빵야!"

경민이 김 여사를 향해 손가락으로 사랑의 총알을 날린다.

혜영이 경민에게 눈을 흘겼지만 입가엔 미소가 번졌다.

따뜻한 햇살이 김 여사 집 구석구석을 비친다.

풋짝사랑

딸기바

1.

카페 안의 테이블이 산만하게 놓여 있고, 그 위엔 열댓 개의 빈 잔이 놓여 있었다. 몇 주 전에 오퍼를 받아 놓은 A사로부터 급히 연락이 와 프레젠테이션으로 타 경쟁사와 비교 검토하겠다는 통보를 받아 부랴부랴 준비한 회의였다.

사내 회의실에 여분이 없자 급히 사내 앞 S카페 단체 룸을 잡아 회의를 했다.

"서현 씨, 프레젠테이션은 잘 끝난 것 같아요?"

그동안 온정신을 회의에 집중하느라 녹초가 된 서현에게 현수는 최후의 일격을 가하는 것처럼 날카롭게 물었다.

"글쎄요… 네. 좋은 결과가 있겠죠."

"흠, 그쪽은 오늘 서너 번째 미팅이었다니까. 내일 아침에 결과 통보 올 겁니다."

싸늘하게 식은 그의 목소리에서 마치 오늘 미팅이 가능성 제로였다는 것처럼 들려 마음이 불편한 서현은 어서 마무리하고 퇴근하고자 아무렇지 않은 척 정리하기 시작했다.

"오늘 저녁 약속 있습니까?"

"아니요… 오늘은 그냥 바로 집에 가려구요."

"그럼 잠깐 밥만 먹고 가죠. 식사하면서 오늘 준비한 것에 대해 이야기도 할 겸."

피곤함에 지친 그녀를 거들떠보지도 않고 먼저 카페를 나서는 그의 뒷모습을 보며, 정말 넌더리가 난 듯 그녀는 한숨을 쉬었다. 입사하고 반년, 그의 옆에서 한 일은 말이 좋아 일을 가르쳐준다는 명목이었지 마치 군대 이병을 훈련하듯 계속되는 칼 같은 피드백에 야근이었다. 그는 그녀의 사내 블랙리스트 1위를 차지했다.

'정말 짜증 나. 하필 오늘같이… 또 아까 망했다고 한 소리 하겠지. 두고 봐, 네 지갑을 내가 오늘 털어주겠어.'

현수는 서현을 차 안에서 기다리며 연신 한숨을 쉬었다.

"아… 망했다."

반년이 되어도 그녀는 알아차리지 못했다. 서현은 그의 첫사랑이자 잊히지 않는 그녀였다. 아버지의 기업을 잊기 위해 어린 시절부터 혹독한 교육을 받고 자란 그에게 그녀와 추억은 유일한 마음속 오아시스였다. 자신은 고장 난 시계처럼 그녀와 추억에 멈춰져 있는데 반년이 지나도 그녀가 알아차리지 못하자 오늘 아예 자신이 먼저 말을 꺼내기로 한 것이다.

2.

"그러니까. 네가 왜 내 사수냐고. 딸꾹…큭."

"서현 씨, 너무 취한 것 같은데요."

"잉? 취해? 내가 언제? 호호호호."

"말이 늘어지잖습니까. 아까부터."

"늘어지는 건 넌데, 네 님이 항~상 내 보고서 꼬투리 잡고 늘어지잖아?"

"…"

"맨~날 서현 씨, 서현 씨 아주 귀에 딱지나게… 딸꾹."

"이만 집에 갑시다."

자신의 인생 일대 고백 전에 소주 한 잔으로 마음을 가라앉히려고 시킨 술이 되려 서현을 걷잡을 수 없게 만들었다. 현수는 오늘의 계획을 포기할 수밖에 없었다.

'아, 이 여자 술 마시니 이렇게 되네. 뭐 오늘만 날인가, 6개월이나

기다린 마당에.'

"서현 씨, 집이 어디에요?"

"우리집? 저쪽~."

"주소 말해요. 택시로 보내드릴 테니까."

"저쪽이라니까~, 웃겨, 지금 이것도 못 알아듣는 거야? 저쪽이야. 한국어로 저쪽!"

그녀가 내뱉은 말은 그동안 자신이 의미 없이 그녀에게 했던 말투 그대로였다.

이렇게 맞받아치는 거면 '일부러 이러는 건가' 하고 쓴웃음이 나왔다. 일단 곤드레만드레한 그녀를 어떻게든 집에 보내야 했다. 부랴부랴 계산하고 가게를 나와 택시를 부르려는데 서현의 집 주소를 모른다는 것을 깨달았다.

"서현 씨, 잠깐 백 좀 봅시다."

"아. 뭐야. 흠흠."

지갑에 주민등록증이라도 있겠거니 하고 그녀의 지갑을 찾았지만 달랑 카드 세 개만 들어 있었다.

"흠, 할 수 없군."

지갑을 찾는 동안 바닥에 대자로 뻗은 그녀에게 시선을 주면서 현수는 체념한 듯 하늘을 올려다보았다.

3.

"따르릉~ 전화 왔어요. 전화 받으세요. 따르릉~ 전화 왔어요. 전화 받으세요."

'아… 뭐야 새벽부터 전화하는 사람이, 사람이 한참 달게 자는데… 응? 회사?'

"여보세요?"

"여보세요, 서현 씨? 오늘 왜 이렇게 늦어요. 설마 이 시간까지 잔 거야? 헐!"

"차 대리님, 이 시간까지라뇨. 뭔가 착각하신 거 아네요, 지금이 새벽인데… 응? 응????"

차 대리의 익숙한 목소리가 귀에서 윙윙거렸지만 그녀는 눈에 들어온 광경을 믿을 수 없었다. 어두웠던 것은 암막 커튼 때문이었다. 침대는 생전 처음 보는 크기에 낯선 느낌이었다. 커튼에 살짝 비친 햇빛에 비친 시계는 오전 10시를 가리키고 있었다.

'나… 호텔에서 잔 거야?'

"잘 잤어요?"

"꺅~~~~~~~~."

"서현 씨 무슨 일이에요? 괜찮아요? 네?"

비명을 지른 그녀의 시선 끝에 서 있는 사람은 샤워를 갓 마치고 수건만 두른 현수였다.

서현은 간신히 비명을 멈추고 떨리는 손으로 폰을 잡았다.

"차 대리님! 저, 오… 오후에 출근할 게요… 네 늦잠… 잤어요. 지금 갑자기 집에 바퀴벌레가 나와서. 네… 그렇게 처리해주세요."

"그래. 서현 씨도 어제 수고했으니까 그렇게 해, 마침 최 부장님도 아직 출근 안 해서 그때쯤 오신대. 응, 끊어."

"저기… 이게….."

"서현 씨가 어제 너무 취해서 우리 집에 데려왔어요."

"아… 아… 하하하하, 제가 좀 많이 술에 약해서. 하하하하."

"네 그런 것 같더라고요. 우리 집 들어오자마자 오바이트한 것, 기억나요."

"아… 하하하하. 그렇구나… 부장님 집에서 제가 오바이트했군요! 하하하하. 저기 전 이제 회사로 가보겠습니다. 그럼 이만."

"집에 데려다줄게요. 그 옷으로는 출근할 수 없을 테니."

서현이 현수 말을 듣고 주위에 있는 옷을 보니, 어제 토한 흔적이 고스란히 남아 있었다.

눈물이 날 것 같은 것을 찔끔 참고 그녀는 그의 호의에 응하기로 했다.

'아오, 이런 망할 X. 정신줄 놓을 때까지 왜 마신 거지?'

"잠깐 여기 들렀다 갑시다."

현수가 자신도 오후 출근이라며 그길로 회사 앞까지 데려다준다는 말을 극구 사양하였지만 그가 할 말이 있다는 말을 듣고 순순히 따르기로 했다. 어제 상황에서 어쩔 수 없이 큰 빚을 졌기에 더 이상 무시할 수 없었던 것이다.

"카라멜 카푸치노톨과 에그망고샌드위치 하나, 서현 씨는요?"

"핫아메리카노, 제주 녹차, 초콜릿베이글이요."

"여기 치즈베이글도요."

"네. 주문하신 상품, 준비해 드릴게요."

드라이브스루에서 주문한 것을 차 안에서 먹으며 서현이 할 말이 뭐냐고 물어보려는데, 현수가 먼저 입을 열었다.

"빛나럼유치원에서 개나리반이였죠?"

"네?… 유치원? 음. 네, 그랬죠. 그런데 어떻게 아세요?"

"나도 그때 다녔으니까요."

"부장님도 거기? 아, 그때? 그때?"

"저 이래 봬도 서현 씨랑 동갑입니다."

"…!!!"

"그때 이 상처 서현 씨가 냈잖아요. 훗! 하나도 기억 안나나 보네."

그가 이마를 가리던 앞머리를 쓸어 올리자 왼쪽 끝에 칼자국처럼 난 작은 상처가 나있었다.

"?"

"??"

"부장님, 저기 제가 '빛나럼유치원 개나리반'인 건 맞는데 부장님의 성함이랑 그 상처에 대한 기억은 하나도 없어요. 사람 잘못 봤어요. 죄송하지만, 아닌 것 같아요."

"음, 혹시 잊어버리고 있는 것 아닙니까?"

"아니에요. 제가 그 시절의 소꿉친구랑 그때 이야기를 많이 하거든요. 근데 제가 친했던 아이들에 대한 이야기를 그 아이랑 자주 하는데 부장님 이름이 나온 적이 한 번도 없어요. 그리고 그렇게 인상 깊은 사건이 있었으면 저도 6개월 동안 같이 있으면서 부장님을 알아차렸겠죠."

4.

며칠 전 서현과 대화를 생각하니 현수는 허공에 있는 것 같았다. 자기가 이야기한 것은 가장 큰 사건이었는데 그녀가 전혀 모르겠다고 하니, '자신과 더 이상 얽히기 싫어 발뺌하려는 속셈인가' 하고까지 생각했다. 하지만 6개월 동안 보아온 그녀의 성격상 그런 거짓말을 할 인물은 아니었다. 그때 말하는 눈빛에는 거짓이 없어 보였다.

'내가 그렇게 늙어 보이나….'

서현은 미진에게 카톡을 보냈다.

"미진아, 잘 지내?"

"어, 서현 잘 지냈어? 뭐야 이직하고 연락 하나 없더니 갑자기 연락하고."

"유치원 때 일로 뭐 좀 물어보려고. 개나리반 친구 중에 최현수라고 기억나?"

"개나리반 최현수? 아, 있었어."

“뭐?”

“왜 우리랑 잘 놀았잖아, 같이 소꿉장난도 하고.”

“어~ 왜, 근데, 우리 그렇게 그때 얘기하는데 왜 한 번도 그 애 얘기를 안 했지?”

“하긴~ 걔가 좀.”

“응? 좀?”

“다음에 만날 때 얘기하자! 나 지금 회의 중. 있다 톡할게.”

“응ㅠㅠ.”

엄마에게도 카톡을 보냈다.

“엄마, 유치원 때 나랑 같은 반에 최현수라고 있었어?”

“글쎄… 너 유치원 때가 너무 오래 돼서. 그런데 그건 갑자기 왜?”

“회사의 부장님이 유치원 같이 다녔다는데. 나는 기억에 없네.”

“최현수가 부장님이라고?”

“응. 기억났어?”

“아… 아니. 난 모르겠다. 엄마 친구랑 약속 있어서 지금 나가는 중.”

“응ㅠ.”

그 주, 서현은 주말에 잠시 집에 왔다. 유치원 때 앨범을 보기 위해서다. '빛나렴유치원 개나리반' 거기에는 최현수라고 적힌 남자 아이의 사진이 있었다. 그때 엄마가 들어왔다.

“서현아, 이거 좀 먹어 봐. 어, 그건….”

"엄마, 최현수라는 애 있었네."

엄마는 잠시 굳은 것 같더니 갑자기 웃었다.

"아~ 그랬네. 엄마가 요새 깜빡깜빡한다니까. 그런 애도 있었던 것 같기도 하고."

"친구 말로는 친했던 것 같다는데, 참… 나랑 친했던 애 이름도 기억 못하고."

"으이그! 네 나이가 몇인데, 빨리 시집이나 가! 요새 만나는 사람 없어?"

그렇게 늘 듣는 레퍼토리를 실컷 듣고 서울집에 온 서현은 또다시 미진에게 연락했다.

"저번에 그 얘기 다시 듣고 싶어. 시간 좀 내줘."

"미안, 지금 하는 프로젝트 때문에 내내 야근이라 다음에 시간나면 내가 다시 연락할게."

"왜 이렇게 다들 바쁜 거야."

5.

"서현 씨, 여기요."

"감사합니다. 응?"

"핫아메리카노입니다. 그리고 제주 녹차, 초콜릿베이글이요."

"핫아메리카노인 건 아는데 음, 뭐랄까요. 왜 2주 동안 저에게만 사주시는 걸까요?"

"이번에 딴 BJ엔터테이먼트와 일 잘하라고요, 저번 프레젠테이션이 잘 먹혔나 보군요."

"아, 네. 감사히 먹겠습니다."

'무서워. 저번에 자기를 기억도 못해서 뭐라고 할 줄 알았더니 아무 말 없고… 그 다음 주부터 계속 이러네. 이 프로젝트 말아먹으면 나 잘리는 건가.'

서현의 회사는 웹툰 제작 유통회사다. 작가를 발굴하고 완성한 작품을 각 플랫폼에 납품하는데 최근에는 시장의 호황으로 원작이 러브콜을 받아 전 세계에서 드라마나 영화로 리메이크되기도 한다. 때문에 원작자와 영상제작사의 다리 역할을 해야만 했다. 간혹 작가의 의견이 제대로 반영되지 않아 제작이 도중에 멈추는 일도 있기에 프로젝트 중에는 초긴장 상태였다.

"김경아 작가와 미팅 오늘 5시죠?"

"네네, 외근 갔다가 바로 퇴근하겠습니다."

"그 작가는 성심당 야채빵밖에 안 받습니다. 아시죠?"

"네, 그럼요. 안 그래도 거긴 택배가 안 돼서 주말에 갔다 왔어요."

"이번 방문은 아주 중요한 거니까, 잘… 서현 씨, 믿습니다."

"네?"

"서현 씨, 믿는다고요."

"네…."

"젠장, 젠장."

온통 이해할 수 없다는 눈빛을 한 채 사무실을 뒤로 한 서현을 보내고 현수는 또다시 고뇌 속으로 빠져들었다.

'애초에 캐릭터 설정을 잘못했어.'

고백이 무산되자 갈 길을 잃은 현수는 친구에게 조언을 구했다. 친구는 '슈가 작전'을 해보라고 했다. 우선 이때까지의 차가운 이미지를 쇄신하고 다정한 상사로 자리매김하라는 게 친구의 조언이었다. 자연스럽게 다가가기를 결행했으나 다가가기는커녕 오히려 더 벽이 생기는 듯한 서현의 태도에 밤마다 가슴앓이를 하는 그였다. 무엇보다 그에게 이 '다정하게'라는 부분이 제일 힘들었다. 다정하게라고 생각한 행동을 할 때마다 그녀는 점점 더 멀어지는 것이 느껴졌기 때문이다.

6.

"김 작가님. 잘 지내셨죠?"

"네, 서현 씨가 해주신 프레젠테이션으로 이번 건 계약되었다고 들었어요."

"아, 제가 워낙에 작가님 팬이라서 그쪽에도 그게 전해졌나 봐요."

"그러고 보니 오늘은 최 부장님은 안 오시고 서현 씨 혼자 오셨네요."

"네. 김 작가님은 제 담당이니까요. 그나저나 축하드려요. 〈내일 회사 출근할게요〉가 드라마로 되네요."

"오냥믹스 식구들 덕분이죠. 획기적인 프로모션으로 조회수 3,000이었던 제 작품을 30만대로 올려주신 게 신의 한 수인 것 같아요."

"뭘요, 다 작가님 실력인데… 저 오늘은 다른 게 아니라 신작 연재에 대한 것 말인데요."

"흐훗. 그렇잖아도 그 말 하실 것 같아서 벌써 1화 콘티 들어갔습니다."

"네?! 1화 그것도 콘티를요?"

"〈내일 회사〉가 이제 슬슬 번외 편 마무리가 돼가니 며칠 전부터 구상이 떠오르더라고요, 마침 어제 1화 콘티를 완성해서 오늘 보여 드릴 참이었어요."

"캐릭터 디자인도 아니고 콘티라뇨, 감사합니다."

"이번엔 중·장편 100화로 갈 거예요. 내용은 해리성 장애를 앓는 현대 여성의 오피스 로맨스물이요, 남주인공은 사장 아들, 수위는 19금입니다."

"작가님 19금으로 가실 건가요? 그러면 모바일로 못 봐서 불리할 수도 있는데."

"음, 전 19금 아니면 안 그립니다. 전 작품도 그것으로 갔고요."

'안 돼. 부장님이 이건 양보하면 안 된다 했어. 김 작가의 인기는

15세로도 충분히 조회수 15만이 가능하다고 했단 말이야. 뭔가 방법이….'

"작가님, 그런데 해리성 장애라는 게 어떤 건가요?"

"어린 시절에 트라우마로 인한 단기 기억상실이라든지, 후천적 사고로 인한 기억상실 등 살다가 겪는 기억장애 중 하나예요. 흔한 연출인데 이번 작품은 '로코'라 더 코믹하게 하려고 넣어봤죠."

"아. 그럼 내용을 혹시 알 수 있나요."

"여주가 남주와 아는 사이인데 커서 회사에서 재회해도 모르는 거예요. 왜냐하면 그때 트라우마가 있어 남주를 기억할 수가 없거든요."

"그런데 어떻게?"

"어떤 계기로 여주는 자신의 트라우마를 극복하죠. 기억을 되찾고 남주와 해피엔딩입니다."

"그렇구나. 근데 굳이 19세로 하지 않아도 재미있을 것 같아요."

"그럴까요? 독자는 씬을 원할 것 같은데… 제가 과연 씬 없이 지금의 인기를 유지할 수 있을지."

"김 작가님, 자신감을 가지세요!!! 작가님 독자는 작가님의 작품 내용으로 읽는 거지 절대 씬 때문에 읽는 게 아니라고요."

"하지만 요즘 제 독자층이 워낙 높아져서… 제 독자층은 주로 삼 사십대 여성과 오십대 남성이라고 들었어요."

"아니에요! 이제 작가님은 청소년 독자에게 더 어필할 필요가 있어요. 충분히 실력도 되시고요."

"음… 사실 작가 욕심에 젊은 층 겨냥 작품을 하나쯤 써보고 싶긴 했어요. 동료 작가들이 SNS에 이름이 나올 때마다 부러워서 밤잠을 설쳤거든요."

"김 작가님! 저희 또 다른 〈회사 내일〉을 써 봐요. 이번엔 정말 남녀노소 다 읽는 초대박 작을."

"그게 가능할지… 그럼 일단 서현 씨만 믿고 콘티 수정하고 이번 주 안에 보낼게요."

'휴~ 미션 클리어. 안심하고 회사로 돌아갈 수 있겠다. 아까 콘티 살짝 읽어보니 이번 작품도 대박 나겠는걸.'

7.

"회장님, 부르셨습니까."

"요즘 회사에 박서현이라는 애가 네 밑에 있지?"

"네? 그걸 어떻게 아셨나요?"

"윤 비서한테 들었다. 일은 어떠냐?"

"잘합니다. 뜻밖인데요. 아버지가 제 일을 신경 쓰다니."

"그 아이와 넌 오랜 인연이잖아, 유치원 때부터."

"그것도 아셨어요?"

"다음 주 Maver사와 10주년 협약기념회 때 그 아이도 데려오도록."

"아, 거기에… 네. 알겠습니다."

최 회장은 유유히 걸어 나가는 아들의 뒷모습을 보며 초조함을 달랬다. 25년 전 일이 아들의 발목을 잡는 일이 없도록 늘 조심하고 있었는데 등잔 밑이 어둡다고 며칠 전 윤 비서에게 〈회사 내일〉의 담당자 이름을 듣고 귀를 의심했었다. 6개월 전 해외 출장으로 인사 담당자에게 모든 것을 맡겼던 것이 화근이었다.

'설마 그 아이가 내 회사에 들어오다니… 그것도 내 아들과 같은 부서로.'

"회장님, 박서현 양 어머님이 지금 오셨다고 합니다."

"들어오시라 해."

"회장님, 안녕하셨습니까."

"아이고, 서현 어머니, 먼 길 오시느라 수고 많으셨습니다. 여기 앉으시지요."

"죄송합니다. 그 아이가 설마 이 회사로 취직할 줄은… 제 불찰입니다."

"아닙니다. 저도 소홀했습니다. 그나저나 그동안 변고 없으셨나요?"

"그럼요. 전 당연히 서현이가 다른 데 취업할 줄 알고… 하필… 이를 어쩌면 좋나요."

"할 수 있는 방법을 모두 해 봐야지요. 그나저나 서현 어머니, 이십오 년 전 일, 그 아이는 전혀 모르고 있죠?"

"그럼요, 그럼요. 서현이는 아무것도 몰라요. 전혀 기억이 없다고 합니다. 그건 확실해요."

"그렇군요. 한 가지 방법이 있습니다만 서현 어머니께서도 협력해주셔야 합니다."

"그럼요, 그럼요. 전 제 아이가 행복하면 그걸로 됐습니다."

"현수가 보는 앞에서 서현 양을 타 회사에서 스카웃하도록 할 거예요. 그래야 자연스럽게 둘 사이가 멀어질 테니까요. 문제는 서현 양의 의사인데 그 부분을 좀 도와주시겠어요?"

8.

1997년 4월 15일. '빛나렴유치원' 오후 9시.

"서현아! 현수야! 오늘 좀 부모님들이 늦으신대. 선생님이 간식으로 맛있는 초코우유 줄게. 이거 먹고 놀아."

"네, 선생님."

서현은 맞벌이 가정으로, 현수는 이제 막 부부사업을 시작한 가정의 아이로 유치원에서 늘 마지막으로 집에 가야 했다.

그럴 때마다 두 아이는 서로가 있다는 위로로 외롭지 않았다.

"서현아! 소꿉놀이하자. 내가 엄마고 네가 아기야."

"응, 그래. 응애! 응애!."

"엄마 회사 갔다 올 테니까 집 잘 지켜야 해. 좀 있으면 돌보미 선생님이 오실 거야."

"응애! 응애!"

현수는 방문을 닫고 복도로 나갔다. 아마 화장실에 가서 물을 떠 올 모양이다.

혼자가 된 서현이 계속 우는 시늉을 하고 있자 선생님이 다가왔다.

"서현아, 선생님이 아빠할게."

"네, 응애 응애 응애."

"응? 아기 기저귀 갈아야 되겠다."

"어… 선생님 기저귀는… 부끄러워요."

그는 이십대 초반의 남자 선생님으로 유치원에 온 지 한 달이 된 신입교사였다. 여성스러운 섬세함과 재치로 아이들과 엄마들의 마음을 사로잡은 그였다.

어린 서현이지만 그런 선생님이 갑자기 자신의 치마에 눈길을 보내는 것을 보고 오싹 소름이 돋았다.

"쉿, 기저귀 갈아야지."

"아니에요. 싫어요, 놔주세요."

선생님은 벌써 서현의 치마를 끌어내리고 있었다. 발버둥을 치고 그의 손아귀에서 벗어나려고 했지만, 갑자기 '훅' 하고 정신이 끊어졌다.

"음… 선생님?"

서현이 눈을 희미하게 뜬 그곳은 온통 피였다. 옆에 엎어진 선생님은 머리에서 피를 흘리고 있고 뒤에는 현수 아빠가 깨진 꽃병을

든 채 무서운 얼굴을 하고 있었다.

"아저씨!"

"아저씨, 무서워"라는 말을 하려다가 또다시 어린 서현은 눈을 감았다.

서현이 깨어나니 다음 날 아침 집이었다. 엄마는 오늘부터 회사 휴가여서 1주일 정도 놀러가기로 했으니 유치원을 쉬라고 했다.

TV에서는 서현이 아직 모르는 단어들로 채워진 뉴스가 세상을 시끄럽게 하고 있었다.

「다음은 충격적인 뉴스입니다. 현직 교사인 연쇄 유아 성추행범 체포, 유치원 교사 자격증을 소지한 20대 후반 K씨는 부모의 귀가가 늦은 원생을 대상으로 세 차례 성추행 혐의를 한 것으로 밝혀졌습니다. 용의자는 아이들 음료수에 수면제를 타 움직이지 못하게 한 뒤 범행을 행한 것으로 계획범죄입니다. 이번 범행이 행해진 B유치원 원장은 그의 과거 범행 기록에도 불구하고 현재 교사 부족과 낮은 임금 협상 등을 이유로 그를 어쩔 수 없이 받아들였다고 합니다. 원생 부모들은 용의자의 이미지와 평판이 좋아 평소 그런 행동을 할 만한 인물이 아니라고 굳게 믿었던 만큼 심신의 충격이 큰 것으로 보입니다.」

9.

"부장님, 이거 기가 막힌대요. 작가님, 15세로 처음 도전하신 것 치고는 너무 잘 쓰셨어요."

"이제부터죠, 2화부터 어떻게 될지 몰라요. 작품은 5화까지 봐야 압니다."

"아. 네."

예전대로 까칠한 현수에게 서현은 왠지 모를 안도감을 느꼈다.

최근 3주 동안 그의 이상한 커피 공세와 낯선 격려 등에 무언가 불편했던 터였다. 칼처럼 대하는 태도가 마치 원래 그의 모습이라도 된 것처럼 편안했다.

"그런데 이 장면은, 좀… 수정을 필요로 할 것 같은데, 아, 작가님에게 어떻게 얘기하지."

"9장째 키스신 입술이 너무 부자연스럽네요. 그리고 7장에서 주인공이 한눈에 반하는 신은 여주인공이 못 생겨서 독자들 감정이입이 안 될 게 뻔한데."

"그쵸, 12장째 여주 가슴도 너무 밋밋해요. 13장째 남주의 턱선도 더 깎아야 멋있는데."

"15장의 둘이 포옹신은 8등신이 안 됩니다."

"맞아요! 15장의 포옹신은 좀 더 꽃이 휘날려야 하고."

"16장의 회상씬에서는 남주가 사시인데요."

"그리고 여주는 머리가 갑자기 탈색이."

"여주 머리가 왜 갑자기 탈색… 아."

둘은 동시에 같은 말을 중얼거리다 문득 서로를 쳐다보았다.

시선을 먼저 피한 것은 현수였다. 현수는 그동안의 애정 공세가 아무 소용이 없자 조금씩 마음을 접을까 생각하였다. 아무리 첫사랑이라고 해도 그녀는 일말의 기억도 없고 점점 거리가 느껴져, 이대로 직진이 맞는지 자신이 없었다.

"부장님, 잠깐 아래에 가서 커피 브레이크 할까요. 오늘은 제가 살게요."

"네."

"우리 쌀 크림 프라푸치노 with 콜드 브루 한 잔이랑 아이스 아메리카노 나왔습니다."

"여기요, 부장님."

묵묵히 커피를 마시는 현수를 보며 서현이 말했다.

"저기… 예전에 같은 유치원 다녔다는 것 말인데요."

"푸풋, 컥컥."

"제가 착각한 것 같아요. 기억이 없어서 아니라고 했는데 찾아보니 앨범에 부장님이 있더라고요."

"컥… 그럼 서현 씨가 잊어버린 거군요."

"네. 아무리 기억을 해 보려고 해도 안 나서요. 그래서 그 시절 얘기해줄 수 없을까요. 들으면 혹시 기억이 날 수도 있지 않을까 해서요."

"흠 그렇군요. 그럼"

현수는 너무 기뻐 그때 그 시절의 이야기를 시작했다.

서현은 그동안 두 사람 관계로는 상상도 할 수 없는 친밀했던 어린 시절의 두 사람의 이야기에 빠져들었다.

처음에는 좀 신기하다 정도가 자신도 모르는 어린 시절이 가차운 부장의 입에서 슬슬 나오니 놀람 반 감탄 반이었다. 무엇보다 현수의 기억에서 자기의 맑고 순수했던 모습을 끌어올리니 마치 사랑고백처럼 들렸다.

'이 사람, 이런 것까지 다 기억하고 있다니. 의외로 섬세한 사람일지도 몰라.'

10.

"오냥믹스 기획팀 박서현입니다. 만나서 반갑습니다."

Maver사와 10주년 기념회장에서 그녀는 분주하게 명함교환을 하고 다녔다.

그때 저쪽에서 먼저 말을 걸어왔다.

"Maver사 기획팀 팀장 김현숙입니다."

"안녕하세요. 오냥믹스 기획팀 박서현입니다."

"안녕하세요. 저기 잠깐 둘이서 이야기 좀 할 수 있을까요?"

"네? 아, 그러죠."

'국내외 플랫폼 1위인 Maver사가 왜⋯ 혹시 작가의 내부 상황을 물어보려는 건가?'

"단도직입적으로 말할게요. 저기 Maver사로 오지 않겠어요?"

"네?"

"저 저번, JJ사 런칭 작 중에 〈회사 내일〉이 있죠. 그 작품 PD가 서현 씨라고 들었어요."

"그건 부장님과 공동 서브를 했던 작품이라 전⋯."

"메인이 아니어도 괜찮아요. 듣자 하니 입사한 지 6개월 된 시점에서 매출이 3억을 넘었다죠. 그럼 모든 공은 서현 씨가 한 건 아니지만 그 과정에서 작가를 끌어올리는 스킬은 이미 다 봤다고 봐요. 저희가 원하는 기획자는 앞으로 해외시장에서 단시간에 승부할 기획자예요. 지금 우리나라 웹툰이 전 세계에서 매출을 올리고 있지만 앞으로는 각국에서 웹툰 경쟁이 발생할 거예요. 그럼 생각할 시간을 드릴 테니, 다음 주까지 답해줘요. 물론 연봉은⋯ 말 안 해도 아시죠?"

"네. 알겠습니다."

"어, 어떡해⋯ Maver사에서 왜⋯."

집에 돌아오자마자 서현은 엄마에게 전화했다. 아빠가 없는 가정에서 그녀의 유일한 상담자이자 지지자이기도 한 엄마에게 의논하지 않으면 답이 안 나올 것 같았다.

"엄마, 이번에 회사에서 중요한 행사가 있었는데⋯ 그런데 거기서 스카웃 당했어."

"어디서?"

"Maver사, 엄마도 알지."

"Maver사? 거기서 널 왜?"

"몰라. 내가 경력이 좀 있잖아. 그런데 나 어떡하지, 지금 회사 이제야 적응했는데."

"무조건 해. 거기가 월급이 더 좋을 것 아냐."

"그렇긴 한데. 아앗, 모르겠어."

"다들 더 좋은데 가려고 하는데 이것이 미쳤어? 그냥 가서 적응 못해도 거기 들어가면 그 회사 경력이 생기는데."

"그렇지, 그렇지, 휴…."

"엄마는 널 믿는다. 거기 가서도 넌 잘할 거야."

"글쎄 너무 갑작스럽기도 하고."

"서현아. 엄마는 네가 Maver사로 갔으면 좋겠어."

"…응 나도 생각 좀 더 해보고."

"그래. 자랑스럽구나. 우리 딸."

서현은 전화를 끊고 한숨을 쉬었다. 그래도 6개월을 보냈던 터라 쉽게 옮길 생각이 나지 않았지만 현실적으로 생각하면 옮기는 게 맞다. 김현숙 팀장에게는 1주일 뒤에 답을 하기로 결심을 굳힌 그녀는 사직서 준비를 시작했다. 그 순간 이상하게 최 부장의 얼굴이 떠올랐다.

'왜 갑자기 최 부장이 떠오르지? 이제 지긋지긋한 기억놀이에서

벗어날 수 있는데, 나도 참.'

11.

"회장님. Maver사 김현숙 팀장이 박서현에게 옮길 의사를 확답 받았다고 합니다."

'이걸로 숨통이 트이겠군.'

"조만간 사직서를 제출할 모양입니다. 9월에 현 프로젝트 마무리 후쯤이 될 것 같습니다."

'이때까지 옆에 있어도 아무 탈이 없었으니 한 달 정도는 어떻게 되겠지.'

"음, 알았어."

"서현이 어머님, 접니다. 이번에 아이들 일 잘 진행되고 있답니다."

"감사합니다. 회장님. 감사합니다."

"제가 뿌린 것을 거두는 거죠 뭘. 이번에 일을 계기로 앞으로는 피차 조심해야 할 것 같습니다. 만약 또 두 사람이 마주치는 일이 있으면 저에게 연락해주십시오."

"그럼요, 아이고, 그 일을… 어째 잊으려 해도 잊을 수가 없네요. 그럼 이만 들어가세요."

"네, 그 일은 우리가 무덤까지 가져가야 할 일입니다. 그럼 이만."

통화를 끊고 최 회장은 지나간 폭풍에 안도했다. 아들은 그날의 일을 기억하지 못했다. 그냥 소꿉장난을 하다가 잠든 것뿐이므로 자신이 졸려서 잔 줄 알았다. 사건에 대해 집에서나 유치원에서 언급하지 않으려 한 어른들의 세심한 배려였다. 그날 최 회장은 늦게 아이를 데리러갔다가 복도에서 아들이 쓰러져 있는 것을 발견 하였다. 크게 잘못된 것을 느껴 교실로 달려갔고, 거기서 본 광경은 그의 이성을 잃게 했다. 피해자가 자기 아이는 아니었지만 정신을 차려보니 선생의 머리를 화분으로 내리쳤다. 불행 중 다행인지, 성 폭행범을 폭행해도 고소당하는 대한민국이지만 고액의 로펌에 의 뢰해 승소할 수 있었다. 그러나 그 광경을 목격한 최 회장은 이 일이 늘 가슴 한구석에 아리게 남았다. '조금이라도 일찍 데리러갔 더라면, 그 일은 일어나지 않았을 텐데' 하고.

12.

퇴사 당일, 서현은 가벼운 걸음으로 회사 정문을 나왔다. 서현은 오랜 시간 연기자로 살았다. 부모님을 위해서 서현은 연기가 필요 했다. 서현의 '트라우마', 그것은 현수였다. 현수는 그 일이 있기 전까지는 서현에게 소중한 존재였음을. 걸음을 옮기며 발자국과 함께 아련하게 기억했다. 현수는 서현의 기억을 어린 시절로 되돌 렸다. 그러나 현수는 그녀를 사수처럼 대했다. 현수에게 묻고 싶었다. 그의 기억을. 그러나 이젠 서현을 억눌렀던 기억의 상처가 사라지듯, 하늘의 구름이 두둥실 떠내려갔다.

시간 속에 담겨진 추억

김현주

먼지가 뽀얗다. 너무나 여유로운 오전 10시. 할 일도 딱히 떠오르지 않아 책꽂이 맨 아래 꺼내본 지가 언제인지 생각도 나지 않는 앨범에 손이 갔다. 어제 부로 지긋지긋한 장부는 그만 보기로 결단을 했다. 깍쟁이 낯빛을 숨길 수 없는 이기적인 팀장얼굴을 안 봐도 되는 오늘. 아침부터 새 나라의 새 아침이다. 느닷없이 들이민 사표에 벙 찐 얼굴로 나를 한참이나 쳐다보는 그녀의 모습이란… 진짜 쌤통이다, 싶었다. 몰랐지? 몰랐을 거다, 내가 이렇게 나올 줄은. 내가 이런 날을 손꼽아 기다린 줄 어찌 알았겠어. 어제가 바로 그 D-day야.

앨범 위의 먼지를 휴지로 스윽 대충 밀고, 속 시원한 음흉한 내

웃음소리를 나 혼자 들으며 앨범 첫 장을 넘겼다. 여권사진 크기만한 흑백사진이 눈에 띄었다. 방학만 되면 살다시피 했던 친할아버지 집에서 찍은 가족사진이다. 할아버지와 할머니는 참 서로 마주 대하기만 하시면 싸우셨다. 어떻게 80이 다 되도록 한 집에서 사실 수 있는 건지, 의문스러울 정도다. 그때가 아마 국민학교 2, 3학년쯤 되었을 것이다. 국민학교라고 하니까 그게 무슨 학교냐고 묻는 사람도 있다. 아무리 MZ세대라도 그렇지. 우리나라 역사 정도는 배우지 않냐? 그래… 모를 수도 있지. 세대 차이라고 해두자.

70년대 그 당시엔 집집마다 돌아다니면서 어려운 사람 도와달라며 옷이나 쌀이나 돈을 요구하는 사람들이 종종 있었다. 그 날은 마침 할아버지는 동네 노인장에 장기 두러 가시고, 할머니는 장을 보러 시장에 가셔서 어린 나 혼자 인형놀이며 소꿉놀이를 열심히 하고 있었다. 그때는 동네가 인심이 좋아서 그런 건지, 서로들 친해서 그런 건지, 이도저도 아니면 그 동네에 방범정신이 미숙해서 그런 건지 잘 모르겠지만 문을 잠그지 않는 집이 태반이었다. 젊은 오빠와 언니가 아주 착하고 상냥한 미소를 지으며, 혹시 어른 안 계시냐고 물었다. 오빠의 인상은 마치 요즘 순정만화에 나오는 만찢남처럼 느껴졌고, 언니의 얼굴은 혼자 놀고 있는 내가 심심할까봐 같이 놀아 달라 해도 거절하지 않을 것처럼 따뜻하게 보였다.
"혼자 있는데요. 어른 안 계시는데요."
"우리는 어려운 이웃을 위해 도움을 청하러 왔어요. 혹시 쌀을 조금 줄 수 있나요?"

나는 잠시 망설였다. 쌀을 얼마나 줘야 할는지, 어떻게 퍼서 주면 될는지 생각이 복잡해지기 시작했다.

"쌀을 푸기 힘들면 내가 대신 조금만 퍼도 될까요?"

반짝거리는 눈을 내 눈 높이와 맞추며 언니가 물어왔다. 아, 난 그 눈빛이 왜 반짝거렸는지를 그땐 어찌 몰랐을까. 그저 내 눈 높이에 자기의 눈을 맞춰주는 그런 사람이 있다는 사실이 놀라왔으리라. 내 나이 9세에 내 키 높이 109cm 되겠다. 언제나 하늘을 향해 고개를 들고, 그 다음엔 눈을 들어 사람들과 대화해야 하는 것이 다반사였으니까.

"네!"

경쾌하게 대답했다.

그리고 그날 저녁. 할머니는 힘들게 봐 오신 장바구니를 푸시고, 밥을 지으러 쌀독으로 가셨다. 그리곤 눈이 휘둥그레지셔서 큰 소리로 물으셨다.

"쌀이 다 어디로 간거?"

나는 그날 저녁을 굶고 잘 뻔했다. 어려운 사람 도와주는 것이 뭐 그리 잘못한 일인 건지. 쌀을 조금 많이 가져갈 수도 있는 거지. 그만큼 불쌍한 사람들 나눠줄 수 있는 건데. 왜 그리 역정을 내시는 건지. 쌀이 한 톨만 남은 것도 아니고 저녁을 지어서 먹어도 남을 만큼 남았건만. 9살의 소녀는 그날 할머니의 화난 모습이 여전히 이해가 되지 않아 억울하고 억울해서 울고 또 울면서 밥을 입에 우겨 넣었다. 착한 일을 하고도 혼날 수 있다는 사실에 놀라움을 금치 못하며.

그날 이 사건 이후로 할머니는 나를 첩자로 만들었다. 할아버지는 할머니가 매 끼니마다 새 반찬을 만들지 않으시는 것이 언제나 불만이었다. 한 개라도 새 것이 밥상에 올라와 있어야 한단다. 요즘 세대 같았으면 이혼감 1호. 할머니는 일평생 그렇게 했으니 이젠 더 이상 못한다 하신다. 허리도 꼬부랑, 손가락도 꼬부랑, 다리도 휘청. "할아버지 네가 만들어 먹으라"고 엄청 큰소리를 내신다. 이러다가 싸움이 난다. 온 동네에 다 들리도록. 상관도 안 하신다. 마을 사람들이 뭐라든지 말든지. 나만 창피하다.

한 번은 두 분이서 텃밭에 고추를 누가 계속 돌봐야 하는가를 놓고 실랑이가 벌어졌다. 여태껏 할머니가 거의 거름도 주고, 각종 병 피해 때문에 온갖 살충제도 직접 뿌리셨다. 텃밭이라고는 하나 꽤 크다. 그냥 심기만 하면 저절로 자라는 줄 알았는데 뭣이 그렇게 돌볼 것이 많은지 손이 제법 가는 게 고추인 것 같다. 툇마루에 가만히 앉아 가끔씩 타령을 부르시는 할아버지가 밉상인 모양이다. 울 할아버지 타령 목소리는 참 구성지다. 무슨 뜻인지도 모르고 듣는 꼬맹이의 가슴도 울리는 왠지 모를 찡함이 있으니 말이다. 이럴 때면 할머니의 톡톡 쏘는 잔소리에 귀가 따갑다.

"아니, 하루 왼종일 마당 한번 쓸면 끝이요? 할 일이 산더미 같은 디 타령이 나오요? 에고, 참말로, 내가 어찌코롬 저런 영감탱이랑 여태까지 이러고 살았을까 몰러. 에휴, 답답혀, 답답혀."

할머니의 가슴 치는 소리가 담벼락을 넘어갈 판이다. 그때 느닷없이 할아버지가 떡 하니 제안을 하나 하신다.

"여편네 잔소리가 담을 넘으면 재수가 없어. 자네 그 시끄러운 소리에 귀가 먹을 거 같혀. 지금부터 말하지 말고 지내세. 누구든 먼저 말거는 사람이 고추밭 맡아서 하는 걸로 혀. 어뎌?"

"좋소! 경로당에서 당신이 젤 시끄럽다고 소문이 났어. 혼잣말이라도 시부렁시부렁 해야 속이 풀리는 사람이 말 한 마디 안 하고 살 수 있는지 어디 두고 봅시다. 난 자신 있소. 그잖아도 당신이랑 말 섞기도 싫은께."

갑자기 벙어리 노부부가 사는 집에서 함께 살게 되었다. 밤이 어스름할 때 할머니가 손짓을 하더니 나를 슬그머니 밖으로 불러내신다.

"너는 인자부터 할아버지 잘 감시해야 된다. 알긋제? 말을 하는지 안하는지. 이 일을 잘 하면 저번 날, 쌀 퍼 준거는 없는 걸로 하마. 낼부터 니는 스파이다, 스파이. 스파이가 뭐하는 사람인지는 알제? 특급 스파이 해라."

특급 스파이는 무슨… 내가 왜 이 싸움에 말려들어야 하는지 영문을 모르겠지만 벙어리로 이 방학을 보내고 싶지는 않았다. 너무

심심하기 때문이다. 할아버지는 어쩌자고 이런 제안을 무턱대고 하신 건가? 할아버지 별명이 동네 "이장2"이다. 이장님은 따로 계신데 할아버지가 "이장2"가 되었다. 집집마다 마실 다니시며 그렇게 살피신다. 절대로 입을 다물고는 일생을 사실 수 없는 분이시다. 할머니나 살피시지… 그럼 이런 사단도 안 났을 텐데.

풀벌레 연주 소리만 기분 좋게 들리는 하룻밤을 지내고 아침이 왔다. 할머니는 해가 뜨자마자 외출을 하고 안 계신다. 그런데 할아버지가 이상하게 밖으로 안 나가시고 집안에만 계신다. 아하, 동네 한 바퀴 돌고 오시면 영자네, 순자네, 돌이네 이야기보따리를 혼잣말이라도 하셔야 직성이 풀리신다는 걸 본인이 너무 잘 알고 계신 거다. 질 수는 없지. 고추밭 일이 오죽 많아. 어슬렁어슬렁 마당을 걷고 있는 할아버지를 보고 인사하며 대문을 들어선 분이 계셨다. 몇 달 전 새로 생긴 교회 목사님이셨다.

"어르신, 안녕하세요~. 건강은 어떠신지요? 오늘은 마당에서 운동하시나 봐요?"

휙 돌아보시던 할아버지가 냅다 몸을 돌리시더니 방을 향해 걸어가신다. 목사님도 재빠르게 따라가신다.

"어르신, 예수님 믿으셔야 돼요. 교회 나오라고 제가 찾아온 게 아닙니다. 인간은 하나님의 형상을 입고 이 땅에 태어난 고귀한 존재에요. 하나님의 자녀가 우리 사람의 본질이요, 정체성입니다. 이 땅이 전부가 아니에요."

할아버지가 멈칫 하시더니 두 눈을 부릅뜨시고 밀쳐낸다. 입이 반쯤 열렸다. 나도 눈을 크게 뜨고 할아버지의 입에 집중했다. 이쯤 되면 소리가 나올 때가 됐는데. '예수 믿으라'는 말은 할아버지가 듣기 싫어하는 말 중에 으뜸, 그 다음이다. 으뜸은 단연코 할머니의 잔소리다. 그 으뜸은 이길 수 있는 게 없다. 잔뜩 긴장을 하고 기다렸다. 으뜸 다음으로 젤 싫어하는 말을 듣고 계시니 버럭 소리를 지르실 게 뻔하다. 잘못하면 목사님 멱살이 잡힐 것 같다. 그런데 갑자기 할아버지가 뜀박질을 하셨다. 문밖으로. 여태까지 저렇게 할아버지의 달리기가 빠른 줄 몰랐다. 정녕 몰랐다. 할아버지는 내가 스파이인 줄 아시나 보다.

두어 시간 뒤에 할아버지가 돌아오셨다. 방으로 들어가시더니 연필과 종이 한 장을 꺼내신다. 그래, 말을 안 하기로 한 거지, 글을 쓰지 말라고 한 건 아니니까. 가만히 훔쳐보니 할머니에게 쓴 편지다.

'내일부터는 당신도 밖에 나가지 마시오. 말을 하는지, 안 하는지, 내가 알아낼 방법이 없잖소. 정정당당하게 합시다. 들어봤소? 페어플레이. 그리고 밥은 차려놓고 다니는 게 양심 아니오?'

기가 차게 쓰셨다. 할머니가 먼저 입을 열고야 말 글솜씨다. 아무래도 나는 할아버지의 두뇌를 닮았다. 틀림없다.

할머니가 들어오시는 기척이 났다. 마루 위, 하얀 돌 아래 살포시 놓인 종이 위로 할머니 눈동자가 오르내린다. 잠시 후 물소리, 접시 닿는 소리, 솥단지 소리가 요란하게 들렸다. 상 위에 젓가락, 숟가락이 놓이는 소리가 마치 쇠망치를 놓는 것 같았다. 또 한 번 놀랐다. 70 후반 할머니의 기력이 저리 좋으실 줄이야. 아무래도 우리 할아버지, 할머니는 장수 하실 것 같다. 오래오래 사시는 건 무엇보다 반가운데 화병 먼저 나지 않으실까 염려가 된다. 옛적부터 '속병이 쌓이면 화병이 난다'고 그러던데. 그 병엔 약도 없다고 들었는데. 벙어리 부부도 장수할 수 있을까?

잠을 잘 수가 없었다. 엄마가 빨리 데리러왔으면 손꼽아 기다리는 밤이 되고야 말았다. 특급 스파이, 이런 거 안 해도 되니까 숨 좀 쉬면서 살면 소원이 없겠다 싶었다. 해가 반짝 뜨기도 전에 할머니에게 쪽지를 썼다. 말해도 말 안 하실 테니까. 아니, 하실 수가 없을 테니까. 절대로 할아버지에게 지지 않으실 테니까.

"할머니, 엄마랑 전화통화 하려구요. 안방에 있는 전화기 잠깐만 마루로 꺼낼 게요." 할머니는 안방에서 하면 되는 것을 왜 기어코 마루로 끄집어내려 하는가 하는 눈초리셨지만 이내 고개를 끄덕이셨다. 허락받은 나는 자고 일어난 방에서 이불을 '낑낑' 들고 신나게 마루로 들어섰다. 할아버지가 혹 깨실라, 조심조심 전화기 줄을 쭈우욱 당겨 마루로 옮겨놓고 이불을 뒤집어쓴 채 천천히 다이얼을 돌렸다.

"엄마!" 한 마디 불렀는데 눈물이 핑그르르 돌았다. 왜 눈물이 나려고 하는지도 모르겠다. 내 인생 9세에 이처럼 서러운 적이 있었나 싶었다. 주저리주저리 엄마에게 대충 상황을 설명했다. 해법이 없다면 나는 여기서 학교도 더 이상 못 가고, 엄마도 다시는 못 만나고, 속병 나서 죽을지도 모른다고 했다. 엄마의 웃음소리가 휴대폰을 타고 넘실넘실 넘어왔다. 딸이 죽을 것만 같은데 엄마라는 사람이 이토록 매정한가 싶어서 울음보가 터졌다. 엄마의 웃음소리가 더 커졌다. 엄마는 웃고, 나는 울고. 인생 참 불공평하네.

점심시간 때쯤 엄마가 왔다. 아, 천군마마를 얻은 것만 같았다. 엄마를 보더니 할아버지가 먼저 반가워 어쩔 줄을 모르시더니 그동안 참았던 말이 툭 터져 나오고 말았다.

"워메, 내 딸 왔는가. 니 어미 땜에 내가 죽다 살았다."

이런, 할아버지가 졌네.

"에구머니나, 울 딸 덕분에 내가 이겼소."

엄마는 두 분을 보시더니 박장대소를 하신다. 그리곤 기가 막힌 해법을 내놓으셨다.

"아부지, 고추밭 없애고 거기에 서재 하나 지으면 어때요? 아버지 경로당 친구분들 놀러오시라고 하셔서 장기도 두고, 서예도 하고, 소리도 하고, 재밌을 것 같은데."

할머니가 버럭 화를 내신다.

"안 된다, 안 돼. 그 뒷바라지를 누구 보고 다 하라고? 난 못햐!"

"에이, 엄마두. 누가 엄마 보고 그거 하시래요. 걱정하지 마. 내가 일주일 분 간식거리를 주문해 놓을게. 냉장고에 엄마가 정리만 해서 넣어두시는 건 하실 수 있지?"

할머니는 그 말을 듣더니 싫으신 눈치는 아니다. 왜냐하면 할아버지가 '이장2' 노릇을 하시면서 온 동네방네 다니시는 걸 반가워하지 않으시기 때문이다. 더군다나 집이 하나 더 생기는 건 좋은 일이니까. 그보다도 고추밭을 챙기지 않아도 되는 건 춤을 출 일이다.

"임자, 내 덕분에 집 하나 더 생겼네 그려."

할아버지가 넉살좋게 할머니를 바라보며 허허 웃으신다. 나는 알게 되었다. 어떻게 80세가 넘도록 같이 살고 계시는지를. 울 엄마 덕분이다.

앨범을 한 장 더 넘기니 할아버지와 할머니가 나란히 툇마루에 앉아 손을 잡고 있는 사진이 보였다. 색이 바래 흑백사진이 노란 빛이 돌았다. 할머니 손을 꼬옥 잡고 있는 할아버지의 손이 쭈글쭈글 굵은 주름이 잡혀 있다. 할머니 입가엔 수줍은 듯 웃음이 살짝 띠었다. '행복하신가? 울 할머니.' 직장 때려치우고 이렇게 뒹굴뒹굴 하고 있는 이날이 난 참 좋은데. 이런 청춘 다 흘러보낸 후, 사진 속 두 분처럼 손잡을 사람 곁에 있는 것도 괜찮겠다 싶다. 울 엄마처럼 멋진 답을 줄 수 있는 딸 하나 키우면서. 어느 날 그 딸도 나처럼 이러고 있겠지. 시간 속에 담겨진 추억을 한 장씩 한 장씩 넘기면서 말이야.

보랏빛 돌

김현주

1.

아침이다. 뜨고 싶지 않은 눈을 손으로 비볐다. 겨우 한쪽 눈만 떠진다. "눈곱 붙은 그 눈으로 누구에게 윙크?" 엄마가 봤으면 분명 이렇게 말했을 것이다. 어떻게 사람이 똑같은 행동을 매일 변함없이 할 수 있는지 궁금할 지경이다. 세수하고, 밥 먹고, 양치하고, 옷 갈아입고 학교에 간다. 오죽하면 일일이 그 사건을 가사로 쓴 동요가 있을까.

그러나 소녀는 학교 가는 길만큼은 좋아한다. 걸어서 40분이나 걸리는 길이지만 심심하지 않다. 집을 나서서 몇 발자국만 걸으면 아카시아 향이 진하게 묻어난다. 소담스럽게 열린 하얀 꽃송이들이 달콤한 향기를 바람에 실어 보낸다. 손을 뻗어 한 움큼 따서 입안에 넣고 싶은 유혹을 지나갈 때마다 참아낸다.

"왜 그놈의 살충제는 뿌려서…." 괜스레 부화가 난다.

학교 가는 지름길이 하나 있다. 흙을 밟고 걸어갈 수 있는 작은 오솔길이다. 수목원이 근방에 있는데 그 수목원 덕분에 이런 오솔길이 생겼다. 어둑해지는 날엔 괜스레 무서워 지나갈 수 없지만 등하교 길엔 괜찮다. 살짝 언덕 진 길을 후다닥 뛰어 내려간다. 학교에 거의 도착해서 짧은 굴다리 아래를 지나면 양쪽으로 늘어선 플라타너스가 보인다. 소녀가 걸어가는 그 길에 나란히 서서 경례하는 멋진 육군 아저씨 같다. 든든하다.

왜 이름이 플라타너스일까 궁금해서 아빠에게 물어본 적이 있다. 플라타너스라는 이름은 잎이 크기 때문에 붙여진 이름이란다. 순우리나라 이름은 양버즘나무이다. 얼굴에 피는 버짐같이 얼룩덜룩 나무 몸통이 벗겨져 있어 그렇게 부른다고 했다. 소녀는 가끔 까끌까끌한 나무 몸통을 손으로 스치며 마치 자기 마음 같다 생각한다. 들킬까 눈치 보며 몰래 숨겨놓은 한켠 마음이 양버즘나무에 새겨진 것만 같아 자기도 모르게 부끄럽다.

학교 정문을 들어서면 보고 싶지 않아도 눈에 딱 들어온다. 고딕

체다.

―바르게 정직하게 성실하게―

"바르고 정직하게 살면 잘 살 수 있는 거야? '성실하게' 하나면 족할 듯싶은데. 한 가지라도 마음 변하지 않고 성실하게 한다는 게 얼마나 힘든 건데. 학교 교훈은 뭘 모르는 것 같단 말이지!"

복도에서부터 소리가 다 들린다.

"조용히 하자! 칠판에 이름 적는다."

반장 목소리가 젤 크다. 소녀는 반장을 볼 때마다 이해가 안 될 때가 있다. 주변에 남자아이가 짓궂은 장난을 걸어올 때면 "반장!" 소리만 질러도 조르르 달려온다. 또래 남자아이 머리통 하나 더 없은 만큼 키가 큰 반장이 후다닥 달려온다. 언제든 달려온다.

2.

작년 이맘때였다. 가족들과 함께 강원도에 살고 계시는 할아버지 댁을 방문했다. 소녀는 이곳에 오는 것이 마냥 즐겁다. 감자는 어쩜 그렇게 구수하고 맛나고, 집에서 먹지도 않는 완두콩이랑 작두콩이 랑 섞어 놓은 가마솥 밥은 왜 단맛이 나는 건지 이상스럽다. 할머니 가 끓여주시는 된장국 맛은 진짜 끝내준다. 햇살이 아직 따뜻한 오후가 되면 소녀가 유독 올 때마다 자주 찾는 곳이 있다. 물이 졸졸 흐르는 작은 개울가. 주변엔 유채꽃이 노랗게 피어 있다. 개울

물에 물들은 노란 빛은 하늘담은 쪽빛과 어우러져 온몸에 진한 봄이 스며드는 것 같다. 이런 아름다운 유혹을 마다하기 어렵기에 동네 사람들도 자주 오간다. 소녀는 가끔 아려오는 마음을 이 개울가에 녹여버릴 수 있지 않을까 불현듯 생각하곤 한다.

그날도 마을 사람들이 옹기종기 모여 즐기는 것이 보였다. 그 무리 속에 소녀가 흠칫 놀라며 눈을 떼지 못하는 한 사람이 있었다. '설마… 반장?' 그럴 리가 만무했다. 학교에 있어야 하는 것이 당연했기 때문이다. 소녀는 할아버지 연세가 너무 많아 걱정하시는 부모를 따라 급히 학교에 체험학습 사유지를 제출하고 내려온 것이다. 가까이 다가가며 얼굴을 살폈다. 반장이 맞다. 이름을 부르니 깜짝 놀란다. 반장은 이내 환하게 웃으며 반가워했다. 사촌누나 기일이란다. 해마다 있었지만 올해 처음 동행했다고 한다. 소녀를 볼 때 그 누나 얼굴이 겹쳐질 때가 가끔 있었단다. 하얀 피부에 살짝 미소를 지을 때면 누나가 떠올랐다고. 언뜻 언뜻 슬픈 표정도 닮았단다. 소녀는 순간 잠시 당황스러워 자신도 모르게 고개를 돌렸다.

개울가 나뭇잎 틈으로 햇빛이 들었다. 어느 새 노을빛이다. 그날도 하늘이 이랬다. 엄마의 울음소리와 아빠의 큰 소리가 뒤섞여 천둥소리처럼 들렸다. 4살 남동생이 자동차 아래에 누워 있었다. 경찰들이 바삐 오가고 병원 엠블란스 소리가 요란했다. 소녀는 밤을 지새웠다. 무섭고, 아프고, 슬펐다. 소녀의 가슴에 까만 차돌멩이 하나가 날아 들어왔다. 소녀의 마음에서 길을 잃었는지 나가지도 않았고, 소녀는 어떻게 빼내야 할지 알 수도 없었다. 심장 박동 소리와 함께 어느 날은 데굴데굴 굴러다니는 것 같았고, 간 아래 어딘가에 멈춰 서서 짓누르는 것 같기도 했다.

"어떻게 왔어? 학교는?"

"올해엔 꼭 내려와 보고 싶어서 졸랐어. 한 번도 내려올 수가 없었거든."

"누나는 어디가 아팠는데?"

"응. 심장병. 유전이래. 갑자기 그렇게 됐어. 어느 날 갑자기. 그래도 난 누나가 멀리 있다고 생각 안 해. 사람에겐 모두 영혼이 있다고 하잖아. 사람은 누구나 다 그렇게 처음부터 지어졌대. 그러니까 죽는다고 사라지는 건 아닐 거야. 단지 눈에 안 보일 뿐이지. 누나는 살아 있을 거야, 영혼으로. 나도 그럴 거구. 근데 너는 매년 왜 내려오는 거야?"

반장의 어조가 어른스럽게 들렸다.

소녀는 반장이라면 이야기해도 될 것 같다는 생각이 들어 솔직하게 대답했다.

"응. 내 동생 기일이야."

함께 이야기를 두런두런 나누며 자갈과 흙이 섞인 좁은 길을 걸어갔다. 반장은 문득 서더니 돌 하나를 주워 주머니에 쏙 넣었다.

손바닥 반개만한 돌이었다. '주우려면 이쁘게 생긴 조약돌을 줍지. 뭣하러 그렇게 생긴 돌멩이를 주울까?' 개울가 옆을 지나가던 길이었다. 소녀 발밑에 훅 지나가는 방게 한 마리를 밟지 않으려고 피하다가 발을 겹질리고 말았다. 이 마을의 개울은 맑다. 그래서 보기 드문 가재도 살고, 게도 자주 볼 수 있다. 소녀의 하얀 운동화를 스치며 옆걸음으로 재빠르게 지나갔다. 작은 것이 귀여웠다. 조심스레 피하려 하던 것이 그만 발을 헛디뎠다.

"업혀."
반장이 등을 내밀었다.
"뭐--?"
"업어줄게."
소녀는 우물쭈물 어쩔 줄을 몰랐다. 아무리 다쳐도 그렇지 어떻게 반장 등에 업힐 수 있단 말인가? 그것도 단 둘이 있는 것도 아닌데.
"집 근처까지만 일단 가자. 어른들께 내가 달려가서 말해줄게."
달리 방법이 없었다. 반장의 등은 제법 넓었다. 가슴이 콩닥콩닥 키질하는 콩처럼 뛰었다. 반장의 등을 타고 심장 달리는 소리가 들리지 않을까 조마조마 했다.

"너 별로 안 무겁다."
"그래도 쫌 무거울껄? 천천히 가도 괜찮아."
가끔 반장의 거친 숨소리가 들렸다. 참 미안스러웠다.

"반장, 물어보고 싶었던 말이 있었는데….."

"뭔데?"

"학교에서 말이야. 내가 부르면 왜 그렇게 금방 달려와?"

반장은 잠시 말이 없었다. '물어보지 말걸 그랬나.' 순간 실수한 것은 아닌가 하는 마음에 소녀는 얼굴이 붉어졌다.

"가끔 네 눈빛을 보면 내 눈빛을 닮은 거 같다는 생각이 들어서."

소녀의 얼굴이 발그레해졌다. 이제서야 그 이유를 알게 되었다.

"이게 누구여?" 소녀 할아버지의 친구이신 뚱이 할아버지였다. 키우고 있는 진돗개 이름이 뚱이다. 자식보다 이 뚱이가 더 낫다고 입버릇처럼 이야기해서 뚱이 할아버지라는 별칭이 생겼다. 소녀를 알아보고 의아해하는 눈길로 다가오셨다. 소녀는 무심코 '큭' 웃음을 삼켰다. 강원도에서 충청도 사투리라니. 할아버지의 권유에 못 이겨 충청도 고향을 버리고 이 근처로 결국 이사를 오신 분이었다.

"발목을 삐어서요."

반장이 서둘러 대답했다. 소녀를 내려놓은 반장의 얼굴은 홍조를 띠었고, 이마엔 땀이 송글송글 맺혔다.

"이런… 워쩌다가 그랬댜."

할아버지는 거정을 하시며, 얼른 휴대폰을 꺼내 소녀의 집에 연락을 해주셨다. 다행이다. 반장이 더 이상 힘들지 않아도 되니까.

3.

강원도에서 돌아온 다음 날부터 어김없이 학교에 가야 했다. 며칠 더 쉬고 싶다는 생각이 고장난 초침처럼 밀려들어왔다. 그러다 문득 반장 얼굴이 떠올랐다. 얼굴이 화끈 달아오르는 것 같았다. 소녀가 좋아하는 그 길이 오늘따라 무척이나 길게 느껴졌다. 학교 정문을 통과하여 복도를 지나 교실로 향했다. 와자지껄한 소리가 여지없이 시끄러웠다. '반장은 뭐하는 거야?'

교실 문을 열자마자 소녀의 눈길은 자신도 모르게 반장의 자리부터 찾고 있었다. 자리가 비어 있었다. 교실 안을 한 번 스윽 훑어보았다. 보이지 않았다. 며칠 동안 반장의 자리는 그렇게 비어 있었다.

'그냥 아픈 게 아닌 거야. 무슨 일일까? 선생님이 좀 더 자세하게 말씀해주시면 좋겠는데.'

소녀는 걱정이 되었다. 반장이 결석한 지 벌써 일주일이 다 되어가고 있었다. 수업을 끝내고 터덜터덜 집으로 돌아왔다. 엄마가 택배 하나가 와 있다며 책상 위를 가리켰다. 작은 상자였다. 상자 안에는 보랏빛 주머니와 엽서 한 장이 들어 있었다.

—이것을 꼭 전해달라는 아들의 부탁을 받고 보내요. 꼭 보랏빛 주머니에 넣어달라면서. 심장병이 있었어요.— 반장이 살아온 모든 날 중에 소녀를 강원도에서 만난 날이 가장 행복했었다고 전해달라는 내용도 적혀 있었다. 보랏빛 주머니를 열었다. 반장이 주머니에

넣었던 손바닥 반만한 그 돌이었다. 돌 아래 삐쭉 나온 작은 쪽지가 눈에 띄었다. 가만히 펼쳤다. 또박또박 정성스럽게 한 문장이 쓰여 있었다.

"보라색은 치유의 색이래."

돌 위에 까만 싸인펜으로 쓴 깨알 같은 글씨가 보였다.

"보이지 않는다고 슬퍼하지 마. 너의 동생도, 나도 네가 기억한다면 우리도 널 기억할 테니까."

샐리와 은영 씨

정아름

"이곳은 120년 된 이탈리아의 바버샵입니다. 보통 모발을 자르면 모발 속 케라틴이 열리는데 그걸 다시 닫으려면 불을 이용하면 닫을 수 있어요. 커트 후, 모발 끝을 스치듯 살짝 불로 태워 마무리하죠. 저희 가게만의 오래된 전통입니다."

햇빛이 쏟아지는 이탈리아 오후의 거리. 오직 남자들만 있는 공간에서 쓸데없는 감정 소비 없이 커트와 면도만이 이루어지는 깔끔하고 완벽한 세상.

버스 안 텔레비전에는 〈지금 세계는-이탈리아 바버샵〉의 예고편이 나오고 있다. 흰 가운을 입고 이대 팔로 가르마를 한 이탈리아 남자는 은영 씨를 보며 웃고 있다. 은영 씨는 텔레비전을 뚫어져라

봤다. 이탈리아. 말만 되뇌어도 갈증이 났다. 그리고 정갈하고 단아한 바버샵.

은영 씨는 갈아타는 곳에서 지하철을 놓쳤다. 난데없는 바버샵을 생각하느라 천천히 걸었더니 낭패를 봤다. 지각이다. 평소보다 10분 일찍 일어났는데 이런 불상사는 정말 납득하기 어렵다. 은영 씨는 오늘 예약 손님이 여덟. 그중에는 가장 힘든 매직 셋팅 손님이 둘이다. 몇 가닥씩 정성을 모아 머리카락을 펴는 것도 힘든데, 아래 머리카락은 열 파마를 해야 하니 시간이 두 배로 든다. 거기에 염색까지 추가하면 네 시간도 훌쩍 넘는다. 물론 세 가지 시술은 못해도 20만 원이 넘지만, 은영 씨는 건 바이 건이 아니라 월급제로 계약했기 때문에 비싼 시술의 손님도 그리 달갑지 않다. 은영 씨는 석 달 전, 스텝에서 디자이너가 됐다. 일 년간 이 가게에서 참아 온 것들을 생각하면 스스로 생각해도 깜냥이 있는 편이다.

60대 남자 원장은 가게에 잘 오지 않는다. 그리고 여자 실장 샐리가 있다. 일주일에 한두 번 가게에 들리는 원장은 오가다 실장의 엉덩이를 슬쩍슬쩍 만진다. 그리고 실장과 원장은 축축한 눈빛을 주고받는다. 샵의 전체적인 관리는 실장이 맡아 한다. 오십이 갓 넘은 실장은 자신을 꼭 '샐리'라고 부르라고 했다. 손님이 있을 때 그냥 '실장님'이라고 부르면 언짢아하는 표정이 역력했다. '샐리'라는 이름은 실장의 외모와 전혀 어울리지 않았다.

퍼프 소매의 실크 블라우스를 즐겨 입는 실장의 명함에는 한글로

'샐리'라고 쓰여 있었는데 실은 'sally'의 스펠링도 제대로 모르는 듯했다. 뉴욕에서는 에스프레소에 설탕을 잔뜩 넣는다며 출근하자마자 실장은 스텝에게 커피를 시켰다. 에스프레소보다 설탕이 더 많아 넘칠 정도였는데 '이게 바로 뉴욕 스타일'이라며 칭찬했다. 고데기로 과하게 컬을 넣은 실장의 머리는 꼭 돌돌 말린 달팽이집의 무리처럼 보였다.

샐리 실장이 처음부터 은영 씨를 싫어한 것은 아니었다. 은영 씨는 일머리가 있고, 사람들과의 관계도 나쁘지 않았다. 추가근무를 하거나 회식 자리도 빼는 일이 없었다. 그러나 원장이 은영 씨를 따로 불러 몇 번 이야기하는 일이 생기자, 실장은 그날 이후로 은영 씨를 대하는 눈이 달라졌다.

다른 여자 직원들은 실장의 눈치를 보느라 정신이 없었다. 은영 씨에게 먼저 다가와 말을 거는 사람도 없었다. 그 덕분에 일 년여 은영 씨에게 가까운 동료는 없었다. 괜히 실장에게 찍혀 일하는 데 어렵기만 할 게 뻔했다. 실장은 은영 씨에게 어느 날은 손이 느리다고, 또 어느 날은 청소가 굼뜨다고 타박을 했다. 그리고 사건은 터졌다.

"감히 내 손님을 뺏어가? 어디서 살살 꼬리를 쳐? 네가 언제까지 그렇게 젊을 줄 알아?"

실장은 자신의 손님을 은영 씨가 뺏어갔다고 했다. '꼬리를 쳤다'

라는 말에 은영 씨는 바닥을 쓸던 빗자루를 잠시 내려놨다. 올 것이 왔다. 그리고 샐리 실장을 구석으로 정중하게 '오시라' 했다. 은영 씨는 오늘이 그만두는 날이 될지 몰랐다. 실장은 은영 씨 쪽으로 가면서 "뭐, 왜? 누가 겁낼 줄 알고?"라며 하늘색 실크 블라우스를 걷어붙였다.

은영 씨는 침착하고 차근하게 샐리 실장에게 물었다. 이렇게 자신을 대하는 이유가 무엇인지, 근거 없는 이야기 말고 제대로 된 팩트를 가지고 대화하자고 했다. 은영 씨는 '어른은 어른답게, 실장은 실장답게'라는 말을 돌려 할 줄 아는 사람이었다. 샐리 실장은 은영 씨의 말을 듣고는 두 손으로 자신의 머리를 부여잡더니 '이건 하극상'이라며 사장을 불렀다. 모처럼 출근한 사장은 놀라서 달려왔고, 전후 설명은 듣지도 않은 채 바로 은영 씨를 나무랐다. 여태 실장의 엉덩이를 만진 값으로 적당한 거래였다. 실장은 모든 상황을 참는다는 듯 서글프게 흐느꼈다. 놀라울 정도로 진짜 억울하고 슬퍼 보였다.

샐리 실장은 젊고 예쁜 은영 씨가 싫었다. 더욱이 원장이 은영 씨를 은근하게 보는 시선도 참을 수 없었다. 옹졸하고 치졸한 것을 알기에 샐리 실장은 더 망가졌다. 헤어샵의 큰 거울에 날씬하고 예쁜 은영 씨와 자신이 오버랩되는 것이 끔찍했다. 백설 공주에서 마녀도 눈매가 날카로워 그렇지, 마르고 우아하지 않던가. 실장은 은영 씨가 남자 손님과 이야기하거나 웃는 것만 봐도 화가 치밀어 올랐다. 저러다 모든 손님이 은영 씨에게로 가 버릴까 봐 두려웠다.

"여우같은 것. 저것 봐, 저것 봐."

마음속의 소리는 입 밖으로도 기어코 나왔다. 샐리 실장은 왕년
에도 통통했다. 한 번 말라보는 게 소원이었지만 오십이 되도록
끝내 소원을 이루지 못했다. 그리고 작년에 들어온 은영 씨는 스물
여섯. 허리까지 긴 생머리에 날씬하고 볼륨 있고 마스크를 한 얼굴
의 윗모습은 청담동의 성형외과를 갓 다녀온 것처럼 예뻤다. 그리
고 두피 마사지에 클리닉 서비스까지 주며 공들였던 오래된 남자
손님이 우려하던 바와 같이 은영 씨에게로 옮겨갔다.

용납할 수가 없었다. 모든 중심은 실장인 자기를 위주로 돌아가
야 했다. 남자들은 뜨악하지만, 여자들만 모여 일하는 곳에서는 흔
히 일어나는 일이었다. 샐리 실장은 일하면서도 은영 씨를 힐끔거
렸다. 피가 뚝뚝 흐르더라도 얼굴의 주름과 굵은 허벅지를 도려내
고 싶었다. 이런 세상에서 은영 씨 같은 여자가 살아남기는 쉽지
않았다. 살 도리가 하나 있다면, 철저하게 자신보다 '그 분'이 더
아름답고 예쁘다는 것을 계속해서 증명해야 했다. 눈이 마주칠 때
마다 몸을 던져 그분을 추앙하는 모습을 보여드려야 했다.

보통의 미용사는 점심을 먹지 못한다. 실장부터 스텝까지 마찬가
지다. 허기진 채로 미소를 팔고, 듣기 좋은 말로 손님의 기쁨조가
기꺼이 된다. 머리를 다루는 긴 시술 시간 동안 손님이 점심을 거르
지 않았는지 걱정하지만, 자신의 끼니는 정작 챙기지 못한다. 인터

넷 예약 가능한 시간은 점심시간 없이 10시부터 저녁 7시 30분까지. 30분 간격으로 손님을 받는다. 눈치껏 알아서 비는 시간에 대충 끼니를 때우거나, 어쩌다 예약 손님이 없는 짧은 시간에 밥 비슷한 것을 먹기도 한다. 그러나 대부분은 일이 끝나고 여덟 시가 훨씬 넘어서야 식사할 수 있다. 모든 것이 소멸된 그 시간, 굶주렸던 은영 씨는 세상의 모든 것을 삼키려고 입을 벌린다.

11시 14분. 아침을 대충 먹은 은영 씨는 오전부터 허기진다. 지금의 손님이 가고 나면 주머니에 든 초코바를 씹으며 우유 한 잔을 마실 것이다. 손님이 비가 많이 왔다고 한참을 이야기하는 내내 은영 씨는 초코바 생각에 건너 건너 희미하게 대답했다. 빠른 손놀림으로 연신 가위질을 했다. 은영 씨는 바버샵을 상상했다. 여자들이 득실득실 모여 서로를 할퀴며 일하는 아비규환인 이곳이 아니라 오직 현란한 가위질만이 존재하는 곳. 아슬아슬하게 면도날이 살갗을 스치며 적당한 거품과 검은 털의 잔해가 미끄러지듯 말끔하게 떨어지는 곳. 여자들의 비위와 감정을 맞출 필요가 없이 자신에게 맡겨진 커트와 면도에만 전념하면 되는 곳. 커트 후, 가는 불로 모발 끝을 지지며 열린 케라틴을 닫는 깊은 전통이 흐르는 그곳. 바로 바버샵.

"으악! 미쳤어요?"

옆, 옆자리의 손님이 소리를 질렀다. 샐리 실장이 매직 스트레이트를 하는 중이다. 샐리 실장은 손님의 머리카락을 고데기로 지지고 있었다. 꽉 쥐어진 고데기에는 머리카락이 말려 있고 실장의 표정은 일그러졌다. "치익." 세탁소의 다림질 소리가 났다. 손님의 머리카락에서는 연기가 피어올랐다. 최대로 달궈진 고데기 열에 손님의 머리카락 한 뭉텅이가 "툭" 하고 끊어져 내렸다. 그 상황에도 샐리 실장은 미동도 없이 그대로 서 있었다. 계속 손님의 머리를 태우면서.

"손이, 손이 움직이질 않아. 누가 나 좀 도와줘!"

직원들이 급하게 다가가 실장의 손에서 고데기를 떼어내려고 애썼지만, 실장의 오그라든 손가락은 빳빳하게 굳어 전혀 움직이지 않았다. 손목을 많이 쓰는 미용사들에게 올 수 있는 일종의 마비 현상 같았다. 일시적일 수도 있고, 아닐 수도 있었다.

은영 씨는 눈길 한 번 주지 않고 손님의 머리카락을 잘랐다. "싹둑." 잘린 머리카락은 생명을 잃었다. 머리카락 타는 냄새가 가게 안의 공기 속을 꽉 채웠다. 살아있는 머리카락에서는 살이 타는 냄새가 났다.

'이탈리아 바버샵에서도 머리카락을 태울 때 이런 냄새가 날까?'

은영 씨는 궁금해졌다. 거울 속에서 은영 씨의 손놀림에 따라 머리카락이 듬썩듬썩 잘려나갔다. 그리고 거울을 본 은영 씨는 가

위를 떨어뜨렸다. 거울 속에는 더 늙어 버린 샐리가 서 있었다. 진짜 샐리보다 더 초췌하고 추한 모습으로 은영 씨를 곁눈질하고 있었다. 거울 속의 샐리는 쓰게 웃었다.

결국, 이곳에 있는 누구도 샐리처럼 늙어갈 것. 매직 스트레이트를 하던 오래된 손목에는 어김없이 마비가 오고, 추악하게 서로를 할퀴며 뜯으며 살아가게 될 것. 오늘을 아등바등 열심히 살아내지만, 결국 내일을 도둑맞게 될 것. 은영 씨는 무엇에게 홀리듯 사물함 쪽으로 성큼성큼 걸어갔다. 그리고 갈색의 낡은 숄더백을 들고 헤어샵 문을 열고 밖으로 나갔다.

"은영 씨, 은영 씨! 어디 가요?"

사람들이 부르는 소리는 은영 씨에게 들리지 않았다.
바버샵으로 떠날 시간이었다.

1평

정아름

나는 호흡을 모았다. 아래쪽 깊은 곳에서부터 끌어 모은 것들을 "칵, 퉤." 하고 짧고 우아하게 뱉어냈다. 입가는 닦지 않는다. 이것은 2단지의 카르텔을 유지함과 동시에 중요한 일이 있기 전 성스러운 의식이었다. 부모님이나 선생님이나 나를 싸움꾼으로 알고 있지만, 사실은 아니었다. 약간의 허세는 있었지만, 일없이 싸움을 먼저 거는 편은 아니었다. 3단지 애들이 그 말을 하기 전까지는 적어도 그랬다.

며칠 전, 3단지 후문에서 지아 언니를 만나기로 한 날이다. 언니는 우리 학교 3학년인데 작년에 내가 사는 2단지에서 3단지로 이사를 했다. 언니의 아빠는 무슨 유명한 건축회사에 다닌다고 했는데 일주일에 하루 이틀은 집에 오지도 않고, 매일 마지막 지하철을 타고 집에 겨우 온다고 했다. 언니는 아빠가 없는 시간이 더 편하다고 했다. 그러면서 너는 아빠는 놀아서 좋겠다며 환하게 웃었는데 나는 기분이 나쁘려다 바람에 날리는 지아 언니의 새까만 긴 머릿결이 너무 아름다워서 화낼 타이밍을 놓치고 말았다. 지아 언니는 늘 생각이 없어 보였는데 나는 그런 언니가 좋았다. 사람들 사이에서 잔머리를 굴려 살아가는 나로서는 언니의 텅 비어 있는 머릿속이 부러웠다. 오늘 언니를 만나기로 한 건, 새로 산 핸드폰 케이스를 언니에게 보여주기 위해서였다. 요즘 새로 나온 아이폰이나 제트플립을 산다는 것은 우리 집에서는 로또 당첨수준이었고, 핸드폰 케이스라도 바꾸어야 지아 언니를 만날 면목이 설 것 같아서였다. 언니에게 카톡을 하고 3단지 후문에서 기다렸다. 그런데 10분이 지나도 언니가 나오지 않았다. 돌아가려고 생각하는데 "잠깐만, 아, 지랄, 나 화장실"이라는 카톡이 왔고 나는 5분만 더 기다리기로 했다. 그때였다. 3단지에 사는 애들을 만난 게. 우리 반에는 3단지에 사는 세 명의 아이들이 있다. 얼마나 쓸데없는 이야기들로 시끄럽게 웃고 떠들고 다니는지 반에도 복도에서도 아파트 근처에서도 들어줄 수가 없다.

"야, 쟤 우리반 아냐?"
"응, 맞아. 아, 그 2단지 사는?"
"2단지 진짜 좁다고 들었는데? 너네 가 본 사람 있어?"
"아니, 우리 엄마가 그러는데 완전 작아서 거실에 네 명이 다

못 앉는대."

"호호 하하하, 그게 사람 집이야? 인형의 집 아냐?"

"그러게 말이야. 우리 아빠도 2단지 애들이랑은 놀지 말래."

"왜?"

"그지들이잖아."

"크크크, 2단지 그지들 너무 웃긴다. 근데 딱 맞다."

나는 생각보다 행동이 빠른 사람이었다. 버스를 놓칠 것 같아도 일단 뛰고 봤다. 나는 깊이 숨을 들이마신 후 침을 뱉고 타다닥 바로 걸음을 옮겼다. 처음 말을 꺼낸 새하얀 아디다스 운동화를 신은 애의 머리를 뒤에서 잡고 젖혔다. "엄마야."를 부르며 넘어진 아이는 나를 한참 쏘아보더니 서러운 목소리를 짜내기 시작했다. 억지로 감정을 끌어올려 흐느끼더니 결국은 울음을 터뜨리기에 성공했다. 쇼는 성공했다. 울음에 섞인 알지도 못할 소리를 맥락 없이 늘어놓고 있는 것들은 더 한심했다. 자세히 들어보니 "엄마에게 이르겠다."라는 내용 같았다. 나는 아무 표정 없이 옆에 있던 둘을 봤다. 얼굴이 하얗게 질린 채 나를 보고 있었다.

"별로 대꾸하고 싶지도 않지만, 개소리 좀 지껄이지 마. 그리고 눈에 띄지 마라. 보기도 싫으니까."

나는 지아 언니와 만나기로 한 사실을 까맣게 잊은 채 2단지 쪽으로 성큼성큼 걸어갔다. 페인트칠이 곳곳 벗겨진 아파트의 벽이 흉

물스럽게 보였다. 정말 거지들이 사는 집처럼.

"아!"

뒤에서 무엇인가가 머리를 퍽 하고 쳤다. 셋이 달려와 신주머니와 가방을 던졌다. 나는 두 팔로 머리를 가리고 앉아 맞고만 있다가 생각했다. 맞으면서도 때릴 수 있어야 한다는 사실. 진짜 꾼이라면 맞는 순간에 겁을 집어먹는 것이 아니라 때릴 타이밍을 간파해야 한다. 나는 "쌍" 하고 소리를 빽 지르며 벌떡 일어났다. 아파트가 떠나갈 정도로 길 건너 할머니가 들을 정도로 십이지장과 간과 쓸개에 힘을 주어 소리쳤다.

손발을 멈췄다. 지금이었다. 나는 땅바닥에 떨어진 가방을 들어 정면에 있는 아이의 뺨을 있는 힘껏 쳤다. 입술이 터지고 피가 나자, 예상대로 울기 시작했고 그 사이 머리와 배를 2단으로 가격했는데 꽤 충격이 컸던지 셋은 가방도 챙기지 못하고 3단지 쪽으로 도망가 버렸다.

싱거운 싸움이었다. 지아 언니가 어디냐고 전화가 왔고, 나는 급한 일이 있어 내일 보자고 끊었다. 묶은 머리는 반쯤 뜯겼고, 머리 뒤쪽이 얼얼했다. 언니에게는 늘 정갈한 모습만 보여주고 싶었으니까 오늘은 패스. 지금 내 꼴은 영락없이 딱 2단지 같았다.

엘리베이터 앞 거울에서 대충 머리를 정리했다. 주머니에서 롤을 꺼내 앞머리를 말았다. 내일 학교에서 또 만나야 하는 생각에 입이 썼다. 4층. 엘리베이터가 열렸다. 집 현관문은 열려 있었다. 집에는 연두색 파리채가 휙휙 날아다니고 있었다. 모기를 잡으려고 파리채를 휘두르는 엄마의 눈빛은 흡사 예리하게 칼을 휘두르는 전사 같았다. 모기를 한 마리 잡은 엄마의 입가에는 희열이 흘러나왔다. 파리채에 묻은 모기 피를 닦는 엄마의 표정은 살인 후에 칼을 닦는 용의자처럼 무서울 정도로 서늘했다. 모기나 벌레가 들어와도 엄마는 늘 문을 열어 놨다. 문을 열지 않으면 답답해서 숨을 못 쉬겠다고 했다. 시골에서는 항상 문을 열어두었다면서 벌레도 모기도 그렇게 같이 살아가는 것이라고 말도 안 되는 소리를 했다. 엄마는 가끔 '2단지나, 3단지나 그게 그거'라는 하는 말을 했는데 아파트나 부동산에는 별로 관심이 없다. 그러니까 우리가 늘 이 모양이지. 나는 엄마 쪽은 쳐다보지도 않은 채로 모기 물린 허벅지에 물파스를 왕창 발랐다. 물파스는 다리를 타고 무릎 쪽으로 흘러내렸다. 나는 나중에 모기도 벌레도 없는 4층이 아닌 40층에 살 것이라고 다짐했다.

물파스의 싸한 향과 후덥지근한 바람이 뒤엉켰다. 눈을 들어 거실을 봤다. 아빠가 늘어진 러닝을 입고 지난 축구 경기를 보고 있었다. 골대를 맞고 공이 오른쪽으로 튕겨 나가자 아빠는 참외를 반쯤 입에 물고, 알아들을 수 없는 소리를 냈다. 억대 연봉의 축구선수에게 아빠는 아무렇지도 않게 고등학교 친구마냥 험한 말을 뱉어냈다. 남동생은 배를 깔고 누워 색종이로 팽이를 접고 있었다. 엄마가 주는 참외를 날름날름 받아먹으며 색종이를 모서리를 꾹꾹 눌렀다.

텔레비전과 빛바랜 갈색 좌식 탁자를 둘러싸고 있는 우리집의 가장 넓은 공간, 이곳에 네 명의 사람이 있기에 거실이란 곳은 꽤 좁아 보였다. 다시 봐도 확실히 좁았다. 3단지 애들의 말이 영 틀린 것은 아니었다.

지아 언니가 연락되지 않은 지 일주일이 지났다. 언니는 내 카톡도 확인하지 않고 전화도 받지 않았다. 처음에는 3단지 입구도 몇 번 기웃거렸다. 우연히 만나면 언니에게 말을 걸 참이었다. 하루 이틀 먼저 연락을 하고 그 후로는 기다렸다. 엄마에게 물어도 지아 언니 엄마랑 어제 슈퍼에서 만났는데도 별말이 없었다고 하는 걸 보면 큰일은 아닌 듯했다. 닭볶음탕을 만들던 엄마는 대파가 없다고 했다. 요리에 모든 재료가 완벽하게 들어 있어야 한다고 생각하는 엄마는 "대패, 대파."를 요란하게 외치면서 나에게 이천 원을 줬다. 나는 대파 심부름이 싫었다. 두부나 콩나물은 괜찮았다. 대파는 커도 너무 컸다. 제주도의 야자수 나무처럼 155cm인 나보다 더 커 보였다. 대파를 들고 단지 앞 롯데리아를 지나는 길에 나는 멈출 수밖에 없었다. 압정을 꽂은 것처럼 대파와 함께 나는 붙어 섰다. 롯데리아 안에는 지아 언니가 3단지 애들과 케첩을 잔뜩 찍어 감자 튀김을 먹고 있었다. 깔깔거리는 웃음소리가 유리를 뚫고 들리는 것 같았다. 지아 언니가 옆 아이의 어깨를 치며 앙탈을 부렸고, 맞는 편에 앉은 이들은 다시 웃기 시작했다. 같은 시간 속에 우리가 공존한다는 사실이 믿기지 않았다. 언니는 나와 눈이 마주쳤고, 시든

대파처럼 서 있는 나를 무심하게 쳐다보고는 다시 감자튀김을 먹었
다. 모르는 척이 아닌 처음 보는 사람처럼.

그날 저녁, 카톡이 왔다. 발신자 알 수 없음.
2단지와 3단지 사이 문어 놀이터 뒤쪽, 오늘밤 11시

내용도 없이 장소와 시간이 쓰여 있었다. 직감적으로 3단지와의
전쟁이 시작되었음을 알았다. 그리고 이제 지아 언니까지 잃은 나
는 피할 이유가 없었다. 101동과 107동에 사는 명진이와 지효에게
연락을 돌렸다. 나까지 세 명. 저쪽에서 몇 명이 나올지는 모르지만,
숫자는 그렇게 중요하지 않다. 결국은 깡으로 끝까지 가는 거다.
저녁을 간단히 먹고 스트레칭을 했다. 아울렛에서 얼마 전 엄마가
사 준 만 원짜리 빨간색 스니커즈를 꺼내 신었다. 신발 끈을 정성
들여 조였다. 중간에 끈이 풀려서 스스로 밟고 넘어지면 낭패니까.
11시 5분 전, 지효와 명진이와 놀이터로 걸어갔다. 적당히 어둡고
적당히 더웠다. 3단지 셋은 친구 둘을 더 데려왔다. 딱 봐도 인상만
더럽지 싸움은 할 줄도 모르는, 조금만 불리해도 바로 꽁무니를
뺄 관상이었다. 나는 침을 뱉기 위해 호흡을 모았다. 그리고 성스럽
게 침을 뱉으려는 순간이었다.

"어머, 너 지금 한판 붙으려고 하는 거야? 그리려고 나왔어?"
"야, 진짜 무식하게. 우리가 뭐 싸우려고 나온 줄 아나 봐."

"이러니까 2단지, 2단지 그러지. 진짜 수준 떨어져."

나는 침을 뱉다 말고 삼켰다. 갑자기 딸꾹질이 날 것 같아 숨을 참았다. 싸우는 게 아니라면 이 깊은 밤에 놀이터로 왜 불러낸 것인지 가늠이 되질 않았다. 3단지 흰 운동화는 허리에 손을 얹고 대단한 충고라도 하듯 말을 이었다.

"우린 격 떨어지게 2단지 너희랑 이렇게 지내는 건 좀 아닌 것 같아서. 2단지와 3단지 사이의 평화를 위해서랄까. 저번 일은 우리가 다 이해해줄 테니까 서로 눈 흘길 일 없이 지냈으면 좋겠어."
"헐. 뭘 이해해주겠다고? 너네가?"
"그래. 네가 무식하게 머리 뜯고, 가방으로 치고 배도 주먹으로 쳤잖아. 안 그래? 아, 생각만 해도 킹 받네. 2단지 살면서 너희 주제는 너희가 알아야 하는 거 아니야? 3단지 옆에 사니까 지네가 뭐라도 되는 줄 아나 보네. 야, 너 한 평 차이가 얼마나 큰 줄 알아?"

'한 평 차이'라는 말에 나는 아차, 하는 생각이 들었다. 액션이 들어가기 전에 좀 더 설명이 필요했다. 그러고 보니 집에 대한 지식이 없었다. 아파트에 살면서 큰 집, 작은 집 정도로만 알고 있었지 집의 평수라는 것을 정확하게 몰랐다.

"말을 못 하는 걸 보니 양심은 있나 보네. 우리 아빠가 그러는데 한 평에 5천만 원인가 7천만인가 넘는대. 암튼. 네가 생각해도 2단지는 2단지답게 살아야 할 걸 알겠."

"자, 잠깐, 뭐라고? 뭐라 그랬어? 한 평?"

내가 갑자기 말을 끊자 3단지 흰 운동화는 주춤거리며 뒤로 물러섰다. 자신이 무슨 말을 하는지도 모르는 듯 아무 말이나 주절거리는 사이, 나는 핸드폰을 꺼내 '1평'을 검색했다. 1평은 약 $3.305785m^2$라고 써 있었고, 머릿속으로 완전히 가늠이 되지 않았다. 적어도 한 평이라는 건 이렇게 난리 칠 정도의 큰 크기는 절대 아니라는 걸 알 수 있었다. 개찐도찐이었던 것이다. 명진이가 귓속말로 "2단지가 21평이면 그럼 3단지 22평이라는 거지?" 하고 속삭였다. 지효도 다가와 "그게 그거 아냐?"라고 작은 목소리로 고개를 갸우뚱했다. 분명히 그게 그거 맞는데 암만 봐도 3단지 아이들은 전혀 모르는 것 같았다. 짝다리를 짚고 사시 눈으로 우리를 보고 있는 꼴이 그렇다.

팽나무는 2단지와 3단지 단지 사이에 수호신처럼 서서 하늘로 높게 고개를 뻗고 있었다. 평수가 나누어 있지 않은 주인 없는 밤하늘은 유난히 까맸다.

'No!'를 없애드립니다

윤슬

'No!'를 없애는 약을 먹었다. 입사시험이었다.

"입사 후 매일 복용해야 합니다. 동의하십니까?"

나는 그 약을 왜 먹었더라. 생각나지 않는다.

"약을 안 먹으면 어떻게 되나요?"

"일하기 매우 힘들어지실 거예요."

그녀는 덧붙였다.

"걱정하지 마세요, 퇴근 후에는 약효가 사라지니까요. 그리고 주의사항은 꼭 읽어 보세요."

업무는 반복적이었다. 사무실은 갑갑했다. 이를 감당하기에 적절한 약이었다.

오전은 50여 개 파일의 띄어쓰기에 모두 '언더바'를 붙여 수정하는 가벼운 업무로 시작했다.

10년 전 쯤에는 프로그래밍에서 파일명에 띄어쓰기나 특수문자가 들어가는 경우 오류가 발생하는 경우가 많았다. 지금도 윈도우에서 폴더나 파일명에 특수문자에 넣지 말라는 경고문의 원인과 똑같다고 보면 좋다.

요즘에는 프로그램이 많이 발전해 띄어쓰기 오류는 거의 없지만, 10년 전 띄어쓰기 대신 언더바 넣기는 관행이었다. 이에 사내 파일의 오류를 낮추자는 김 대리의 의견에 이사가 승인한 견론이다. 때문에 모든 파일 제목에 띄어쓰기 대신 언더바가 빠져 있으면 누군가는 이름에 언더바를 넣기로 한 것이다.

아이러니하게도 오늘 언더바를 넣는 대부분의 파일은 김 대리의 것이다.

디자인 수정이 이어졌다. 마케팅 배너 내 문구 변경이다. 디자인은 하나지만 수정은 한 개가 아니다. 5개국에 광고 중인 모든 배너가 수정 대상이다. 크기별로 웹용 3종, 모바일용 2종, 어플광고용 2종, 총 7종이다. 7종 5개국이므로 35개의 파일을 수정하면 된다. 다행히 유튜브 광고 영상용은 내가 하지 않아도 된다.

포토샵 파일을 연다. 120개가 넘는 레이어 중 해당 문구에 해당하는 레이어를 모두 찾아 수정한다. 일일이 리사이징하고 용량 최적

화까지 하면 완성된다. 실수는 용납되지 않는다. 실수가 있었다면, 그 수정이 이 일을 반복할 만큼 가치 있는지 따져본다.

일개 부품이라지만 사내의 모든 업무요청에 온전히 순응하기란 쉽지 않다.

아이디어 회의가 있었다. 브레인스토밍을 열었다. 아낌없이 아이디어를 모두 쏟아냈다. 물론 '이사의 딸랑이' 김 대리가 웃으면서 사안들을 정리했다. 회의 후 우리는 자리로 돌아왔고 이사와 딸랑이는 담배 피우러 내려갔다. 그들은 자신의 유능감에 취해 통쾌한 웃음소리를 보냈다. 모락모락 담배연기는 하늘 위로 치솟는다.

점심시간. 식판 귀퉁이에 약이 담겨 있다.
'오후 업무도 지루하겠지. 약을 미리 먹어 업무가 끝날 무렵 약효가 떨어지면 견딜 수 있을까?'
식사를 천천히 하고 업무 직전에 먹기로 한다. 김 대리의 자기자랑과 부장님의 아재 개그를 함께 씹어 목구멍으로 넘겼다.

커피 한 잔을 들고 자리에 돌아왔다. 약을 삼키려는데 딸랑이가 이사님께 뛰어가는 바람에 알약이 바닥으로 떨어졌다. 커피도 쏟아졌다. 흰 바지가 검게 물든다. 뜨겁다. 그와 동시에 알약은 사무실 청소하는 이모님의 진공청소기 속으로 쏙 빨려 들어갔다.
놀랄 새도 없었다. 김 대리는 "어이쿠, 얼른 씻어야겠네."라는 말을 남기고 이사님이 탄 엘리베이터 속으로 사라졌다. 화장실에서 본 허벅지는 손바닥만 하게 붉게 그을렸다. 흰 바지가 검게 그을린 만큼. 얼룩들이 쉬이 가라앉지 않겠다. 더럽다. 그 말대로 허벅지의 열을 식히기를 우선 삼았다.

오후 업무에 5종의 광고 배너 시안을 3개씩 만들어 서버에 업로드하고, 기획부의 컨펌을 기다렸다.

디자인을 공부하지 않은 그들의 '좋은 디자인' 기준은 사뭇 다르다. 자신의 기획 의도를 잘 드러낸 디자인을 원한다. 가독성만을 제1로 꼽았다. 우리나라 건물의 간판이 몇 십 년이 지나도 건물의 외관을 해치고, 도심의 풍경이 아름다워지지 않는 데는 그들의 노력이 참 클 것 같다. 그들은 브랜드 캐릭터의 얼굴색이 바뀌든, 아예 캐릭터 자체가 바뀌든 개의치 않았다. 시인성과 가독성, 기획 의도만이 중요했다. 마케팅부서는 광고의 클릭 수와 조회 수가 중요하다. 다만 브랜드에 호감을 느꼈던 고객들의 컴플레인이 빗발치면 모든 문제의 표적을 디자이너에게 돌렸다.

'약이 어디 있었더라. …아! 청소기 속으로 들어갔지, 참….'

비타민을 하나 꺼내 깨물었다. 퇴근길 편의점 매대에서 샀는데, 비타민 모양이 약과 너무 흡사했다. 입사 후 때때로 나의 삶이 고단할 때 플라세보 효과를 위해 먹곤 한다.

웃음소리를 나누며 이사와 딸랑이가 헤어져 자리에 앉는다. 어린 꼰대는 어깨를 으쓱이며 말한다.

"오전 회의 아이디어가 참 좋았어요. 이번에도 참 기대된답니다. 잘되면 아… 또, 전 사원 회의 때 이사님께 말해 또 한 번 프리젠테이션해야 하나…?"

'해야 하는' 게 아니라 '하고 싶다'가 맞지. 자랑은 의무가 아니다.

"와, 김 대리님. 진짜 잘되면 좋겠어요.

'칭찬하지 마. 자랑 길어지잖아.'

"다 여러분 덕분이죠, 뭐."

희한하다. 분명 모두를 칭찬하며 시작했다. 그랬지. 그런데 자기 자랑으로 끝난다. 회의는 모두 같이 만들었는데, 우리는 축하하고 본인은 고맙단다.

"왜에?"

딸랑이가 나를 쳐다본다. 나도 영문을 몰라 쳐다봤다.

"제가 잘되면 여러분의 능력을 인정받는 거죠. 다 같이 한 걸 누가 모르겠어요."

"누가 뭐래? 한두 번이야? 어휴, 자기기만은 참 편리해."

"왜 그러세요, 저랑 같이 회의실 좀 가시죠."

"뭐가 또 왜? 귀찮게 자리에서 이야기하지, 회의실을 왜 가? 뭐, 내 생각이라도 들었어?"

그제야 주위를 둘러봤다. 목소리가 닿을 법한 곳의 동료는 모두 나를 쳐다보고 있었다. 영문을 알 수 없었다.

"미, 미영 씨 왜 그래."

그때 박 차장이 일어나서 외쳤다.

"어어, 그거 아니야?"

"오늘 미영 씨 '진실의 주둥이'다!"

"뭐? 진실의 주둥이? 〈정직한 후보〉 영화 카피 문 아니야?"

*

오후는 상상 이상으로 바쁘게 지나갔다. 본업보다 주로 회의와 팀미팅에 불려 다녔다.

나는 퇴근 전까지 15건의 성희롱 사건과 5건의 불륜정황을 인사 팀에 보고했다. 회계팀과 인사 회계 비리 관련 미팅도 했다. 철야로 5팀의 회식에 불려가 17명의 꼰대를 적발했고 5명의 마음 약한 꼰대는 자신이 꼰대인 줄 몰랐다며 눈물을 흘렸다.

다음 날 아침은 대표님과 오전 커피 타임으로 시작했다. 우리가 서비스하는 디자인이 얼마나 구린지도 호소했고 '사내 운영 중인 구내식당이 정말 끝내준다'는 이야기를 덧붙였다.

무리한 상납을 요구하는 거래처와 회의에 난입하는 역할도 맡았다. 부당한 요구에 '대기업의 횡포인가요, 어떻게 그러실 수 있어요!' 라며 뛰어들었다. 동료는 입바른 소리를 멈추지 않는 나를 입을 막아 쫓아냈다. '퇴사를 앞둔 덜떨어진 막내'라는 소리가 들렸다.

대표님과 만남이 한 번 더 있었다. 자제분과 점심을 함께했다. 유학을 포기하고 '실전경험을 위해 바로 회사에 취직하고 싶다'는 대표 아들의 말에 '덜떨어진 소리 하고 자빠졌다'는 훈육까지 하고 왔다. 유학을 마다하고 여기에 취직한다고?

탕비실에서 기획실 소속의 직원 둘이 속삭이는 소리가 들렸다.
"미영 씨, 무슨 'No!'를 그렇게 많이 했대?"
"매일 디자인 수정을 500개도 넘게 했잖아요."
"…우리 요청이 그렇게 구렸나…?"

'No!'를 없애는 약에는 부작용이 하나 있었다. 약의 복용을 갑자기 중단하면 어김없이 나타난다. 억제제의 반작용은 과잉자극증상이다. 그동안 'No!'를 못했던 만큼 격렬하게 진실만을 말하게 된다. 특히 24시간이 최고조인데, 이 시기는 'No 제거 약효'의 잔류로 부탁을 거절할 수 없는 상태가 지속된다.
한 마디로 부탁은 거절 못하는 주제에 어딜 가든 진실만을 격렬하게 이야기하는 '사이다' 상태가 되는 것이다.

회사 사람들은 그 점을 이용해 나를 참 알뜰하게도 써먹었다. 사내에도 진실이 필요한 곳은 다양했다. 나의 말의 진실도는 한동안 100%이기 때문에 그 모든 전쟁터의 전방에 배치되었다. 나는 입사했던 지난 2년 이래 최고 인기를 누렸다. 매일 '마음에 들지 않는' 디자인 수정을 500개 이상하던 여파로 한 달이 된 지금도 '진실의 주둥이'에서 벗어나지 못하고 있다.

대가일까. 지금 나는 짐을 싸고 있다. '해고 30일 전 의무 통보' 기간을 채우고 퇴사하는 날이다.

퇴직상자에 개인 물품들을 쓸어 담는다. 내 흔적을 자리에서 지운다. 박 대리는 오늘도 분주하게 사람들 자리를 오가며 떠든다.

천하무적 '사이다'의 상태는 시한폭탄 같아서 다시는 'No!'약을 먹을 수 없었다. 현재 나의 최대 무기는 침묵이다. 침묵을 지키려면 거절이 필요하다. 약을 못 먹으니 해고통보가 왔다.

해고 통보받던 날 인사팀과 협상이 있었다. 입을 다무는 대가로 '진실의 주둥이'가 멈출 때까지 월급처럼 위로금을 받기로 했다. 더해 권고사직으로 3달 치 월급에 해당하는 위로금도 지급한다 했다. 얼마 안 되어도 2년 근무 퇴직금도 있었다.

*

퇴사 전 이사님과 면담시간도 있었다. 조직의 장이기에 조직 내의 퇴직자가 찾아뵙고 인사하는 일은 의례였다.

그 날 이사는 딸랑이와 담배 타임을 다녀오다 헤어지는 중이어서 그의 이야기도 자연스레 나왔다.

"뭐 그래도 그 팀은 김 대리가 있으니 다른 부서보다 덜 어려웠지. 그런 인재가 혼치 않아. 김 대리가 팀에 이바지하는 바가 크지."

질문인가? 자신의 지인지감에 대한 확언인가? 이어지는 침묵은 대답을 기다린다는 뜻이겠지.

"김 대리님도 그렇게 생각합니다. 그 모든 것은 이사님 덕분이라고요."

"야, 역시 그래? 그래 뭐라던가?"

이사는 매우 흡족한 미소를 지으며 물었다.

"그냥 제가 김 대리라 생각하고 평소에 하던 말 그대로, 이렇게 말하던데요."

'나는 상황을 입체적으로 보는 능력이 있어. 사람들의 말을 한 마디씩 모으면 퍼즐처럼 현재 상황이 조립되지. 내가 스카우트되었다는 이야기는 했나? 뭐 난 여기 돈 벌러 온 게 아니라 편하게 일하려고 왔어. 돈은 회사 밖에서 훨씬 많이 벌었거든. 이사님은 내 능력에 업혀 가는 중이라 날 못 버린다고. 내가 퇴사한다고 하면 무서워서 '소원 하나씩 들어줄 테니 말하라'고 벌벌 떤다니까. 내 말은 곧 이사님의 생각과 같아. 내 말에 반대해? 그건 이사님을 거역하는 거야, 알겠어!? 곧 내 밑으로 팀이 하나 꾸려질 거야. 줄 잘 서라고. 어휴, 이제 여자나 만날까…?'

토씨 하나 틀리지 않고 전달했다.

'No!'

이젠 다 추억일 뿐이다. 이제 퇴직상자를 들고 사무실 밖으로 나가면 된다. 김 대리는 서운함을 달래기 어려워선지 의자에 앉아 꼼짝도 않는다. 동료들은 얄은 정이라도 들었는지 내 눈치 살피느라 분주하다. 몇몇은 속삭인다. 또 몇몇은 최대의 선의를 발휘해 눈으로 배웅한다.

사무실 문을 막 나서는데, 뒤에서 박 차장의 급한 목소리가 들린다.

"김 대리! 여보게! 김 대리! 일어나 봐!"

"뇨, 박 차장! 이 바람둥이야…. 이 양 하고 정 양 하고 둘 중에 하나만…!"

박 차장이 김 대리를 감싸는 행동은 당수를 치는 듯도 했다. 하긴 그러기엔 그의 몸은 너무도 맥없이 스러졌다.

"어, 김 대리님 뭐라고요?"

"이양? 정양? 김 대리님도 혹시, 진실의 주…."

직원들이 소란스럽다.

"어우, 사람이 쓰러졌어. 누가 119 좀 불러!!"

모든 말문을 끊고 박 차장은 다급하게 외친다.

갑자기 생각났다. 약사가 읽어 보라던 주의사항이.

"정량 이상을 오랜 시간에 걸쳐 복용하면 발작증세, 혹은 사망을

야기할 수도 있으니 반드시 약사와 전문가의 지시를 따르시오."

'땡'

엘리베이터가 열린다. 작은 소란이 내리고 조용한 발자국이 탑승한다.

동 트는 무렵

류규형

선형은 비틀거렸다. 함께 술을 마신 공 대리도 비틀거렸다. 그곳이 태평로 삼성 본관 앞인지 상공회의소 쪽인지 크게 신경 쓰지 않았다. 불황이라고 하지만 연말의 북창동은 새벽까지 흥청거렸다. 술자리를 끝낸 사람들이 차도로 내려서서 택시를 잡으려고 기다리고 있었다. 선형과 공 대리는 택시가 잡히지 않아 한참 동안 허둥거렸다. 가끔씩 오는 택시는 술 취한 손님도 골라 태우는지 그냥 지나쳤다. 어떤 택시는 행선지를 확인하고 교대 시간이라며 지나갔다. 한참 만에 빈 택시를 잡았다. 선형은 마포 공덕동 삼성래미안아파트에 살고 있는 공 대리를 먼저 차에 태워주며 택시비 만 원을 택시 기사에게 주었다. 공 대리는 큰 키를 구부려 앞좌석에 탔다. 선형이 잘 가라고 했지만 안경이 콧등에 걸린 그는 인사도 받지 못할 정도로 취해 있었다.

　선형이 평소에 택시를 타는 경우는 거의 없었다. 선형은 휴대폰으로 시간을 확인했다. 새벽 2시. 이 시간에 서울에서 시외로 가는 대중교통은 이미 끊긴 지 오래되었다. 선형은 별다른 일이 없으면 전철이나 버스를 이용한다는 원칙을 세워놓았다. 선형은 자신이 정해 놓은 원칙을 스스로 어기고 택시를 타기로 했다. 한참을 기다려 빈 택시를 잡았다. 택시기사와 시외 요금으로 천 원을 추가로 주기로 하고 택시를 탔다. 50대 중반으로 보이는 택시기사는 보통 체격에 몸이 뚱뚱한 편이었다. 벗겨진 이마 때문에 나이가 더 들어 보였다. 펌을 한 듯한 곱슬머리, 볼에 살집이 있어 얼굴 전체가 둥글둥글한 모습이었으나 눈두덩에 살이 붙어 작은 눈매가 가늘고 찢어져 보였다. 뒷좌석에 앉은 선형은 룸미러를 통해 운전기사를 몇 번 힐끔거리다 기사와 눈이 마주치자 재빠르게 시선을 창밖으로 돌렸다.

　택시가 여의도를 지나 영등포로 들어섰다.

　"손님, 합승 좀 하겠습니다."

　택시기사가 룸미러로 선형을 힐끔 보며 의견을 물었다. 선형에게 양해를 구하는 것이 아니라 합승을 하겠다는 선언이었다.

　"예, 그러세요."

　선형은 합승을 해도 좋다고 했다. 선형도 조금 전까지 택시를 잡으려고 마음 조이며 기다리던 것을 생각했다. 합승을 거절하여 택시기사와 서로 불편한 관계로 가는 것도 마뜩찮다. 휑하니 뚫린

여의도 대로를 지나 영등포에 들어서며 택시는 가다 서다를 반복하며 합승 손님을 찾았다.

영등포역 앞 삼거리. 직진 차선의 신호등이 황색불로 바뀌었다. 쏘나타 승용차가 정지선을 지나 급정차했다. 뒤따르던 그랜저 택시가 소나타를 들이받았다. 제법 큰 소리가 났다. '저런, 조심들 하지.' 기사는 혼잣말을 하며 영등포역 앞에서 우회전했다. 신세계백화점 맞은편에 잠시 정차하여 화곡동까지 가는 남자 손님을 앞자리에 태웠다.

"고맙습니다."

검은 테 안경을 쓴 40대 중반의 남자는 택시를 타면서 걸걸한 목소리로 한 마디 했다. 택시기사에게 하는 말인지 선형에게 하는 말인지 불분명하지만 듣기에 좋았다. 영등포역 근처에도 새벽까지 영업을 하는 술집이 많이 있었다. 새벽 시간에도 몇몇 손님이 합승이라도 하려고 차도로 내려서서 행선지를 외쳤다. 택시기사들은 앞문을 열고 합승이 가능한지 확인하며 지나갔다.

선형은 화곡동과 인접한 부천 원종동에 산다. 서울 금호동에서 살던 선형은 복덕방 벽에 걸려 있는 지도에 빨간 라인을 그려 놓고 이곳은 '서울 편입 예정 지구'라는 공인중계사의 말을 크게 믿지는 않았지만 그곳으로 이사하기로 결정하였다. 근처에는 주택 몇 채만 지어 있고 오른편의 작은 언덕 위에 원종초등학교만 달랑 하나 있었다. 학교 정문 왼쪽으로 5층 아파트가 여러 동 있다. 새로 지은 주택과 인접하여 양쪽으로 있는 1차선 비포장도로. 주택 앞으로 야트막한 산 밑에서 이어져 논과 밭이 자리하여 시골 분위기를 풍겨 주었다. 집 장사가 지은 2층의 상가주택 여섯 채와 2층 주택 여섯 채가 같은 모양으로 닮아 있다. 집 뒤편으로 50여 미터 떨어진 4차선 도로 건너에 지역의 랜드마크인 미성주유소가 있다.

생각 같아서는 1층에 점포가 있는 상가 주택을 사고 싶었다. 자금이 부족해 여섯 채의 주택 중 초등학교 아래에 있는 첫 번째 집을 구입하였다. 직장 생활 12년 만에 2층에 전세를 끼고 내 집 마련의 꿈을 실현했다. 대지가 50평이라 조그만 정원도 있었다. 은행나무며 향나무 철쭉 따위가 몇 그루 심어져 있었다. 이사를 오자 옆집에 먼저 와서 살던 사람이 '이제 사람 구경을 하게 되었다'며 반겨주었다. 선형보다 두 살 위인 남자는 등치가 제법 있는 사람이었다. 얼굴도 미남형인 그는 자신의 집에 선형을 불러 식사 대접까지 해주었다. 서울의 개인 주택에서 전세를 살며 느껴 보지 못한 사람 냄새가 풍겼다.

장마철에는 산기슭에서 토사가 밀려 내려왔다. 왜 여기로 이사를 와 자신의 터전을 뺏느냐고 청개구리가 요란스레 울었다. 재래시장이 멀리 떨어져 있어 생활하는 데 불편한 점이 한두 가지가 아니었다. 직장이 있는 남대문까지 가려면 버스를 30분 타고 부천역으로 나가 1호선 전철을 환승해야 했다. 서울 쪽으로 직접 가지 못하고 부천으로 돌아 서울 쪽으로 나오는 셈이었다. 서울시청까지 직접 가는 버스가 있었지만 교통 체증으로 시간이 들쭉날쭉하여 지각하기 일쑤였다. 버스는 퇴근할 때만 이용하였다. 그런 불편은 내 집이 있다는 자부심이 해소해주었다.

개발이 시작되고 있는 집 앞의 공터는 선형에게 새로운 생활을 일깨워주기도 했다. 시골 출신인 그에게 휴일에는 주변의 공터를 이용하여 텃밭을 가꾸는 재미를 선물해주었다. 씨앗을 뿌리고 가꾸었다. 식물들이 자라는 모습이 생생했다. 시골에서 그냥 보기만 하던 것과는 다른 느낌이었다. 아침에 일어나면 텃밭에 나가 상추, 시금치, 고추, 들깨 따위의 식물들과 인사를 나누는 것이 하루 생활의 시작이 되었다. 상추나 들깻잎을 따고 풋고추를 따서 먹는 재미는 신선한 즐거움이었다. 다섯 평 남짓한 텃밭은 일 년 동안 철따라 채우고 비우는 것을 일깨워주었다. 아침을 기다리고 내일을 기다리고 식물들과 더 많은 시간을 갖는 일요일이 기다려졌다. 작은 텃밭을 가꾸며 전원생활을 하는 꿈을 꾸기도 했다.

검은 테 안경의 합승 손님이 큰 소리로 누군가에게 전화를 했다. '너 왜 자꾸 소심하게 굴어. 내년에 승진 못하면 그때 그만두어도 되잖아.' 직장의 부하 직원에게 하는 전화인지 선형에게 하는 소리인지 불분명하게 들렸다.

술에 취해 택시에 탄 선형은 소심한 성격 탓에 공 대리와의 관계가 신경 쓰였다. 기획과에 발령을 받은 선형은 부하 직원인 공 대리와 업무적으로 자주 충돌했다. 오랫동안 기획과에 근무했던 공 대리는 회사 내에 몇 명 안 되는 S대 출신이었다. 공 대리의 업무력에

S대 간판이란 날개를 달아 그가 일을 잘한다는 소문은 회사 내에 날아다녔다. 공 대리는 윗사람과 갈등이 잦았다. 전임 과장과도 업무적 마찰로 부임 6개월 만에 그는 다른 부서로 전보 조치되었다. 회사에서는 조직보다 공 대리의 업무력을 인정한 조치였다. 그는 부하 직원인 주임 두 명도 쥐락펴락했다.

선형이 생각해도 공 대리가 일은 잘했다. 문제는 직속상관인 과장의 의견을 묻거나 하진 않고 혼자서 일을 처리하는 데 있었다. 선형이 업무에 끼어들 틈이 없었다. 그는 선형을 건너뛰어 부장과 업무 이야기하기를 좋아했다. 심지어는 부장을 건너뛰어 임원과 업무 이야기를 하기도 했다.

선형도 회사 생활을 하며 자신의 주장이 강하기는 마찬가지였다. 회사 전반적인 기획 업무는 처음이지만 영업에 관한 기획 업무를 한 경험이 있어 어지간한 기획 업무는 자신이 있었다. 선형도 자신만의 생각이 옳은 것이라고 생각하고 임원의 부당한 업무 지시에 응하지 않고 회사를 떠날까 생각한 적이 있었다. 공 대리처럼 업무적인 마찰이 있을 때마다 사표 이야기를 꺼내지는 않았다. 선형은 한동안 어떻게 공 대리와 부딪치지 않고 잘 근무할 수 있을까 노심초사했다. 선형이 부임한 지 3개월 만에 공 대리는 네 차례 회사를 그만두겠다고 했다. 사표를 내지는 않았다. 오늘도 업무적으로 작은 충돌이 있어 술자리를 한 것이다. 마음 같아서는 사표를 내든지 말든지 마음대로 하라고 하고 싶었지만 일 잘하는 사람이 자신으로 인해 퇴직했다는 뒷소리 듣기는 싫었다.

선형과 몇 차례 업무 문제로 갈등을 빚던 공 대리가 결국은 회사를 퇴직하여 영등포 2가 공구상가 근처에 음식점을 오픈하였다. 공대리가 결정적으로 부장과 부딪쳤다. 부장은 새로 부임한 선형이 업무 처리도 어느 정도 익숙하게 수행하고 있다는 것을 알고 있었다. 공 대리가 없어도 업무가 제대로 돌아갈 수 있다고 생각했다. 부장은 이번 공 대리의 거스르는 행동을 용서하지 않았다. 일 잘한다고 공 대리를 추켜세우던 부장이었다.

공 대리가 포항 지점으로 발령이 나자 그는 인사발령에 불복하며 사표를 내겠다고 직속 과장인 선형에게 말했다.

'공 대리 잠시 지방에 근무하며 머리를 식히는 것도 방법이 될 수 있어. 감정적으로 처리하지 말고 여유를 가지고 생각해 봐.'

'과장님 자존심이 상해 근무할 수 없습니다.'

'그래도 가족들이 있는데 일단 부임하고 그 다음에 천천히 생각해 보지.'

공 대리의 퇴직이 자신의 책임도 일정 부분 있다고 생각하는 선형은 공 대리의 퇴직을 적극 만류했다. 공 대리는 고집을 굽히지 않고 사표를 냈다. 공 대리의 사표는 반려되지 않고 처리되었다. 누구보다 업무 능력을 가지고 있고 S대 출신이란 간판을 달고 있는 자신의 사표가 처리되지 않을 것이라 생각한 것은 아니었을까? 이미 벌어진 일을 되돌릴 수 없었다. 사무직의 업무 능력이란 게 종잇조각 한 장 차이에 불과해서 생산직의 기술과는 게임이 되지 않는다고 선형은 생각했다. 내가 회사를 떠날 때는 언제쯤일까? 어떤 이유로 떠나게 될까?

자신의 성격을 알고 있는 공 대리는 다시 취직을 하는 것보다 자영업을 해 보겠다고 선형에게 말했다. 그는 부인의 음식 솜씨를 믿었다. 공 대리의 부인은 한식과 일식 조리사 자격증을 가지고 있었다. 커다란 한식당 주방장으로 1년 근무한 경험도 있었다. 경험이 짧은 게 흠이라면 흠이었다.

회사를 퇴직하며 공 대리는 세 살 위인 선형에게 형님이라고 불렀다. 상업적인 마인드가 빠르게 작동한 것이다. 개업식에 선형은 개인적으로 축하 화환도 보내주었다. 기획과 직원들과 함께 가서 진심으로 개업을 축하해주었다. 공 대리가 회사를 떠난 것이 자신과의 갈등이 크게 작용하지 않았나 하는 생각에 마음의 부담이 남아 있었다. 선형은 몇 차례 공 대리의 음식점에서 기획과 회식도 하였다. 초등학교와 고등학교 동창회 모임도 그곳을 이용하였다. 경험도 없이 부인의 음식 솜씨만 믿고 시작한 음식점은 처음 3개월은 공 대리와 부인의 안면 장사로 매출을 올렸지만 차츰 매출이 줄어들었다. 부인이 음식 솜씨가 있다고는 하지만 공구상가의 사이에 있는 음식점은 접근성이 좋지 않았다. 주변의 환경도 영향이 있었다. 결국 일곱 달 만에 음식점 문을 닫았다.

택시기사는 합승 손님을 강서구청 앞에 내려주고 나서 도로 옆에 사람이 보이면 합승 손님을 찾으려고 가다 서다를 반복하였다. 잠결에 선형은 울컥 먹은 것이 올라와 주머니의 손수건을 꺼내 그 위에 토를 하고 손수건을 가방에 구겨 넣었다. 택시 안에 역겨운 냄새가 났다. 기사가 뒤를 돌아보며 네 개의 문을 모두 열었다.

"에이 씨팔, 재수 없어…."

상스런 말을 하는 택시기사의 중얼거림이 있었지만 선형은 잘 알아듣지 못했다. 선형은 잠 속에 빠질 무렵이면 왜 그런지 진구가 생각났다. 택시를 태워 보낸 공 대리는 '지금쯤 들어갔겠지' 전화를 걸어보지만 전원이 꺼져 있었다. 등받이에 머리를 기대며 다시 잠 속으로 빠져들었다.

예산에 살고 있는 진구에게서 다급한 전화가 왔다. 밤 11시가 넘은 시간이다. 진구는 공 대리의 회사 입사 동기였다. 그는 선형의 대학 친구 동생이어서 회사에 입사하기 전부터 선형과도 잘 알고 지내던 사이었다. 진구가 회사에 입사를 하게 된 것도 선형이 알려 준 채용 공고가 계기가 되었다. 진구의 형 진수는 대학 시절 선형과 단짝 친구였다. 방학이 되면 선형은 진수의 집에 드나들었다. 진수 보다 세 살 아래인 진구는 선형을 형이라고 불렀다. 진수가 췌장암으로 죽은 것이 지난 봄이었다. 진수가 늙은 아버지를 대신하여 다니던 증권회사를 그만 두고 과수원 일을 맡았다. 진구는 형의 죽음을 안타까워했다. 장례식장에서 '우리 형 너무 불쌍하다'며 선형을 끌어안으며 흐느꼈다. 결국 진구는 봄에 회사를 퇴직하였다. 형이 하던 사과 과수원을 물려받기 위해서다. 처음 하는 과수원 일이 손에 익지 않아 힘들다며 세진에게 몇 차례 전화를 하여 하소 연하기도 하던 진구다.

'형, 공준서가 이상한 문자를 보내 왔어. 혹시 잘못된 행동을 할지

모르니 형이 한번 준서네 음식점에 가 보면 어때요?'

며칠 전 회사를 떠난 후배가 거액의 보증을 선 것이 잘못되어 자살한 것을 들먹이는 진구의 말이 심각하게 들렸다.

'응. 나도 이상한 문자를 받긴 받았어. 아무튼 알았어.'

진구의 안부는 묻지도 못하고 전화를 끊었다.

'형님 그동안 고마웠습니다!'

선형은 자신의 핸드폰에 찍힌 공 대리의 문자를 보며 음식점을 정리하며 기분이 울적하여 그랬을 거라고 대수롭지 않게 생각하고 있었다. 자살과 연결하여 생각해 보지는 않았다. 진구의 전화를 받고 나니 선형도 이상한 생각이 들었다. 선형은 공 대리에게 전화를 걸었지만 받지 않았다. 다시 몇 번 전화를 해도 받지 않았다. '지금은 전화를 받을 수 없습니다'라는 음성 메시지만 들렸다. 음식점을 일곱 달 만에 닫게 되었으면 적지 않은 금전적 손실이 있었을 것이었다. 대학 다니던 아들과 아내와 함께 살 일도 걱정거리일 것이다. 이것저것 생각하다 보니 어쩌면 잘못된 선택을 할 수도 있겠다는 생각이 더해졌다. 진구의 말을 따라 맹목적으로 늦은 시간에 영등포 2가 음식점에 간다고 해결되는 것도 아니었다. 우선 집 근처에 있는 지구대에 가서 공 대리의 위치를 추적하면 되겠다는 생각이 떠올랐다. 119에 전화하여 위치 추적에 대해 물었다. 위치 추적 의뢰자의 신분이 확인되고 상대가 위급한 상황이면 위치 추적을 해준다고 했다. 가까운 파출소나 지구대에 가서 신분을 확인하면 된다고 친절한 안내까지 덧붙여주었다.

잠옷 차림으로 있던 선형은 집에서 300여 미터 떨어져 있는 지구대에 가기 위해 급하게 옷을 갈아입은 후 핸드폰만 들고 집을 나섰다. 100미터쯤 오다 생각하니 신분증을 가지고 나오지 않은 걸 알았다. 간편복을 입고 나오다 보니 신분증이 들어 있는 지갑을 챙기지 못하고 나온 거였다. 다시 집에 가서 신분증을 챙겨 나왔다. 자신이 서두르다 그런 일이 생겼는데 괜히 신경질이 났다.

'어떻게 오셨습니까?'

선형이 파출소 문을 들어서자 당직 근무 중인 경찰관 세 명의 시선이 선형에게 집중되었다. 젊은 경찰이 무슨 일이냐고 물었다.

'위치 추적을 의뢰하려고 하는데요.'

선형은 고르지 않은 숨을 몰아쉬며 말했다.

'위치 추적할 사람과 관계가 어떻게 됩니까?'

무슨 상황인지 묻지도 않고 경찰이 선형을 위아래로 훑어보며 말했다.

'직장 동료입니다.'

'의뢰인이 가족이 아니면 안 됩니다.'

경찰은 사무적으로 원칙을 강조했다.

'파출소에서 의뢰인의 신원을 확인해주면 해준다고 119에서 알려 주었는데요?'

선형의 목소리에 짜증이 묻어 나왔다.

'가족이 아니면 안 됩니다.'

이번에도 경찰은 리코더를 재생하는 듯 같은 말을 반복했다. 목소리의 톤이 한 옥타브 올라갔다.

'뭐야! 안 된다면 다야. 119에서는 의뢰인 신원이 확인되면 해준다는데….'

말하는 선형의 관자놀이 핏대가 드러났다.

'소란을 피우시면 공무집행방해죄로 처벌될 수 있습니다. 당신의 말과 행동을 녹취할 수도 있습니다.'

젊은 경찰은 안 되는 일을 고집을 부린다며 강압적인 자세로 나왔다.

'뭐가 안 된다는 거야. 위치 추적은 119에서 하는데. 당신들은 의뢰하는 내 신분만 확인해주면 119에서 위치 추적을 해준다는데?'

녹음을 한다는 말에 선형의 목소리가 더 커졌다. 공 대리의 위치 추적도 하지 못하고 열에 달뜬 등을 보이며 그냥 파출소를 나올 수 없었다. 영등포 음식점에라도 가 보아야 하나? 선형은 이러지도 저러지도 못하고 잠시 망설였다.

'지금부터 당신이 하는 말은 녹음되고 있습니다.'

젊은 형사가 선형의 부아를 돋우었다.

'어디 녹음할 테면 해 봐!'

말끝에 '이 새끼들아'를 붙이든지 더한 상스러운 말이라도 해야 직성이 풀릴 것 같았지만 욕은 하지 않았다. 욕까지 하며 소란을 피우면 위치 추적은커녕 엉뚱한 문제가 생길 것 같았다.

'다른 방법을 찾아보십시오.'

나이가 든 경찰이 녹취를 하는 젊은 경찰을 제지하며 앞으로 나서며 말했다.

'전화를 받지 않는데 어디 가서 찾는단 말이야! 당신들 그 사람 잘못되면 책임질 거야?'

선형의 목소리가 더 거칠어졌다.

선형은 식식거리며 119로 전화를 했다. 고자질하듯 경찰들의 말을 일러바쳤다. 119대원이 경찰을 바꾸어 달라고 해서 나이가 든 경찰관에게 통화를 연결해주었다. 나이가 든 사람이 이해의 폭이 넓을 것 같았기 때문이다.

'신분증 좀 주시겠습니까?'

119대원과 통화를 마친 경찰이 선형의 신분증을 받아들고 말했다.

'문자 내용도 보여주시겠습니까?'

선형은 공 대리에게서 온 문자메시지를 나이 든 경찰에게 보여주었다. 녹취를 하겠다고 협박하던 젊은 경찰은 나이 든 경찰의 어깨 너머로 문자를 재빨리 읽었다. 문자 내용을 확인한 나이 든 경찰이 '으~음' 하며 작은 신음 소리를 냈다. 사고 개연성이 있다고 생각하는지 아니면 별일도 아니라고 생각하는지 선형은 알지 못했다. 경찰이 선형의 신분을 확인하여 주고 나서 119에게 공준서의 전화번호를 알려주었다. 선형은 할 일을 다 하였다는 듯 파출소 밖에서 담배 두 개비를 연속으로 피웠다. 마음이 진정되는 듯했다. 파출소 안으로 들어온 선형은 소파에 털썩 주저앉았다. 긴장이 풀렸는지 다리에 힘이 빠졌다. 준서의 위치 추적은 오래 걸리지 않았다. 119에서 전화가 왔다.

'영등포동 2가 공구상가 근처에 공준서의 위치가 추적되는데 정확한 위치를 찾지 못하고 있습니다. 혹시 공준서가 하던 음식점 이름을 알고 있습니까?'

119 대원이 음식점 이름을 물었다.

'아! 시골밥상입니다.'

음식점 이름을 알려주자 119 대원은 문이 닫혀 있는 음식점에서 술에 취해 뻗어 있는 공 대리를 찾아냈다. 119 대원에게 공준서를 바꿔 달라고 했다.

'형님이에요? 죄송합니다.'

공 대리의 꼬부라진 목소리가 들려왔다.

'야 개새끼야! 전화는 왜 안 받고 지랄이야? 뒈지는 줄 알았잖아.'

선형이 경찰관과 실랑이하며 참았던 분통과 공 대리에게 쌓인 감정을 더하여 신나게 욕을 퍼붓고 있는데 택시기사가 큰 소리로 선형을 깨웠다.

"손님 미성주유소 앞인데요?"

택시기사의 목소리에 선형은 잠에서 깨어 눈을 떴다. 선형은 미터 요금에 천 원을 더하여 택시비를 주었다.

"심야 시간 시외 요금은 삼천 원입니다."

기사는 심야라며 시외 요금 이천 원을 추가로 요구하였다.

"애초에 택시를 탄 시간이 심야인데 무슨 소리야?"

술에 취한 선형은 반말로 말했다.

"나는 그런 적이 없는데…?"

택시기사는 오리발을 내밀었다.

"무슨 소리야 시외 요금 천 원을 확인하고 탔잖아?"

술에 취한 선형이지만 시외 요금을 확인하고 탄 것은 기억하고 있었다.

"안 되겠네. 당신 경찰서에 가야겠어. 가서 맛을 보아야 정신을 차리지."

택시기사가 술 취한 선형에게 경찰서를 들먹였다.

"누가 경찰서라면 못 갈 줄 알고…. 가, 가자고."

선형은 술을 핑계로 있지도 않은 오기를 부렸다. 마음 같아서는 이천 원이라는 차액의 요금을 주고 끝내고 싶었다. 융통성이 없고 잘못된 일에 잘 타협하지 않는 선형은 그것이 용납되지 않았다. 근처에 원종파출소가 있었지만, 운전수는 고강동을 지나 화곡파출소 앞에 택시를 세웠다. 차고지가 화곡동인 그는 홈그라운드로 선형을 불러들인 것이었다.

택시기사가 앞장서고 비틀거리는 선형이 뒤따라서 파출소에 들어갔다. 파출소에는 당직 근무하는 경찰관이 네 명 있었다. 살아오며 선형이 파출소에 끌려 들어가 본 것은 한 번뿐이었다. 대학 시절 장발 단속에 걸려 들어간 동대문파출소다. 경찰은 장발이라며 앞머리 가운데를 바리캉으로 고속도로처럼 밀어 놓아 참담했던 기억이 떠올랐다. 선형은 술이 취한 상태이면서도 파출소에 들어서며 긴장이 되었다.

경찰은 선형과 택시기사의 주민등록증을 책상 위에 놓고 신분을 조회하였다. 선형은 오늘만도 두 번째의 신분 조회라고 생각했다. 술 취한 선형을 태우고 파출소에 오며 택시기사는 마음을 바꾸었다. 술에 취한 손님이 목적지에 도착하여 택시요금을 주지 않고 행패를 부렸다고 진술을 하였다. 시외 요금에 대한 시비는 자신에게 불리하다고 생각한 듯했다. 선형은 졸지에 술에 취해서 택시비도 내지 않고 기사를 괴롭힌 몰상식한 가해자 신분이 되었다.

"당신 어디에서 택시를 탔어?"

경찰이 술에 취한 선형을 보며 반말조로 물었다.

경찰의 말을 듣는 순간 어디에서 탔는지 도대체 생각이 나지 않았다. 태평로 삼성 본관 앞인지 택시가 잡히지 않아 서울역 쪽으로 내려오다 탔는지 생각이 나지 않았다.

"태평로 삼성 본관 앞 아니면 상공회의소 쪽에서 탄 것 같은데요…."

혀가 꼬인 어눌한 대답에 경찰은 선형을 주정뱅이 취급을 하였다.

"택시를 탄 곳을 모른다…?"

경찰 두 명이 코웃음을 치며 한심한 듯 선형을 바라보았다.

"이 친구 어디서 탔어요?"

경찰은 존칭을 사용하여 택시기사에게 물었다.

"서울시청 앞에서 탔는데요?"

택시기사가 다소곳하게 대답했다. 선형은 택시기사의 말을 믿지 않았다. 택시를 기다리며 목적지와 반대 방향으로 가는 사람도 있을까? 아니야. 술에 취하여 방향 감각을 잃고 반대로 갈을지도 몰라. 태평로 삼성본관 앞에서 택시가 잡히지 않아 옛날 시경 쪽에서 오는 택시도 함께 보려고 상공회의소 아래쪽으로 걸어 내려온 것 같다는 생각이 들었지만 경찰에게 말하지 않았다. 자신의 말을 번복하는 자체가 싫었다. 택시기사가 맞는다고 맞장구칠 것 같지도 않았다. 공 대리를 먼저 보낸 것은 기억이 생생한데 택시를 탄 곳이 어디인지 생각이 나지 않아 답답했다.

"탄 곳도 기억하지 못하는 사람이 택시비 낸 것만 기억한다고?"

택시기사의 말을 수긍하겠다는 듯 고개를 끄덕이던 경찰이 선형에게 말했다.

"예, 분명 택시비는 주었어요."

선형의 말은 공허하게 파출소 사무실에 울려 퍼졌다.

"시외 추가 요금 천 원을 택시기사에게 확인하고 택시를 탔어요…. 중간에 기사가 합승을 하려고 가다 서다를 반복했어요. 몇 차례 합승 손님을 태웠어요. 저는 언제부터인지 모르지만 잠이 들었던 것 같아요. 기사가 미성주유소라고 말해서 택시요금에 천 원을 더하여 택시기사에게 주었어요…. 택시기사가 심야니까 이천 원을 더 달라고 했어요. 그렇게 못한다며 옥신각신했어요. 기사가 경찰서에 가자고 했고요…. 그래서 그냥 따라왔어요."

선형은 경찰이 혹시 자신의 진정성을 이해해주지 않을까 해서 기억을 더듬거리며 택시를 타고 온 상황을 길게 늘어놓았다. 말은 어눌했지만 택시를 탄 곳은 알지 못하면서 상황을 장황하게 전달하고 있음에 선형 자신도 놀랐다.

"택시비는 얼마 주었지?"

나이가 든 경찰이 물었다.

"얼마인지 기억나지 않는데요."

선형은 택시기사에게 건네준 돈이 얼만인지도 생각이 나지 않았다. 대충 얼마인지도 감이 잡히지 않았다. 왜 결정적인 것이 생각이 나지 않을까?

"얼마인지도 모르는 택시비를 냈다…?"

이제 경찰은 선형의 말을 전혀 믿지 않는 눈치였다.

"당신 택시비 받았잖아."

선형은 옆에 앉아 있는 택시기사에게 삿대질을 하고 눈을 부라리며 말했다.

"언제 택시비를 주었다고 그래? 이 친구가 사람 잡네. 택시비를 내지 않아서 실랑이 벌이다가 파출소에 온 건데."

택시기사는 코너로 몰리고 있는 선형을 정면으로 바라보며 이번 패는 자신이 분명 이기는 패라는 듯 마지막 펀치를 날렸다. 경찰도 술 취한 승객의 말을 믿지 않는 눈치였다. 기사는 속으로는 쾌재를 불렀다. 파출소 안을 여유를 부리며 빙 둘러보았다.

"이래도 택시비 냈다고 우길 거야?"

택시기사의 말을 철석같이 믿는 경찰이 '그래도 거짓말을 할 거야' 하는 표정을 지으며 선형에게 빈정거리며 물었다.

"예, 분명히 택시요금을 준 것은 사실입니다."

선형은 택시요금은 주었다고 다시 말했다. 그것 말고 달리 할 말은 없었다. 돈을 준 것을 어떻게 증명할 수 있지? 술도 먹지 않은 상대방은 받지 않았다고 하는데.

"택시를 탄 장소조차 기억하지 못한다. 택시요금도 얼마를 주었는지 모른다. 그 말을 믿으라고…? 아무리 술을 먹었어도 멀쩡하게 생긴 사람이 그러면 안 되지."

선형을 가해자로 단정하는 경찰은 반말조로 선형을 막다른 골목으로 몰아세웠다. 단지 술에 취했다고 그런 대우를 받는 것이 억울하여 달리 무슨 말이라도 반박을 해야 하는데 선형은 이럴 때 무슨 말을 해야 좋을지 생각이 나지 않았다. 잠시 선형의 머릿속이 정전이 된 듯 깜깜해졌다. 잘못하면 술에 취하여 주정을 하고 택시비도 주지 않은, 첫 범죄치고는 아주 치사한 파렴치범으로 몰릴 상황이 된 것이다. 자신의 주장을 뒷받침하는 그럴 듯한 무슨 말을 해야만 했다. 선형은 잠시 이런저런 생각을 해 보았다. 가슴이 답답하여 터질 것 같았다. 선형은 마른침을 꿀꺽 삼켰다.

그 소리가 경찰에게 들리지 않았나 초초했다. 심호흡을 몇 번 하며 제발, 제발, 제발, 제 말 좀 믿어주세요 하며 마음속으로 호소했다.

"경찰 양반 그러면 택시기사가 가진 돈 중에서 내 지문이 묻은 돈이 나오면 어떻게 할 거죠? 그러면 믿을 수 있는 건가요?"

순간 어디서 그런 생각이 났는지, 수많은 사람들에게 오고 가는 돈에서 지문이 나올지는 선형도 확신이 서지는 않았다. 선형은 자신의 행동을 믿었다. 가끔 폭음을 하여 서너 번인가 필름이 끊긴 적이 있었지만 주정을 부렸다는 이야기를 들은 적은 없었다. 자신이 블랙아웃 되기 전까지 기억하고 있는 마지막 상황은 어긋난 적이 없다는 확신이 있었다. 한편으로는 운전기사가 자신 있게 지문 검사를 하자고 하면 선형이 다시 궁지로 밀리는 건 아닐까? 자신의 생각이 잘못된 기억은 아닐까? 하고 내심 걱정되기는 했다.

"당신 지금 시간까지 끌어가며 억지 부리는 거 알기는 알아?"

선형의 말에 오른쪽에 앉아 있던 경찰이 도리질을 했다.

경찰의 표정을 읽은 선형은 지금 밀리면 안 된다는 것을 직감적으로 알았다. 지금 이 순간이 마지막 기회일지 모른다고 생각하며 술기운을 걷어내며 마지막 힘을 모아 카운터펀치를 날렸다. 이번 약발이 듣지 않으면 손을 들어야 한다.

"경찰 양반, 왜 내 말은 믿지 않고 택시기사 말만 믿는 거야? 내가 피해자야…. 저 친구 술 취한 사람 등쳐먹는 파렴치한 운전수야!"

선형의 목소리는 기사가 가지고 있는 돈에 대하여 지문 검사 하자고 할 때보다 더 커졌다. 술이 어느 정도 깨었는지 말도 또박또박 자신감이 넘쳤다. 선형이 경찰과 말씨름을 하는 사이에 택시기사가 재빠르게 파출소 출입문을 빠져나갔다. 택시기사는 파출소 앞 주차장에 세워져 있는 자신의 택시에 갔다가 곧바로 파출소 안으로 들어왔다. 내가 피해자라는 선형의 큰소리에 경찰들이 잠시 흔들렸다. 가해자로 지목하고 있는 사람이 술에 취했지만 일관되게 택시요금을 냈다고 말하는 것이 혹시 사실일지 모른다는 생각을 하게 되었다.

기세등등한 선형의 말에, 택시기사와 몇 번 만나 식사도 하고 담배 몇 보루 받아 피워서 안면이 있는 나이 든 경찰이 택시기사를 데리고 파출소 밖으로 나갔다.

"저 친구가 저리 완강하게 택시비를 냈다고 하는데 당신이 가진 돈을 지문 검사해 보아도 되겠소?"

경찰은 혹시나 해서 그냥 한 번 해 본 소리였다. 바로 대답하지 못하고 머뭇거리는 택시기사의 표정을 경찰은 놓치지 않았다.

"이쯤에서 사실대로 말해야 해."

경찰의 목소리는 작지만 단호했다.

"저…, 사실은 택시비 받았습니다."

택시기사의 목소리가 가늘게 떨렸다.

"그런데 왜 택시비를 받지 않았다고 했지?"

기사와의 안면을 무시하고 경찰은 어느새 사무적으로 변해 있었다. 술 취한 선형을 가해자로 생각하며 몰아세우던 경찰이 낭패한 표정을 지었다.

"손님이 차 안에서 토를 해서 화가 나서 그랬습니다."

다 이겨가던 게임이 역전패 상황이 되자 기사가 어찌할 줄 몰라 궁색스런 변명을 늘어놓았다

경찰이 핸드폰 플래시를 켜고 택시의 뒷좌석을 여기저기 확인하였다. 경찰은 어디에서도 토한 흔적을 발견하지 못했다.

"뭐, 토한 흔적도 없는데. 그 돈은 어디 있죠?"

경찰이 하나하나 사실들을 확인해 나갔다. 경찰의 말에 기사는 선형에게 받았던 돈을 운전자 좌석의 방석 밑에서 꺼내 들었다. 지문 확인해 보자는 선형의 큰 소리에 조금 전에 파출소 앞 주차장으로 나가 자신의 허리에 매고 있던 전대에서 선형이 낸 돈을 운전석 방석 아래에 급하게 감춘 것이었다.

선형에게 고통스럽게 흘러간 적지 않은 시간 속에 상황이 바뀌었다. 선형은 바뀐 상황이 실감이 나지 않아 경찰 모르게 허벅지를 꼬집어보았다. 통증이 느껴졌다.

"권선형 씨 어떻게 하면 좋겠어요?"

경찰의 말이 갑자기 존칭으로 바뀌었다.

"상습적으로 질이 좋지 않은 기사 같으니 법대로 처리해주십시오"

선형은 자신의 성격대로 법을 강조했다.

"택시기사와 합의할 생각은 없으십니까?"

또 다른 젊은 경찰이 극존칭을 써 가며 합의를 권유하고 나섰다.

"무엇을 합의하란 말이죠? 이제 택시비 받은 거로 하면 된다는 뜻입니까?"

선형의 완강함에 경찰은 달리 방법을 찾지 못하고 고소 절차를 설명해주었다.

"고소를 하려면 파출소나 지구대에서는 안 되고 경찰서로 가셔야 됩니다. 가까운 곳에 관할 강서경찰서가 있으니 저희가 모셔다 드리겠습니다."

선형은 경찰차의 운전석 뒤편의 자리에 앉았다. 성질 같아서는 나이고 뭐고 따지지 않고 택시기사를 먼저 타게 하고 자신이 상석에 앉고 싶었지만 상황이 바뀐 승자의 여유를 부렸다. 운전석과 조수석에는 경찰이 앉고, 뒷좌석의 왼쪽에 선형이 먼저 탔다. 선형의 오른쪽에 택시기사가 앉았다. 자리에 앉은 기사가 왼손으로 선형의 오른손을 슬며시 잡았다. 선형은 무슨 잘못이라도 저지르는 것처럼 룸미러로 경찰들의 눈치를 살피며 왼손으로 기사의 손을 벌레처럼 떼어냈다. 무안해진 운전기사는 두 손을 마주잡고 고개를 숙인 채 다소곳이 앉아 있었다. 그의 작은 눈매가 매의 발톱에 챈 참새처럼 애처롭게 보였다. 살다 보면 본의 아니게 잘못도 저지르고 순간적으로 나쁜 마음이 드는 것이 아닌가? 세상에 교과서처럼 사는 사람이 몇이나 될까? 이쯤에서 운전기사의 잘못을 용서해줄까? 선형의 마음이 잠시 흔들렸다. 아니라며 도리질을 했다. 그냥 용서해주는 것은 자신도 공법이 되는 일이다. 이런 어두운 일들을 하나하나 몰아내야 밝은 세상이 되는 것이 아닌가.

선형은 처음으로 경찰차를 탔다. 자신이 무슨 커다란 죄라도 지은 듯 가슴이 쿵쾅거렸다. 이런 상황이 아니었으면 경찰차를 타고 우쭐거렸을까? 가해자가 되든 피해자가 되든 다시는 경찰차는 타지 않겠다고 마음속으로 다짐했다. 경찰차가 주차장을 떠나며 차 안에 잠시 정적이 찾아들었다.

선형이 타고 있는 화곡파출소 소속 경찰차가 남부순환도로에 막 접어들었다. 잠시 후에 속도를 내며 달려오는 포르쉐 카이엔이 저만치 뒤에 보였다. 카이엔 뒤에 사이렌을 울리며 추격하는 경찰차가 있었다. 선형을 태운 경찰차가 카이엔의 속도를 줄이게 하려는 듯 2차선에서 1차선으로 천천히 차선을 바꾸며 들어섰다. 전속력을 내어 달려오던 카이엔이 급브레이크를 밟으며 경찰차의 왼쪽을 들이받았다. 차는 튕겨서 중앙분리대에 부딪치며 멈추어 섰다. 카이엔에는 음주를 한 젊은 운전자와 일행 두 명이 타고 있었다. 운전자와 조수석에 앉은 친구가 머리에 피를 흘렸다. 다행히 운전석과 조수석의 에어백이 터져 있었다. 카이엔 운전석 쪽 범퍼와 보닛은 박살났다. 경찰차는 카이엔이 들이받은 왼쪽 뒤편이 심하게 부서졌다. 운전석 뒤편에 있던 선형은 허리와 머리 부분에 큰 부상을 입었다.

구급차 세 대가 새벽을 가르며 급하게 출동했다. 이대부속병원 응급실로 달려가는 구급차를 타고 있는 선형의 정신이 가물거렸다. 어둠이 지나가는 아스팔트 위로 희뿌옇게 동이 트고 있었다.

딸은 어디에도 없었다

류규형

1.

세진은 핸드폰 소리에 겨우 눈을 떴다.

"연우예요…."

새벽 다섯 시를 막 지난 시간이었다. 평상시보다 차분한 연우의 목소리 너머 "애가 이 새벽에 누구에게 전화를 하는 거야?" 하는 여자의 거친 목소리가 섞여 들렸다.

"교통사고가 났어요…."

연우의 목소리가 가늘게 떨렸다.

"지금 어디냐?"

"S대학병원 응급실이에요."

세진은 일주일 만에 만나는 연우에게 초췌한 모습을 보여주기는 싫었다. 청바지에 연한 하늘색 셔츠를 입었다. 거울을 보니 거뭇한 수염도 신경이 쓰여 전기면도기로 대충 수염을 깎았다. 아파트 앞에서 택시를 타고 병원에 가는 동안 갑자기 마음이 급해졌다. 교통사고라니? 많이 다치지는 않았는지 여러 생각이 들었다. 응급실에 들어서며 연우를 찾았다. 연우는 응급실 입구에서 오른편 벽 쪽의 세 번째 침대에 누워 있었다. 머리에서 턱까지 둥글게 붕대를 감았다. 왼쪽 다리에는 발목부터 무릎 위까지 부목을 대고 붕대가 감겨 있다. 침대 오른쪽에 앉아 있는 중년 여자는 연우 엄마인 듯했다. 침대 쪽으로 다가서는 세진에게 여자는 가볍게 목례를 했다. 세진은 비어 있는 침대 왼쪽으로 갔다.

"주방장님의 차를 타고 집에 가다가 불법 유턴하는 승용차와 부딪혔어요."

연우는 사고 경위를 말해주었다. 집안 형편상 연우는 대학 진학을 하지 못하자 셰프가 되고 싶어 했다. 세진은 연우를 한식 조리학원에 데리고 가서 3개월 기간의 수강 신청을 해주었다. 연우는 학교 공부가 끝나면 저녁 시간에 학원에서 실기를 공부했다. 학원에서 배운 것은 따로 재료비를 내고 실습도 했다. 연우는 학원에서 만든 음식을 가지고 나와 공원 벤치에서 세진에게 맛을 보여주기도 했다. 저녁 식사를 하며 실습한 음식에 대해 깨알 같은 설명도 곁들였다. 한식조리사 자격증을 딴 연우는 졸업 전에 규모가 제법 큰 한정식 집에 취업했다.

2.

연우 엄마가 침대 옆에 서 있는 세진의 아래위를 훑었다. 세진은 애써 그 시선을 무시하고 머리와 다리에 온통 붕대를 감은 연우를 걱정스런 표정을 지으며 천천히 읽어 내려갔다.

"턱관절과 무릎 슬관절 골절이래요."

연우는 세진의 심각한 표정을 잠재우듯 대수롭지 않게 대답했다.

세진은 연우의 머리에 오른손을 가볍게 댔다.

"머리는 이상이 없대요. 주방장님은 머리를 다쳐 중환자실로 갔어요."

주방장과 연우 사이에 무슨 일이 있었을까 생각하며 세진은 반대편에 앉아 있는 연우 엄마의 눈치를 살폈다.

"엄마 잠깐만 밖에 나가 있어. 아빠와 할 이야기가 있어요."

턱관절의 통증이 느껴지는지 연우는 작은 목소리로 말했다. 연우가 무슨 말을 하려나 궁금했지만 세진은 연우 엄마의 눈치가 보였다. 연우와 둘이 있으면 마음 편하게 연우를 위로해주고 싶기는 했다.

"이년아! 엄마가 있으면 너 잡아먹기라도 하니? 아빠는 무슨 아빠, 아빠 죽은 지가 언젠데…?"

그녀의 말은 거칠었다. 매의 눈으로 연우를 째려보던 그녀는 마지못해 응급실 복도로 천천히 걸어 나갔다.

"사고 순간 아빠가 제일 먼저 생각났어요."

연우가 세진의 손을 잡으며 말했다. 연우의 손에서 따스함이 전해졌다. 세진도 힘을 주어 연우의 손을 잡아주었다.

백화점에서 일하는 젊은 보안요원을 애인으로 둔 연우 엄마, 그 사실을 알고 자기 스스로 삶을 끝장내버린 연우 아빠, 학생시절 내내 길 위에서 헤매었을 소녀, 엄마가 옆에서 간병하는데 새벽 시간에 자신을 부른 이유를 어렴풋이 알 것 같았다.

"담당의사는 뭐래?"

세진은 나지막한 목소리로 물었다. 연우가 사고 순간에도 자신을 생각할 정도로 믿고 의지한다고 생각하니 가슴이 아렸다.

"담당 의사 선생님이 자세히 말해주었어요. 턱관절 골절은 0.2밀리 내려앉아 괜찮대요. 0.5밀리 이상 내려앉으면 얼굴의 변형이 올 수 있어 성형수술까지 해야 하는데 다행이라고 했어요. 슬관절은 미세골절이라 깁스로 고정만 하면 된대요."

연우가 자신의 진단 결과에 대하여 의사가 전하는 것처럼 상세하게 말해주었다.

"턱관절이 조금 더 다쳤으면 성형까지 해서 연우가 더 예뻐질 뻔 했어요. 세상 남자들이 모두 나 좋다고 따라다니면 아빠가 제 보디가드가 되는 일이 생길 수도 있었다고요…."

이 와중에도 농담까지 곁들이며 배시시 웃는 연우를 보니 부상에 대해 크게 염려하지 않아도 될 것 같았다. 연우의 익살에 세진은 진짜 이 애가 딸이라도 된 듯한 기분이었다. 잠시 후 연우 엄마가 들어오자 세진의 표정이 굳어졌다.

"저와 이야기 좀 하실까요?"

그녀가 눈을 부릅뜨고 노려보았다.

"엄마 무슨 이야기를 한다는 거야? 내가 내일 다 이야기해줄게."

연우가 엄마를 제지하고 나섰다.

"이년아, 너에게 듣는 것은 그것이고, 이쪽 말을 듣고 싶어 그러는 거야."

연우 엄마는 물러서지 않았다. 달리 부를 호칭이 마땅치 않아 이쪽이라 말하는 여자. 세진은 할 말을 찾지 못하고 연우 엄마를 물끄러미 바라보았다.

세진은 연우 엄마를 따라 병원 휴게실로 갔다. 새벽 시간이라 휴게실에 사람들은 없었다. 세진이 자판기에 지폐를 넣고 캔 커피 두 개를 꺼내왔다.

"우리 연우와 어떤 사이죠?"

캔 커피 뚜껑을 따기 전에 여자가 물었다.

"연우가 이야기하지 않던가요?"

세진은 작은 목소리로 천천히 말했다.

"아뇨. 들은 바가 없는데요."

빤히 쳐다보는 그녀의 눈이 매우 거칠었다.

"연우와 저는 솔메이트입니다."

"그게 무슨 소리예요?"

"연우 어머니, 저는 연우를 딸로 생각하고 있습니다. 연우도 저를 아빠로 생각하고 있고요. 작년에 제 아들 준오가 연우와 같은 반이었어요."

세진은 최대한 정중하게 말했다. 작년 여름 홍천강으로 캠프를 간다며 집을 나서던 준오의 모습이 떠올랐다.

"남남인 남녀 사이에 딸은 무어고 아빠는 무언가요? 그런 것이 가당키나 한 말인가요?"

연우 엄마는 캔 커피 뚜껑을 따고 한 모금 들이켜며 따져 물었다. 그녀는 세진의 말을 믿지 못하겠다는 표정이었다.

3.

세진이 연우를 만난 것은 초여름이었다. 장마가 지루하게 계속되었다. 점심을 먹고 여느 때처럼 운동을 나섰다. 회사 다니던 시절부터 마라톤을 하던 그는 무릎이나 발목 관절이 자주 아팠다. 달리기를 하지 말고 걷기를 하라는 정형외과 의사의 처방에 따랐다. 그 이후부터 뛰는 대신 오전과 오후에 1시간씩 걷는 것은 하루 일과 중 하나가 되었다. 반바지에 반팔 티셔츠를 입고 준오가 용돈을 모아 지난해 봄 생일선물로 사준 나이키 운동화를 신었다. 커다란 우산도 챙겨 들었다. 맑은 날에는 서촌공원이나 아파트와 학교 사이에 있는 길을 걸었다. 비가 오는 날이나 한여름에는 서울외곽순환도로에서 새 이름으로 바뀐 '수도권 제1순환고속도로' 송내 구간 아래를 걸었다. 그곳은 뜨거운 햇살을 피할 수 있고 비도 막아주었다. 세진이 사는 곳에서 10분 거리에 있어 이용하기에도 안성맞춤이었다.

남북으로 이어지는 직사각형의 구간 교각에 P54부터 P59까지 번호가 붙어 있다. 그는 평상시에 왼쪽에서 오른쪽으로 열 바퀴씩 돌았다. 그날은 약하게 동풍이 불어 오른쪽 방향으로 비가 조금씩 들이쳐서 그쪽으로는 가지 않았다. 왼쪽 편도로 세 번 왕복하였다. 네 번째 왕복을 하려는데 큰 개를 산책시키는 나이 든 뚱뚱한 여자가 오는 것이 보였다. 좁은 공간에서 서로 피하기가 불편하고 큰 개를 무서워하는 세진은 오른쪽으로 돌았다.

가까이 있는 남녀공학인 여명고등학교의 수업이 끝난 모양이다. 준오가 다니던 학교다. 길 건너편에 남녀 학생들이 우르르 지나가는 모습이 보였다. 여고생 세 명이 횡단보도를 건너오더니 P54 교각 오른쪽 가장자리에 있는 간이 화장실 옆에서 담배를 피워 물었다. 키가 큰 학생은 서서 담배를 피우고, 학생 둘은 쪼그려 앉아서 피웠다. 둘은 담배를 피우며 연신 땅바닥에 침을 뱉었다. 그 앞에 다다르며 세진은 잠시 고민했다. 뒤로 돌아갈까, 아니면 못 본 체 지나갈까, 한마디 해주고 지나갈까? 돌아가거나 못 본 척 지나치는 것은 비겁한 행동이라는 생각이 들었다.

"학생들, 뭐하는 짓이야?"

세진은 학생들을 바라보며 한 마디 했다.

앉아서 담배를 피우던 학생 중 하나가 일어났다. 안경을 끼고 있어 얼핏 보기에 공부를 잘하는 모범생처럼 보였다. 작은 키에 보통의 체격이다. 담배를 바닥에 발로 비벼 끄며 한 마디 했다.

"아저씨가 뭔데 그래요?"

똑바로 치켜보는 눈매가 사나웠다. 세진은 다시 무슨 말이고 한마디 하려 했지만 입이 떨어지지 않았다. 그냥 우두커니 학생들을 쳐다보았다. 이미 사방으로 흩어진 말의 조각들은 주워 담을 수도 없다.

"에이, 존나 재수 없어…. 가자."

또 다른 아이가 일어서며 씨부렁댔다. 중키에 땅딸하고 얼굴에 살집이 있는 학생이다. 앉아 있던 두 학생이 앞장서고 서 있던 학생이 뒤를 따라 걸어갔다. 몇 발짝 가던 여학생이 돌아서서 세진에게 다가왔다. 서서 담배를 피우던 학생이었다.

"저기요, 아저씨. 혹시 저 기억하세요?"

세진은 여학생을 바라보았다. 생소한 얼굴이다.

"누구지…?"

다시 보아도 낯설었다.

"저 준오 친구 연우예요."

준오의 장례식장에 온 여학생 일곱 명 중 유달리 목을 놓아 울던 아이의 모습이 떠올랐지만 눈에 익지 않은 얼굴이었다.

연우가 친구들에게 가야 한다며 잠시 머뭇거리더니 세진에게 자신의 전화번호를 알려주었다. 기억을 하지 못할 수 있다고 생각했는지 다시 한 번 말해주었다.

"아저씨, 전화 한 번 주세요. 드릴 말씀이 있어요."

뒷번호가 1089였다. 세진은 순간 당황하였다. 왜 여학생이 전화번호를 알려주는 거지? 숫자에 둔한 세진은 그 자리에서 휴대폰을 꺼내 전화번호를 입력하지 않았다. 여학생의 전화번호를 입력한다는 게 괜히 마음에 걸렸다. 대신 전화번호를 기억하려고 애썼다. 가운데 숫자 네 자리는 자신의 전화번호 뒷자리와 한 자리가 달라 쉽게 기억했다. 뒷번호를 기억하기 위해 신경을 썼다. 열 번 팔구. 장사꾼이 물건을 열 번 판다는 것은 수지맞는 일이라고 기억했다. 학생이 말해준 전화번호를 왜 기억해야 된다고 생각했는지 모를 일이었다. 학생이 자신에게 무슨 말을 하겠다는 것인지 궁금하기는 했다.

세진이 처음 구입한 승용차 번호가 더9528이었다. 새로 산 차번호를 어떻게 외울까 생각하다가 번뜩 생각이 떠올랐다. 더도 말고 95세까지 28청춘처럼 살자. 이미지를 연상하며 외운 차번호는 꿈속에서도 생생했다. 아내와 친구들에게 어쩔 수 없이 95세까지 살아야 한다며 농담을 했다. 아내와 친구들은 '야무진 꿈'이라며 비아냥거리면서 꿈보다 해몽이 좋다고 했다.

4.

세진은 연우가 하고 싶은 말이 무엇일까 궁금했다. 처음 보는 듯한 아이가 내게 할 말이라니? 사흘 동안 망설였다. 세진은 카톡이나 문자보다 전화에 익숙한 편이었지만 전화를 하는 것은 학생에게

실례가 될 것 같아 서투른 카톡 대신 문자를 보냈다.

'학생, 나 준오 아빤데….'

'아저씨 안녕하세요? 임연우예요.'

기다리기라도 한 듯 곧바로 답장이 왔다.

'아저씨 시간 있으시면 오늘 커피 한 잔 사 주시면 안 돼요?'

'그래, 나는 시간에서 자유로우니 연우가 가능한 시간과 장소를 정해 보지.'

'오늘 저녁 7시. 학교 앞 사거리 코너에 있는 '카페 65도 C'에서요.'

세진도 가끔 이용하던 카페였다. 궁금한 것은 참지 못하는 그가 '왜 65도지?' 하고 아르바이트 하는 여직원에게 물어본 적이 있었다. '커피를 65도에서 볶은 것이 제일 향이 좋대요.' 그 여직원이 친절하게 말해주었다.

세진은 약속 시간 20분 전에 카페에 가서 구석 자리를 잡았다. 무슨 말을 하려고 만나자는 걸까? 궁금하기는 했지만 여고생과 둘이 만난다는 것이 신경이 쓰였다. 연우는 정시에 나타났다. 남색 상의에 초록색 체크무늬 스커트의 교복 차림에 캠프뉴욕 네이비 가방을 메고 있었다.

며칠 전 담배를 피우던 모습과는 달리 연우는 발랄한 여고생의 모습이었다. 일찍 나왔냐는 연우의 질문에 근처가 집이라고 말했다.

세진은 20분 전부터 나와서 기다렸다고 말하지 않았다. 습관처럼 약속시간보다 일찍 나왔지만 이번에는 왠지 모르는 무엇이 그의 마음을 찔렀다. 그는 자신이 마실 따뜻한 아메리카노와 샷을 추가

한 아이스 아메리카노를 주문하고 자리에 앉았다. 커피가 나오자 연우가 커피를 가지고 왔다.

세진은 커피를 마시며 앞에 마주 앉은 연우를 조심스레 살펴보았다. 앉아 있어도 큰 키였다. 몸은 마른 편은 아니고 보통 체격이었다. 얼굴은 귀염성이 있는 모습이나 둥근 얼굴 한편에 그늘이 반쯤 덮여 있는 듯 보였다.

"지난번에 담배 피우는 모습을 보여 드려 죄송해요. 2학년 때 만난 친구들인데 그렇게 나쁜 애들은 아니에요. 그 애들도 준오와 친했어요."

왜 준오를 끌어들이는지 세진은 궁금하지만 달리 대답할 말을 찾지 못했다.

"저희 학교는 고3이 10개 반인데 우리 반은 남자가 세 명 더 많아요. 여자는 열한 명이고요."

어색한 분위기를 생각해서인지 연우가 말을 이어갔다.

"내가 고등학교 다닐 때는 한 반의 정원이 60명도 넘었지."

"그렇게나 많이요?"

연우는 이해하지 못하겠다는 듯 두 눈을 깜박이며 말했다. 준오를 키우며 보지 못했던 귀여운 모습이다.

"저는 대학에 가지 않을 거예요."

세진은 연우의 집안 사정을 알지 못하여 '왜 진학을 포기하냐'고 묻지 않았다.

연우는 학교 이야기만 하고 집에 대해서는 한 마디도 하지 않았다. 카페에서 30분 정도 있었다. 세진은 연우에 대해 아는 것도 없고 준오 하나만 키우던 상황이라 여자아이에게 어떤 말을 해야 하는지 서툴렀다. 연우는 하고 싶다던 말을 하지 않았다. 세진은 할 말이 무엇이냐고 연우에게 묻고 싶은 것을 애써 지웠다.

"시간 되면 저녁 사줄까?"

"예, 사주세요."

연우는 곧바로 대답했다.

세진은 매일 저녁 혼자서 밥 먹는 시간들이 끔찍해서 오늘 하루만큼이라도 벗어나고 싶었다. 편의점에서 삼각김밥, 도시락 아니면 컵라면을 먹던 그였기에 연우의 승락이 오늘 저녁의 구세주처럼 느껴졌다. 준오와 아내와 함께 밥을 먹었던 게 언제 적인지 까마득했다.

연우도 좋아한다는 명태조림을 전문으로 하는 음식점에 들어갔다. 세진이 몇 차례 친구들과 가 본 집이었다. 테이블이 열두 개 있는 음식점에 손님이 반은 차 있었다. 거의 가족 단위 손님이다. 할 말이 있다던 연우는 밥을 먹으면서 세진을 몇 차례 쳐다보면서도 쉽게 입을 열지 않았다.

"아저씨, 명태조림 맛있어요. 명태조림 안주로 소주 한 잔 먹으면 안 돼요?"

여고생이 술을 마실 줄 아느냐고 묻지 않았다. 그런 꼰대 같은 질문으로 아이의 분위기를 깨고 싶지 않았다.

세진이 '처음처럼'을 시켰다.

"19세 미만은 부모와 함께 있을 때만 술을 마실 수 있어요."

연우가 작은 목소리로 말했다.

세진은 준오와 함께 하는 가족 식사 때 술을 마시지 않았다. 준오가 대학에 들어가면 근사한 곳에서 술을 가르쳐주고 싶었다.

"지금부터는 제가 아저씨를 아빠라고 불러야 해요. 그러지 않으면 이 술을 먹을 수 없어요. 제가, 제가 아빠라고 부르면 안 될까요?"

연우는 금방이라도 울음을 터뜨릴 듯 했다.

세진은 당황하였다. 아들 하나만 두었던 그는 딸이 없는 것이 서운했다. 아들은 무슨 말을 물으면 예, 아니요의 단답형이었다. 다정하거나 친근한 면이 적었다. 그래도 준오가 보고 싶었다. 세진은 연우의 말처럼 딸과 식사하고 있는 것이라고 자위하며 어색함을 추스렸다.

소주 석 잔을 마신 연우가 말했다.

"홍천강에서 준오가 저를 구하다가 사고가 났어요…."

순간 세진은 숨이 막혔다. 준오는 지난해 학교 동아리에서 홍천강으로 여름캠프를 갔다. 장마가 지나고 얼마 되지 않아 물살이 제법 사나웠다. 보트 놀이를 하던 여학생 하나가 물살에 휩싸였다. 준오가 물로 뛰어들었다. 가까스로 여학생을 강가로 밀쳐내고 힘이 빠진 준오는 강물에 휩쓸렸다.

물에 빠졌던 여학생이 연우였다니? 이 아이 때문에 준오가 죽었다고 생각하니 순간 모든 것이 멈추었다. 연우의 머리채를 잡고 따귀라도 한 대 때려주고 싶었다. 연우는 당시의 상황을 생각하는지 눈물을 흘렸다. 세진은 눈을 감고 심호흡을 하며 마음을 다스렸다. 지금 이 순간에 자신이 어떻게 처신해야 하는지 혼란스러웠다.

준오는 내성적인 성격이었다. 훤칠한 키에 잘생긴 외모였다. 공부밖에 모르는 아이였다. 아이의 건강이 우려되어 세진은 문화센터에서 운영하는 수영장에 함께 다녔다. 준오는 개헤엄도 치지 못하여 휴가철에 바닷가에 가면 물가에서만 놀았다. 3개월 수영 교실을 다니더니 준오는 자유형과 접영, 배영까지 쉽게 소화했다. 수영을 배우게 한 것이 화근이 될 줄은 몰랐다. 수영을 하지 못했다면 섣부르게 물에 뛰어들지 않았을 것 아닌가.

아내 미연은 준오의 사고 이후 심한 우울증에 시달렸다. 오전에는 준오 사진만 들여다보다 오후에는 여명고등학교 교문에서 준오를 늦게까지 기다리다 돌아왔다. 미친 여자의 모습을 하고 하루 종일 준오의 환상만 쫓았다. 미연은 지금 고향 삼척에 가 있다. 세진도 몇 달 동안 아무도 만나지 않고 혼자서 술을 마셨다. 술이 깨면 다시 마셨다. 그래야 준오 모습이 지워졌다.

"그 말 하려고 전화번호 알려준 거야?"

가슴이 뛰고 치가 떨렸지만 분위기를 어떻게 수습해야 될지 가늠이 되지 않았다. 애써 침착하자며 조용하게 말했다.

"장례식장에서는 차마 말하지 못했어요."

연우는 용서받고 싶다며 울고 있었다. 세진은 마음이 혼란스러웠다.

"정말 죄송합니다. 준오를 대신할 수 없겠지만 제가 딸 노릇 할게요."

연우의 얼굴에 굳은 다짐 같은 것이 서렸다. 세진은 그게 무슨 소용이 있냐며 단칼에 거절하고 싶었다. 더 자리에 있고 싶지 않았다. 서둘러 자리를 일어섰다. 어깨를 떨어뜨리고 가는 연우의 뒷모습을 애써 외면했다.

5.

세진은 2주 만에 연우를 다시 만났다. 용서도 하지 않고, 만나지 말자는 말도 없이 연락을 하지 않은 것이 어린 연우의 마음을 더 혼란스럽게 하지 않았나 하는 생각이 내내 머릿속에 맴돌아서였다.

명태조림을 하는 음식점 건너편에 있는 복어 요릿집에서 연우를 다시 만났다.

"다시 연락 주실 줄 몰랐어요."

연락이 없어 답답하던 가슴이 세진을 만나는 순간 뚫렸다며 연우가 빙그레 웃었다. 연우가 좋아한다는 복어 맑은탕을 시켰다. 준오도 담백한 맑은탕을 좋아했다. 연우가 식사를 하며 집안 이야기를 풀어 놓았다. 재잘거리는 연우를 보며 그는 이런 딸아이가 하나 있으면 좋겠다는 생각이 들었다. 딸과 아빠의 사이는 어떤 것인가 궁금하기도 했다.

"엄마는 아빠를 정말 좋아했어요. 아빠가 전기공사를 하다 감전 사고가 있었어요. 사고 이후 엄마는 아빠와 자주 다투었어요. 남자가 필요하다는 엄마는 다섯 살이 적은 백화점 보안요원 남자와 눈이 맞았어요. 아빠가 눈치를 채고 엄마에게 사정을 했어요. 엄마는 돌아오지 않았고, 아빠는 술로 시간을 보내며 일도 하지 않았어요. 아빠의 사고 후 엄마가 하얀 리본을 달고 지낸 것은 일주일 정도였어요. 학교에서 집에 돌아가면 그 남자가 있었어요. 저는 집에 들어가기 싫었어요."

연우의 목소리가 착 감겼다.

"아빠, 죄송해요."

세진은 연우가 아빠라고 하는 말이 처음 간 음식점에서 술을 마시기 위해 하던 것의 연장인지, 준오를 대신하여 정말 딸 노릇이라도 하겠다는 것인지 혼란스러웠다. 아니면 지켜주지 못한 죽은 아빠에게 하는 말인지 가늠하기 어려웠다. 그는 연우의 집안 이야기를 듣고 진정으로 연우의 앞날이 걱정되었다. 연우에게 조금이라도 도움이 된다면 정말 아빠 노릇을 해 볼까 하는 생각이 들기도 했다.

"아저씨에게서 저희 아빠 모습을 보았어요. 준오의 모습도요. 아저씨에게 용서받고 싶었어요. 엄마 이야기도 누군가에게 해야 속이 풀릴 것 같았고요."

세진은 연우와 매주 한 번꼴로 만났다. 밀가루 음식을 좋아하지 않는 그였지만 소풍터미널 6층에 있는 '잇쑈니'에서 돈코츠 라멘도 함께 먹었다. 돼지 뼈를 고아내 만든 국물이 느끼하지 않았다. 연우를 만나지 않았다면 평생 먹지 않았을 음식이었다. 영화관에도 갔다. 혼자가 아니라서 좋았다. 연우는 그를 만나는 날이 기다려진다고 말했다. 기다리는 것은 세진도 마찬가지였다. 세진은 연우와 만남이 지속되면서 연우가 딸처럼 느껴지기 시작했다.

"아빠를 만나고 성적도 올라갔어요. 2학년 때 15등 했는데 이번에는 반에서 3등 했어요."

술 마시기 위해 아빠라 부르겠다던 연우는 그 이후에도 세진을 아빠라고 불렀다. 세진도 아저씨보다 아빠라 부르는 소리가 좋았다. 성적이 올라가 무슨 선물이라도 사주고 싶다고 했지만 부담이 가는지 연우는 대답하지 않았다. 세진은 연우의 성적이 올라가고 연우의 표정이 밝아진 모습을 보며 마음이 뿌듯했다. 자신이 그 일에 조금이라도 보탬이 되고 있다는 생각이 들었다.

여명고등학교 37회 졸업식 날, 세진은 정장 차림에 검은 안경을 쓰고 강당의 뒤편에 서서 졸업식을 지켜보았다. 졸업생 중 준오가 어딘가에 있을 것 같아 둘러보았다. 준우 대신 키가 큰 연우의 뒷모습이 보였다.

졸업식이 끝나고 연우가 세진의 아파트에 찾아왔다. 그는 졸업식장에 갔었다고 말하지 않았다. 연우에게서 잊혀가는 준오의 모습을 다시 떠오르게 하고 싶지 않았다. 지난번 저녁을 먹으며 연우가 졸라대서 살고 있는 아파트의 동 호수를 알려주었다. 세진은 졸업 선물로 준비해 두었던 노트북을 건네주었다.

"아빠, 정말 고마워요. 저도 일하면서 시간이 날 때마다 아빠처럼 글을 쓰고 싶어요."

연우가 환하게 웃었다. 세진은 연우가 정말 자신의 딸이라는 착각에 사로잡혔다. 과일을 먹으며 맥주를 두 잔 마신 연우가 해맑게 웃는 모습을 바라보니 마냥 기분이 좋았다.

"아빠, 그동안 고마웠어요."

그동안이라니 이제 연우가 떠나려고 생각하나? 세진은 불안해졌다.

"고맙긴 뭘. 딸에게 해준 일인데…."

연우가 화장실에 들어가더니 한참 동안 나오지 않았다. 속이 불편하여 큰일이라도 보겠지 하며 세진은 맥주를 연거푸 마셨다.

한참 지나 욕실 문이 열렸다. 교복을 입은 준오가 욕실에서 나왔다.

"아…, 준오!"

세진이 자신도 모르게 작은 탄성을 질렀다. 남자 가발을 쓴 연우. 여명고등학교 남학생 교복차림에 평소 준오가 메고 다니던 뉴발란스 배낭을 메고 있었다.

"아빠, 저 준오예요. 준오도 오늘 여명고등학교 졸업했어요."

연우가 울며 다가와 세진에게 안겼다. 아직도 준오에 대한 부담감에서 벗어나지 못하고 이런 행동을 하고 있는 연우가 애처로워 보였다. 세진은 자신이 잡고 있던 연우의 손을 놓아줄 때가 온 것이라고 생각했다.

'그래 연우야, 오늘 학교를 졸업했듯이 내 딸에서도 오늘부로 졸업이야. 이제 준오에 대한 마음의 짐을 내려놓고 세상 속으로 마음껏 날아서 가렴….'

아모르파티

―아! 모르겠다 너!―

김영순

아모르파티, 익숙한 트롯트 음악의 알람소리에 선영은 잠을 깬다. 아! 오늘부터 시작되는 5일간의 휴가는 오직 자신만을 위한 힐링의 시간이다. 내과에서 처방받은 배 멀미약도 확인한 후, 서둘러 장비를 넣은 롤백과 캐리어를 차에 싣는다. 샵에는 벌써 일행들이 거의 다 와있다. 가볍게 커피 한잔을 한 후 서울을 출발한다. 이번 휴가기간 동안에 동호인들과 함께 어드밴스 과정을 마스터하기 위해 예약까지 마쳤다. 휴가철이라 고속도로는 벌써 주차장을 방불케 한다.

앞의 차를 보니 KOEM & 드론, 돌고래그림 로고가 선명하게 보인다. 돌고래 그림을 보니 작년에 필리핀 민도로섬에서 돌고래 투

어했던 기억과 다이빙 순간이 아직도 짜릿한 전율로 다가온다. 유네스코 지정 생물보전지역이며, 세계 5대 산호지역으로서 바닷속 비경은 천혜의 장소로 유명세를 떨치는 곳이다. 스쿠버 다이버들의 로망이며, 꿈의 장소다. 형형색색의 산호들 사이로 태양이 드리울 때면 바닷속 풍경은 에메랄드빛으로 변화하며, 다이버의 위치나 각도에 따라 시시각각 변하는 바닷속, 한가로이 노니는 화려한 물고기 떼들과 함께한 다이빙 유영은 황홀경 그 자체라 할 수 있다. 요즈음은 코로나19로 갈 수 없으니 사진으로 추억할 수밖에 없다. 사방비치의 환상적인 밤 풍경 또한 잊을 수 없다.

리조트에 도착한 일행들은 짐을 풀고, 예약된 곳으로 향하는 발걸음이 경쾌하다. 샵에는 이미 이번 어드밴스 프리다이버 과정에 참여하는 다이버들로 북적인다. 다이버들은 안전 수칙을 강조하는 강사의 말을 듣고, 보트에 오른다. 귀가 따갑게 들어온 안전수칙, 그래도 가끔씩 안전수칙 미준수로 사고가 난다고 한다.

장비를 착용하고, 안전수칙 10가지를 떠올리며, 입수 전 필수라는 준비운동도 마친 상태이다. 강사의 "입수"라는 구호에 맞추어 두세 명씩 팀을 이뤄 바닷속으로 몸을 던진다. 하얀 물보라를 일으키며 바닷속으로 입수하는 다이버들의 모습은 평화로이 하모니를 이룬다. 강사와 파트너의 수신호를 보니 선영이 머리 위로 커다란 가오리들이 멋지게 활강하며 바닷속을 누빈다. 알라딘의 '하늘을 나는 양탄자'가 떠오른다. 가오리들의 아름다운 유영을 보다니, 오늘은 참 운이 좋은 날인가보다. 산호초와 수초들 사이로 서서히 접근하며 화려한 물고기떼의 아름다운 군무에 경탄한다. 수중촬영으로 이 멋진 순간을 포착! 황홀경에 도취되어 바닷속 이곳저곳을 누빈다. 물고기와 해조류, 바닷말 사이로 보이는 비경을 눈에 담고, 사진에 담느라 바쁘다. 수초들 사이로 쌍쌍이 노니는 물고기들은 사람들이 신기한지 다가와 살피기도 하고, 멀찍이 숨어서 경계 태세를 갖추기도 한다. 시간 가는 줄 모르고 사진을 찍고 있는 선영은 상승을 하라는 수신호를 보내오는 버디들과 함께 산호와 바닷말, 물고기들이 노니는 진풍경과 '아~듀' 하며 서서히 상승을 시작한다. 수심 5m 쯤에서 3~5분 정도 머물며 안전 정지 후 물 밖으로 나온다. 수면 위 보트에 손이 닿는 순간 오늘도 해냈다는 자부심에 젖는다. 오늘도 물뽕을 제대로 맞은 날이다. 스쿠버다이빙은 나름 중독성이 있는 레포츠다. 스트레스 해소는 물론 온몸으로 느끼는 바닷속 여행의 자유로움은 무엇에도 견줄 수 없다. 이대로 인생을 즐기며 사는 자신이 더없이 기분이 좋다. 더 이상 무엇을 바랄까? 화려한 싱글은 바로 선영이 자신을 가리키는 단어가 아닐까 생각한다. 유명 맛집들은 허기진 여행자들에게 맛있는 음식으로 화답한다. 피로도 풀 겸, 한 잔씩 하며 바닷속 경험을 서로 이야기하는 시간은 한층 의미가 있다. 선영은 수상스키를 취미로 즐기다가, 해양 생물들의 생태에 대한 영상물을 보고 스쿠버다이빙이 취미생활 1호가 되었다.

"아! 난 이대로가 좋은데, 정말 난 이렇게 즐기며 살고 싶은데. 세상이 나를 그대로 두지 않는군, 쯧!쯧!쯧."

누군가의 전화를 끊으며, 옆 테이블의 멤버 중 한 사람이 투덜거린다. 옆의 친구가

"왜? 누군데 그래?"

"으~응 우리집 꼰대와 할머니, 결혼하라고 성화다. 지난번에 집에 갔다가 어떤 여자와 만나라고 하는데, 아니! 난 집 장만은커녕, 전세 대출금도 아직인데, 어떤 여자가 시집오겠냐? 더구나 난 차와 연애하는데, 여자가 뭐하러 필요해. 똘똘한 애마만 있으면 인생 굿 아니겠어? 기름만 착착 넣어주면 언제나 상시 대기하는 애마가 나의 동반자이지. 잔소리하고 비위만 맞추어야 하는 여자, 어휴! 난 자신 없어, 안 그러냐?"

옆 친구도

"그래! 나도 마찬가지지 뭐! 우리 집 꼰대도 전화만 하면 매번 결혼해야 한다고 아주 못 말린다, 못 말려! 내가 아예 집엘 안 간다, 안가! 누군 장가를 안 가고 싶냐고요? 우리 집 꼰대도 뻑 하면 '나 때는 말이야' 하면서 시작하면 날 밤을 샌다."
하며 맞장구를 친다.

남자들은 술과 함께 부모들의 결혼 종용 이야기로 밤샘할 기세다.

요즈음은 남자건 여자건 동료들도 30세가 훌쩍 넘었는데도, 결혼 안 하겠다고 하는 경우가 많다. 심지어는 연애를 하면서도 결혼은

싫단다. 이 친구들도 결혼보다는 일에 열중하고, 취미생활에 심취하니 연애도 쉽지 않다고 한다. 생각해 보면 실상 자신들 또한 요즘 여자들이 선호하는 만큼의 조건이란 것을 갖추려면 꿈에나 이룰까?

"어차피 내 인생에 집사기는 글렀으니 차라도 좋은 차 타면서, 폼 나게 사는 거지! 인생 뭐 별거 있냐? 안 그래?"

서로 위로인지 신세 한탄인지 모를 어깨너머 이야기에 자꾸 귀가 쏠린다. 금수저들은 어릴 때부터 외국 유학은 기본이고, 부모들이 집을 사주거나, 심지어는 주식부자도 있다. 그러나 대부분의 친구들은 군대 갔다 와서 취직하면 아직 학자금 융자 대출금을 갚느라 허리가 휘는 경우도 허다하다. 숙소로 월세방이나 고시원을 전전긍긍하기도 하니, 언감생심 결혼이나 내 집 마련은 생각조차 할 수 없는 형편이란다.

"야 그런데!, 요즘 드라마는 왜 그렇게 어린 것들이 다 재벌의 아들, 딸에 실장님, 이사님에 본부장님으로만 나오는지? 흑수저들은 어디 연애나 한 번 하겠냐? 그리고 하나같이 외국 유학은 필수이고 의사, 박사에 밥 한 번을 먹어도 일류 호텔 아니면 유명 레스토랑만 나오고, 우리 같은 서민은 어디 기죽어서 살기나 하겠어?"

남자들도 언성이 높아진다. 옆 테이블 남자들의 탄식을 듣다보니, 매번 선영에게 결혼을 종용하는 할머니 김순덕 여사가 갑자기 떠오른다. 여자들도 역시 비슷한 상황이라 할 말이 많다. 회사에서의 생활은 그야말로 전쟁터다. 이른 아침 출근해서 거의 매일 야근과 특근을 밥 먹듯이 한다. 결혼해서 가정이 있는 동료나 선배들은 더욱 살벌하게 산다. 퇴근 후 밤잠 못 자고 집안일을 해야 하고, 더욱이 아이가 있는 선배들은 새벽부터 곤히 자는 아기를 억지로 깨워 우유나 밥을 먹이고, 어린이집에 데려다주고 출근하면, 아침부터 땀으로 범벅이 되어, 진이 빠진 상태로 하루 근무를 시작한다. 그나마 부모님들이 아이들을 케어해주면 천만다행이다. 아침에 일어나서 출근만 하면 되니까. 어쩌다 야근과 애 보는 이의 약속이 겹치기라도 하는 날이면 친정아버지, 아니면 시부모 등등의 순서로 아이 돌봄에 긴급호출을 해대곤 한단다. 언제나 부모님께 불효하는 것 같아 항상 죄인 같은 마음이란다. 직장 다니면서 아이 낳아 키우는 일이 너무 버거워 결혼하고도 아이 낳기를 꺼리는 이유란다. 결혼하면 알콩달콩 사랑하는 사람과 행복한 일만 생각하다가, 아이를 출산하고 나면, 그야말로 자기 자신은 없는 것이다. 어쩌다 아이가 아프기라도 하면 회사 눈치를 보며 휴가를 내거나, 아니면 부모님들께 아픈 아이를 맡겨야 한다. 이 모든 일들이 직장을 가진 워킹맘들이 겪는 일상인 것이다. 선영이의 직장 동료나 결혼한 친구들 중에서도 양가 부모님이 돌봐줄 수 없어 아이 돌봄 이모님을 고용한다. 한 달 비용이 만만치 않아 버는 돈의 거의 대부분을 아이 양육비용으로 지출하기도 한단다. 그러니 젊은이들이 결혼도 꺼려하고, 혹 결혼을 해도 아이 출산은 더더욱 회피한다고 한다. 선영이 또한 아이 양육하는 일에 대한 두려움으로 결혼은 생각하고 싶지 않다. 비단 선영이 뿐 아니라 요즘 젊은 여성들이 결혼을 회피하는 이유이기도 하다. 더구나 자녀양육으로 인해 여성들은 경단녀가 되고, 외벌이를 한다면 그야말로 손가락 빨아가며 짠순이 짠돌이로 살아야 하는 상황이니, 젊은 친구들은 결혼은 피하고 싶을 수밖에 없단다. 휴우! 해도 해도 끝없는 삶의 메아리들이 허공에 맴돌 뿐이다. 다음을 기약하며 하나 둘 자리를 뜬다.

선영은 일행들과 헤어져 나머지 휴가는 가족과 함께 지내기 위해 고향집으로 향한다. 집으로 향할 무렵 할머니의 전화다. 언제 오냐고 성화다. 할머니는 또 시집이나 가라며 잔소리 하실 것이 뻔하다. 아유! 이제 그 소리 그만 하셨으면 좋겠다. 이제 포기하실 만도 한데 아직도 할머니는 손녀의 결혼을 위해서 목숨을 거는 듯 관심 제1순위이다. 명절 때 "시집 언제 가느냐?"는 50만원 내고 하는 질문이라던데, 에구, 누구인지 말도 참 잘 만들어내는 것 같다.

한참을 달려, 휴게소에 도착한 선영은 식사 겸 요기 거리로 통감자와 아이스 아메리카노를 주문하며, 오랜만에 시골집에 갈 마음에 피곤함도 잠시, 커피를 홀짝이며 잠을 쫓아낸다. 옆에 빨강색 경주용 외제 스포츠카가 서 있다. 가족이 있는 고향집으로 GO! GO! 몸은 노곤하며 천근만근이지만 가족과 친구들을 만날 생각에 조금은 설렌다. 음악을 틀고 휴게소를 빠져나온다.

휴가철 고속도로는 속도를 내지 못한다. 라디오에서 흘러나오는 음악이 경쾌하다. 열창하는 가수의 노래에 맞춰 흥얼거린다. "아모르파티!" 요즈음 유명세를 떨치는 '아모르파티(Amor Fati)'는 네 운명을 사랑하라. Love of fate로 운명애(運命愛)라는 뜻의 라틴어란다. 운명애는 니체의 철학이다. 트로트에서 Party로 불러지는 트로트 노랫말이 흥겹다. 아모~르파티? 은근 중독성이 있는 노래인 것 같다. 며칠 전 자신의 모닝콜 알람으로 지정한 음악이기도 하다. 얼마를 더 달렸을까? 이제 십여 분 후면 고향마을로 접어드는 톨게이트에 진입한다. 언제나 반가운 전경이다. 가족들과 오랜만에 만날 생각에 마음이 급해진다. 페달을 깊이 밟고 있는 자신을 보며 "운전은 언제나 방어운전을 해야 한다"라고 말씀하시던 아버지 음성이 귓전에 맴돈다. 그때!

"앗!" 하는 순간 "뭐야 갑자기 옆에서 끼어들고 그래."

급정거를 하며 "아휴 하마터면 휴우~!" 놀란 가슴을 쓸어내리는데, 끼어든 옆 차 안에서 쿵쾅쿵쾅 요란한 음악 소리에 차가 들썩들썩한다.

"야? 하고 소리를 질렀다."

눈 깜짝할 사이 앞차는 뿌아아앙 하며 휑하니 가버린다.

"아이 뭐 저런 인간이 다 있담! 어유 저런 것들이 부모 찬스로 비싼 외제 차 타며 저러고 다니는 꼴이라니."

벌써 저만치 멀어져 가는 앞차를 향해 욕을 해대던 선영은 억울함도 잠시, 고향마을에 접어들자 차창을 활짝 열었다. "휴!"

드디어 고향이다.

마을 길 입구 실개천 가 푸른 버드나무는 물이 오를 대로 올라 가로등 빛에 반사되어 은빛으로 살갑다. 주변의 나무들도 시샘하듯 배시시 그녀를 반긴다. 이 감나무들은 전보다 더 우람해진 가지들 사이로 봄이면 꽃이 피고, 여름과 가을, 절기에 맞추어 열매 맺고, 그 열매들 또한 실하게 맺히리라. 겨울이면 까치의 양식이 되기도 하고 겨울바람의 친구가 되기도 한다. 느티나무 정자도 오랜 세월 동안 마을 사람들을 지켜주고 그들의 쉼터가 되어 주었다. 선영이가 어릴 적 즐겨 놀던 놀이터였다. 어디 객지에 나간 선영이 뿐이랴? 이곳에 뿌리내리고 사는 고향 어르신들에게도 이곳 느티나무 정자는 모두의 쉼터이자 마을을 지키는 정령과도 같다.

집 앞에 이르니 할머니와 아버지가 나와 계신다. 또 모르는 아저씨도 나오다가 선영과 마주친다. 아버지가 인사하라고 하셔서, 선영이는 영문도 모른 채 꾸벅 인사를 한다.

아버지는 손님을 배웅하며

"그래 조심히 들어가고 낼 보자."

하시며 손을 흔든다. 선영이는 할머니의 손에 이끌려 집안으로 들어선다. 손님을 배웅한 후, 누구냐고 묻자 예전 할머니 절친의 아들이자 아버지의 초등학교 동창이라고 했다. 중학교 때 서울로 유학을 간 친구라서 오랜만에 만났다고 한다. 친구를 배웅하고 집 안으로 들어오신 아버지는

"선영아! 너 내일 점심에 약속은 없지? 할머니 모시고 함께 읍내

에 가서 점심도 먹고, 읍내 구경도 할 겸 시간을 좀 내 주어야겠다." 고 하신다.

"아! 저 내일 친구들과 약속이 있는데요?"

선영이는 망설이다가 친구들과 만나기로 한 시간을 조금 변경할 생각에 "아예, 알겠어요. 그럼, 내일 점심은 제가 사드릴게요." 하였다.

정성으로 식탁에 그득 차려진 음식을 먹는 동안 가족들과 선영이는 서울살이 이야기로 꽃을 피운다. 마치 어릴 적 텔레비전 앞에서 동네 사람들과 모여 앉아 드라마를 보던 것처럼 신기한 듯 선영이만 바라본다. 가족들의 따뜻한 눈빛이 선영이에겐 살갑다. 선영이는 준비해 온 선물과 용돈을 할머니, 아버지, 어머니께 각각 드린다. "어이구 선영아 할미가 돈 쓸 일이 어디 있다구 이렇게나 많이 주냐? 객지에 나가 애써 번 돈을 뭐 할러 이리 많이 주느냐"며 핀잔 아닌 핀잔을 하시는 할머니도 내심 기뻐하시는 모습이 마치 소녀 같다. 주름진 얼굴이 살짝 붉어진다.

할머니는 서울 가서 홀로 직장에 다니는 손녀가 안쓰러운 듯, 선영이의 얼굴을 보며 "에구! 우리 선영이도 얼른 짝을 만나 시집을 가야 할 텐데!" 하며 한숨을 쉰다.

"친구들은 벌써 손자 손녀들이 결혼해서 아이들을 둘 셋이나 낳았단다."며 선영이가 밥 먹는 동안 가가호호의 소식을 다 전한다.

상을 물리고도 김순덕의 고정멘트, '여자는 제때에 결혼을 해야만 한다'는 말을 어김없이 되풀이한다.

선영이의 눈꺼풀이 슬금슬금 내려앉는 기색을 본 아버지가 선영에게

"이제 네 방에 건너가 좀 쉬어야지?"

하며 "엄니! 선영이가 좀 피곤한가 봅니다."

한다.

오래 이야기하고 싶지만 마지못해 김순덕은

"그래 네 방에 건너가 어여 자거라. 먼 길 오느라 고생했다."

며 말을 멈춘다. 구세주를 만난 듯 선영은 할머니와 부모님께 인사를 하고 슬며시 일어나 쏜살같이 제 방으로 간다.

김순덕은 혼잣말로 "아이구! 돈도 좋지만 때가 되면 시집을 가야지, 언제 시집가서 애 낳고 어른이 되누… 쯧! 쯧! 제 친구들은 저 나이에 결혼해서 아들, 딸 낳고 잘도 살더구먼, 쯧! 쯧! 쯧!"

선영이는 자신의 방으로 들어가며 할머니의 말씀에 살짝 짜증이 난다. "할머니 저는 결혼하고 싶지 않아요. 요새 젊은 사람들 결혼한다는 사람 별로 없어요." 하고 하마터면 할머니에게 큰소리로 대꾸할 뻔했다. 지금은 피곤해서 할머니와 그런 이야기로 실랑이를 벌이고 싶지는 않다. 할머니는 나름대로의 생각이 있으셔서 하시는 말씀이겠지만, 요즈음은 결혼적령기가 따로 있지 않다는 것을, 연애는 필수, 결혼은 선택이라는 노래가사도 있지 않은가! 하나뿐인 내 인생, 내가 즐기며 살면 되는 것 아닌가? 결혼은 정말 자신 없다.

어머니 아버지는 어찌 대가족을 이끌고 사셨는지 가끔 이해가 안 될 때도 있다.

아침부터 선영이네 집은 부산스럽다. 할머니는 맞선을 보러 가는 사람처럼 언젠가 선영이가 사다 드린 꽃 핑크색 웃옷과 감색 주름치마를 곱게 차려입고, 입술연지도 사알짝 바르셨다. 검버섯과 주름진 얼굴이 화사해진다. 어머니 아버지도 한껏 멋을 부리는 모습을 보며, 오랜만에 자신과 점심식사를 하기 위해 좋아하시는 모습이 미안하기까지 하다. 앞으로 자주 시간을 내드려야겠다고 다짐해 본다.

식당에 들어서니 주인은 마치 예약이라도 된 듯이 선영이네 가족을 백년실이라고 쓰여진 방으로 안내를 한다. 선영이는 할머니를 따라 안으로 들어서는데, 웬 젊은 청년이 서 있다. 그 옆으로 할머니 한 분도 계셨다. 깜짝 놀라 잘못 들어온 줄 안 선영이는
"아! 죄송합니다." 하며 뒷걸음질을 한다. 어떤 아주머니와 남자분이 있는데 얼핏 보니 어제 선영이네 집 앞에서 본 아버지 친구였다. 놀란 토끼마냥 선영이는 돌아서 나오기에는 이미 늦은 상황을 깨닫는다. 그러자 할머니가 급히 선영이의 손을 잡아 이끌며, 그 젊은 청년의 앞 의자에 앉힌다.

오랜만에 할머니와 가족들 모시고 식사를 대접하려던 것인데,

얼떨결에 맞선보는 형국으로 이끌려온 것을 깨닫는 순간, 맞은편 남자가 "놀라셨죠? 저도 사실 놀랐습니다. 어른들께서 식사를 하자고 하시기에 모시고 온 건데…." 하며 멋쩍어한다. 선영이도 놀랍기도 하고 당황되지만 어른들 앞에서 화낼 수도 없는 일이 아닌가. 할머니들은 오랜만에 친구를 만났으니 옛날이야기로 시간 가는 줄 모르고, 그러면서도 선영이와 상대 청년을 힐끔힐끔 곁눈질하기에 바쁘다. 어머니도 상대편 어머니와 조신하게 얌전빼는 모습이 평소의 씩씩한 엄마가 아니다. 통성명을 하고 젊은 친구도 이런저런 말을 꺼내기는 하나 그다지 즐거운 분위기는 아닌 듯하다. 선영이는 가시방석이다. 할머니의 입장이 난처해질 것이 불을 보듯 빤하니 일어설 수도 없고, 참 난감하다. '할머니는 괜한 일을 만들어 사람 불편하게 하는지…. 어휴! 짜증나! 괜히 왔나 봐!' 오만 가지 생각으로 억지웃음을 지으며, 앉아 있자니 울화통이 터질 지경이다.

뜻밖에 모르는 사람과 식사를 하고 이런저런 이이기를 하려니 시간은 더디 가는 듯하다. 식사만 하고는 얼른 저희들끼리 차라도 마시라며, 자리를 비켜주시겠다고 하신다. 상대편 젊은 친구는 얼른 일어나며

"아니에요. 저희 둘이 나가서 차 마시며 시간 보내겠습니다. 오랜만에 친구분과 만나셨으니 할머니도 이야기 더하시다가 천천히 나오시죠!"

하고 둘은 그 자리를 나왔다. 나와서 조금 걷다가는

"불편하셨죠? 저 또한 이런 자리 참 불편합니다. 얼마 전부터 할머님께서 선을 보라고 다그치셔서 계속 차일피일 미루던 차였는데, 오늘 점심이나 먹자고 하시기에 모시고 나온 것이, 바로 할머님들의 작전이었나 봐요. 어차피 선영씨도 결혼 생각은 없으신 거죠? 저도 사실 결혼에 대해 그다지 관심이 없는 상태라서 딱히 드릴 말씀이 없네요. 할머니를 대신해서 제가 사과드리겠습니다. 적당히 둘러대시고, 그럼 이만!"

정중하게 인사를 꾸벅 하더니, "가시죠!" 하고는 손바닥을 펼쳐 보이고는 휘적휘적 앞서서 걷는다. 순간 어안이 벙벙한 선영이도 그래 잘 됐다. 요즘 젊은 친구들은 쿨해서 좋아. 질척거리지 않고, 이내 돌아서서 가는 뒷모습을 보며, 자신도 그 자리를 뜬다. 집에 가면 다그칠 할머니에게 대답 거리를 생각해 두어야지! 그러면서 상대의 못마땅한 점을 찾아 떠올려본다. 아직은 생각이 나지는 않는다.

친구들과의 약속장소로 걷다 보니 어! 빨간색 스포츠카가 건너편 길로 돌아나가는 것이 아닌가. 아니 저 차는? 어제 그 차? 에이! 설마, 누구지? 이런 시골에?

카페에는 벌써 친구 예닐곱 명이 커피를 마시며 수다 삼매경에 빠져 있다. 아직 안 온 친구가 있어 꼴찌는 아니라서 안도하며 자리에 앉는다.

"오래 기다렸니?"

"아니? 아니야!"

합창하듯 솔 톤으로 대답하는 친구들의 목소리는 경쾌하고 우렁차다. 반가운 인사와 함께 서로의 안부를 주고받으며, 웃고 있자니 큰 가방과 함께 아이 둘을 데리고 들어오는 사람이 보인다. 대한민국 아줌마들의 저력을 느끼는 순간이다. 보기에도 버거울 정도로 커다란 가방을 둘러매고 아이 둘을 앞세우고 들어온다. 그 천하장사 아줌마는 다름 아닌 작년에 셋째 아이 돌잔치를 한 친구 경선이였다. 세 아이들과 함께 들어온 친구를 반긴다. 아이 셋을 데리고 온 친구는 아이들에게 인사를 시키고는 친구들과는 인사도 하는 둥 마는 둥 한쪽 자리로 가더니 아이들에게 장난감과 핸드폰을 쥐어주고, 그 자리에서 얌전히 놀라고 하고는 비로소 친구들의 자리로 와서 이야기꽃을 피운다. 한순간도 아이들에게서 눈을 떼지 않고 대화한다. 잠시 후 작은애가 우유를 달라고 보챈다. 또 한 아이는 오줌을 쌌다며 칭얼거린다. 조금 있으려니 아이들이 핸드폰을 서로 보겠다며 빼앗고 싸우고 운다. 갑자기 카페 안이 시끄러워졌다. 친구는 공이 튀어 오르듯 빛의 속도로 일어나 아이들을 데리고 카페 밖으로 급히 나간다.

이제는 친구들과 만나도 허심탄회하게 수다를 떨기가 쉽지 않은 것 같다. 예전에는 친구들을 만나면 이런저런 사는 이야기며, 직장 이야기, 연애 이야기, 부모님과 가족 이야기를 주로 하며, 서로가 같은 생각, 같은 고민, 같은 주제로 날밤을 새워가며 이야기꽃을 피우곤 했었다. 그땐 그렇게도 할 이야기가 많았었는데, 언젠가부터 하나둘씩 결혼을 하고 친구들은 사는 이야기들이 너무도 달라 대화가 예전 같지 않다. 동상이몽을 하는 것 같기도 하다. 친구들의 이야기는 거의 남편과 사는 이야기, 서로 다툰 이야기, 시집 식구들과의 갈등, 아이들 키우느라 스트레스로 점점 솟아나는 배둘레 햄과 우람한 팔뚝, 큰 목소리뿐이라며 하소연으로 일관한다.

친구들은 제 각기 한 마디씩 하였다.

"어휴! 내가 미쳤지! 왜 시집은 빨리 가서 이 고생을 하는 것인지! 선영아! 너는 절대 시집가지 말고, 너 하고 싶은 일 하면서 혼자 멋지게 살아라." 하고 "서울로 유학 가서 일류대학 수석 졸업에 대기업에서 잘나가고 있는 선영이가 제일 부럽다"고 "우리의 호프 선영아! 넌 제발 결혼하지 말고 혼자서 마음껏 누리며 당당히 살아라"며 합창을 한다. 그러면서도 친구들이 이야기하는 것을 들어보면 남편과 싸운 이야기인데, 남편 흉으로 시작해서 결국은 남편 자랑으로 마무리한다.

요즈음 들어 할머니는 부쩍 늦기 전에 좋은 사람 만나 고운 때 가시기 전에 시집을 가야 한다고 성화다. 선영은 자유롭게 취미 생활하며, 친구들의 말처럼 화려한 싱글이고 싶다. 한 번뿐인 인생 멋지게 살아야지. 결혼은 그런 자신의 인생에 걸림돌이 될 뿐이라는 생각이 지배적이다. 이미 결혼한 친구들도 하나 같이 선영에게 결혼은 구속이며 희생이라고 말한다. '좋은 직장 다니며, 네가 하고 싶은 일해서 돈 많이 벌어, 노후 걱정하지 않고 싱글로 자유롭게 살면 되지' '너같이 능력 있는 여자가 뭐하러 결혼해서 우리처럼 살아야 하느냐'며 선영이 결혼에 대하여 마치 자기들 일인양 열변을 토하며 반대하고 나선다. 그래서 친구들에게는 차마 오늘 할머니의 주선으로 갑자기 남자를 만나게 된 이야기는 하지 못한다. 선영인 자신의 취미 생활로 스쿠버 다이빙하는 이야기를 하며 자신을 지지하는 친구들의 기대에 부응하는 이야기로 분위기를 한껏 띄운다. 친구들의 부러워하는 시선과 감탄사가 선영을 으쓱하게도 한다. 죽자 살자 사랑해서 결혼했던 친구들도 지지고 볶고, 심지어는 '웬수'라고 부르며 산다는 이야기를 들으면, 단순히 사랑만 가지고 결혼할 것은 아닌 듯하다. 오랜만에 귀가 윙윙거리게 실컷 수다를 떨었다.

앞산에 땅거미가 내려앉을 무렵 돌아오는 길은 예전의 그 길이 아닌 영판 새롭고 허허롭다. 선영이는 길이 설어서인지 갑자기 공허한 생각이 든다. 집으로 돌아오는 동네 어귀는 여전하건만, 멀리서 "컹! 컹!" 개 짖는 소리가 정겹다.

이른 아침부터 살금살금 조심스런 발소리와 엄마의 맛난 음식 내음이 코를 자극한다.

오랜만에 푸욱 자고 난 선영이는 핸드폰을 끼고 침대에서 뒹굴거리며, 오늘도 친구들과 만날 약속을 한다. 오랜만에 시골에 온 선영이는 친구들과 통화를 하느라 더욱 분주하다. 김순덕은 손녀딸의 방문을 빙긋이 열고

"밥 먹으럼. 네. 엄마가 음식 식는다고 걱정이다."

한다.

그 소리에 번뜩 시계를 보니 약속시간에 맞추어 나갈, 준비를 해야 하는 시간이다. 선영이는 어머니가 차려주신 밥상에 앉아 급하게 먹는 둥, 마는 둥하고 나갈 준비에 한창이다. 아버지와 할머니의 묻는 말에 건성건성 대답한다. 어제 본 젊은이에 대해 묻고 싶은 김순덕은 선영이의 눈치를 살피기 바쁘다. 결국 선영은 대답은 하지 않은 채 외출한다. 김순덕은 궁금해서 마음만 어수선하다. 청년은 훤칠하고 서글서글해 보여 김순덕의 마음에 쏙 들었다. 친구의 손자이며 아들 친구의 아들이니, 더욱 마음이 놓인다.

선영은 친구 모임에 갔다. 몇몇 친구들은 돌싱이 된 경우도 있다. 그녀들도 하나같이 "선영아! 너는 절대로 결혼 하지 말고, 한 번뿐인 인생 즐기며 살아"라고 한다. 친구들이 인생에 휘둘려 사는 것 같아 안타깝기만 하다. 결혼은 해도 후회, 안 해도 후회한다는 말이 있던데 정말 그런 걸까? 연애 시절, 결혼하기 전에는 죽고 못 살듯이 열애를 하다가 결혼하고 나서야 성격 차이니, 경제 능력이 없다느니, 더 이상을 참을 수 없어서라느니 하며 제각각 헤어진 이유들이 다양하다.

석양은 하늘을 붉게 물들이고, 고향의 밤하늘은 깊은 바다 속 네이비블루의 심연에 잠긴다. 반짝이는 별들이 하나 둘 선명하다. 친구들을 만나고 돌아온 선영이는 가족들과 마당의 평상에 둘러앉아 시원한 참외와 수박을 먹으며, 이런저런 이야기로 시간 가는 줄 모른다. 맑게 갠 밤하늘의 별들이 총총히, 서울에서는 볼 수 없는 광경이다. 어릴 적 할머니 무릎을 베고 선영이의 가슴속에 심어둔 보석들, 그 별자리들을 하나, 둘 헤어본다. 영롱한 별빛은 그대로인 듯하다. 아니 더욱 빛난다. 할머니의 부르심에 잠깐! 다시 가족들과의 대화에 귀기울인다. 낮에 만난 친구들의 이야기를 하다가, 선영이 친구들 이야기가 나왔다. 낮에 만난 친구들 중에도 결혼하고 후회하는 친구도 있고, 심지어는 아이를 낳고도 여러 가지 사정으로 이혼하고 돌아왔다는 친구의 이야기를 들으며, 잠자코 듣고 있던 순덕은 선영이의 말에 한숨이 절로 난다. 아니 답답한 마음에 자신도 모르게 혀를 끌끌 찬다. 김순덕은

"선영아! 애 낳고 잘 사는 사람들도 많은데, 어째 네 눈에는 힘들고 어려운 사람들만 보이냐. 자고로 여자는 제때에 결혼해서 알콩달콩 살며, 한 살이라도 젊을 때 아이를 낳아야 한다. 결혼하고 새끼도 낳아 길러봐야 제대로 어른이 되는 것이여."

할머니의 말은 계속 이어진다.

"식물들도 봄이면 씨 뿌리고 여름이면 꽃피고 가을이면 결실을 맺고 동물들, 하물며 미물인 곤충들도 봄이면 다들 짝짓기를 하고 새끼 낳아 잘 기르고 한세상 떠날 때는 맨몸으로 가는 것인디, 봄에

남들마냥 씨 안 뿌리면 여름에 꽃 피울 일도 가을에 열매도 없는
것이려니와 한번뿐인 인생, 요즘 젊은것들은 즐기며 산다고 한다지
만, 좋은 세월 잠깐이여. 이것아! 그래도 세상에는 결혼하는 사람이
더 많지 않더냐? 세상 이치가 다 남자와 여자가, 암수가 한쌍으로
되어야 제대로 사는 것이지."

라며 결혼은 인간으로서 반드시 해야만 하는 과업이라고까지 강조
하는 것이다. 그러고는

"젊어서야 혼자 몸땡이 뭐는 못하고 살겠어? 그러나 늙고 병들면
그땐 후회해도 이미 늦으니, 어른들이 말하면 들어, 이것아! 다 너를
위해서 하는 말이여!"

하신다. 그 말을 받아 선영이도

"아유! 할머니! 요즘 세상에 보험 들고, 간병인 쓰면 되지 뭐 남편
이나 아이들이 나 아프면 간병해 줄 수 있는 줄 아세요? "다 소용없
어요. 모두 옛날이야기예요. 그리고 요즘 누가 아플 때 병간호하고
노후에 효도 받으려고 자식 키우는 사람이 어디 있어요?"

하며 대꾸했다.

"이것아! 다 너를 위해서 하는 말이여!"

할머니의 몹시 화난 목소리에 식구들 모두 좌불안석이다.

"안 그러냐, 아범아?"

할머니는 자신도 모르게 큰소리 내고는 아들에게 지원을 요청하
는 표정으로 넌지시 선영 아버지를 동참시킨다. 기다렸다는 듯 아
버지도 한 마디 거든다.

"그래 선영아! 너도 배울 만큼 배우고, 이제 네 나이도 나이니만큼 부모라고 해도 이래라 저래라 하진 못하겠지만, 기성세대의 사회적 책임이라고나 할까? 젊은 너희보다 조금 더 산 우리 어른들이 보는 관점은 할머니 말씀처럼 운명을 받아들이고, 자신의 인생을 개척하며 때에 맞추어 잘 살아내는 것이라고 보기 때문에, 너희에게 결혼이 중요하다고 말하는 것이지. 결코 나이든 사람들의 푸념이 아니라는 것을 이해하면 좋겠구나! 선영아! 힘들어도 가족이 있고 남편과 아내가 서로 힘을 합해 살아가며 자녀를 낳아서 잘 기르고 인생이라는 틀 안에서 느끼는 많은 것들 또한 인간으로서 누릴 수 있는 행복이라고 할 수 있단다. 엄마, 아빠도 너희들 키우면서 어디 편하기만 했겠니? 편한 것도 좋겠지만, 너희들 키우면서 느끼는 기쁨과 행복이 힘든 것보다 훨씬 더 많다는 것을, 너도 결혼해서 자녀를 통해 느낄 수 있기를 바라기 때문이란다. 결혼이 꼭 희생과 봉사만 따른다고 보기보다는 결혼을 통해서 인간으로서 느끼는 행복 또한 가치가 있다고 생각하기 때문에, 너도 다른 사람들처럼 남편과 알콩달콩 살며, 애도 낳아 키우고 그 속에서 행복하기를 바라는 것이 부모 마음이란다. 그것이 인간의 사랑이고 인생의 희로애락이 있는 운명이 아닐까도 생각해 보렴."

할머니는 또 한 말씀하신다.

"젊음은 한때여! 금방 나이 들고, 늙고 병들면 처자식과 가족이 젤이지 뭐 별다른 인생이 있는 줄 알어? 인간이 기껏 살아야 백년도 안 되는 세월, 눈 깜짝할 사이란다."

선영은 할머니 말씀에 마음이 편하지 않다. 무거운 마음으로 방으로 들어와 잠을 청한다. 막 잠이 들려는데 거실에서 아버지와 할머니가 하시는 말소리가 두런두런, 잠결에 비몽사몽 어렴풋이, 아련히 들려온다.

엊그제 만난 사람은 얼마 전 할머니가 읍내 지역문화 행사에 갔다가 친정 동네 친구와 그녀의 아들이자 아버지의 친구를 만났는데, 어린 시절 서울 가서 공부하고 직장 다니며 살다가 정년퇴직 후 다시 고향으로 귀농했단다. 아이들 이야기를 하다가, 자신의 아들도 서울에서 직장을 다니는데, 결혼을 안 하겠다고 하며 '취미생활이나 하고, 인생을 즐기면 되지 결혼은 해서 무엇 하냐?'며 얼마 전 결혼을 포기하고, 혼자 살겠다고 선언을 하고는

"서울에서 집 한 칸 마련하려면 수억이 들고, 집도 없는 남자에게 시집올 여자가 어디 있겠냐?"며 "결혼은 포기했다."고 말했단다.

마침 그 말을 들은 김순덕은 선영이와 짝을 지어주면 좋겠다고 생각하여, 당사자들은 까마득히 모르게 만남을 진행하던 참이었다. 그도 서울의 대기업에 다니며 취미로 자동차 경주와 해양환경을 위해 드론을 사용하여 봉사활동을 한다고 한다.

휴가를 마치고 서울로 갈 선영이를 위해 어머니는 밑반찬들을 아이스박스에 넣어 차에 싣는다. 아버지도 마당에서 딴 자두와 복숭아 등 과일을 챙기느라 분주하다. 할머니는 마루에 앉아, 엊그제 만난 총각은 어떠하냐며, 선영이의 대답을 재촉한다.

"에그! 할머니! 그런 사람 트럭으로 갖다 줘도 싫어요"라고 대답할까 하다가 멈칫하고는 "예! 할머니 생각해 봐야죠! 근데 집도 없나보던데요?" 그러자 할머니는 언짢으신 듯 말씀하셨다.

"요즘 그 나이에 집 장만 한 사람이 몇이나 되겠니? 요즘 서울은 집값이 겁나게 비싸다던데. 살면서 장만하면 되는 거지! 그리고 둘이 벌면 금방 집도 사고 한다더라."

'괜히 할머니랑 길게 이야기하다가는 본전도 못 찾을 것 같아, 빨리 이 자리를 뜨는 것이 상책이리라.' 생각했다.

"할머니 저 이제 갈게요."

선영이는 대답을 요구하는 할머니를 어린아이 달래듯 포옹으로 무마하며, 길 막힐지 모르니 빨리 떠나야 한다고 너스레를 떨었다. 선영은 그 자리를 모면하려 대답하지 않은 채 서둘러 출발했다. 선영을 바라보는 할머니의 애잔한 눈빛이 선영이 마음에 걸렸다.

얼마를 달려 세 번째 휴게소 표지판이 눈에 들어온다. 휴게소 화장실에 들러 커다란 거울을 들여다보는 선영은 자신의 머리칼을 쓸어올리고 화장을 고친 후 손을 깨끗이 씻고 마스크를 쓴다. 자신이 좋아하는 커피전문점을 찾아 줄을 서는데, 낯익은 사람이 다가온다. 며칠 전 만난 그 사람이었다. 선영은 놀랍기도 하고 무엇인지 모르게 가슴이 콩닥거림을 느꼈다. 선영에게 다가와 인사를 하고 선영과 같은 아이스 아메리카노를 주문한다. 둘은 누가 먼저랄 것도 없이 벤치에 앉아 시원한 냉커피를 마시며 할머니들의 안부를 묻는다.

그러고는 "안녕하십니까? 저는 박신우입니다." 새삼스럽게 깍듯이 인사를 하며 박신우가 명함을 건넨다. 뜻밖에 선영이도 자신의 명함을 건네며 박신우의 명함을 자세히 들여다본다.

"저 혹시 지난 토요일에 양양 맛집에 가신 적 있지 않나요?"

신우의 물음에 선영은 신우를 바라보았다.

선영은 지난번 스쿠버 다이빙하고 들른 맛집, 옆 테이블에 있던 남자들 중 한 사람인 것을 기억해냈다.

"아예!"

박신우도 선영과 점심을 먹고 헤어진 후에야 기억해냈다고 했다. '참 이상한 인연인 것 같다'는 생각이 들었다. 가끔씩 연락하자며 벤치에서 일어났다. 둘은 서로 인사를 나누고 각자의 차로 이동한다. 아뿔싸! 그 사람은 빨간 스포츠카의 드라이버였다. '돌고래와 KOEM & 드론'이란 로고가 멀리 높은 하늘의 양떼구름과 겹쳐 그의 차 뒤쪽 유리창에 선명하게 박혀 있다.

선영은 돌아오는 차 안에서 아버지 말씀을 떠올리며 자신의 앞날에 대해 생각해 본다.

정말 친구들 말처럼 결혼은 힘들기만 한 것인가? 그리고 보니 친구들이 사는 모습에는 사랑도 기쁨도 슬픔도 애증도 모두 함께인 것을, 돌싱 친구들을 봐도 다시 새로운 사랑을 꿈꾼다. 그 친구들은 정말 연애와 섹스가 필요한 걸까? 아님 결혼이 필요한 걸까?

지금까지 선영이는 자신의 꿈과 인생을 위해 열정을 쏟으며 살았다고 자부했다. '그래 선영아! 넌 잘 해낼 거야! 이제부터 더욱 멋지게 살아보자! 아니 네 운명을 사랑하는 한 인간으로.' 선영은 그렇게 오늘도 더 나은 내일을 꿈꾼다.

귀에 익은 흥겨운 음악이 흘러나온다. 제2롯데월드 건물의 외벽 유리창에 석양이 아롱지며 선영을 반긴다.

"가자 선영아! 사랑하는 네 운명을 향하여! 네 운명 속으로! 인생도, 운명도 다 내 할 나름인 것을!"

그 순간 "빠바바빠!" 굉음이 울렸다. 이어서 "꽈과과광! 끼이이익! 꽈과광!"

아! 몸을 가눌 수도 없고 온몸은 천근만근이다. '도대체 내가 왜 여기에?' 선영은 낯선 곳에 누워 있는 자신을 발견했다. 병원인 듯하다. 옆에 웬 남자가 선영을 빤히 내려다보고 있다.

"누구? 아! 박신우 씨가 어떻게 여기에?"

"아! 선영 씨! 깨어나셨군요. 어휴! 참 다행입니다. 아니, 아니, 일어나지 마세요."

일어나려는 선영을 만류하는 신우의 눈빛이 다정하다.

박신우의 말로는 선영과 명함을 주고받은 후 서울로 오던 중, 선영이의 차가 올림픽대로를 진입해 올 때 8중 추돌로 들이 받쳐 다섯 번째로 끼어 있었단다. 선영이가 정신을 잃자 경찰에서 가족에게 연락하려는데 핸드폰이 비밀번호로 잠겨 있어 핸드폰에 꽂혀 있는 명함으로 연락을 하다 보니 신우에게 먼저 연락이 왔다고 한다. 부모님께도 신우가 연락하여 지금 오는 중이라고 한다.

아! 이 무슨 운명의 장난인가? 운명이란 이름은 참 알다가도 모른다. 사람의 일이란 한 치 앞도 알 수 없나 보다. 그때! 아모르파티~ ♩ ♪♬♩ 선영의 핸드폰 알람소리가 크게, 운명처럼 이른 아침 병원의 응급실을 깨운다.

이미옥: 어릴 때부터 작가의 꿈을 키웠다. 이런저런 이유로 미뤄두었다. 그러다 우연히 시민대학 프로그램을 알게 되어 강의를 들으며 본격적으로 '쓰기' 시작했다. 단편소설을 몇 편 썼다는 '해냄'이 뿌듯하다. 이렇게까지 쓸 수 있게 이끌어주신 간호윤 교수님께 감사드리며 함께 글 쓰고 격려해주신 문우님들께도 감사드린다.

정명숙: 소설을 쓴다는 것은 엄두가 나지 않는 일이었습니다. 간호윤 교수님을 만나기 전까지는 그랬습니다. 시민작가 글쓰기 과정을 통하여 만난 간호윤 교수님 강의를 수강하며, 글쓰기에 대한 의욕과 용기가 한 편의 소설을 쓰도록 이끌었습니다. 부천시와 상동도서관, 간호윤 교수님, 함께 수강한 수강생분들 모두 감사합니다.

이선민: 앞으로는 책 한 장 허투로 읽지 못하겠습니다. 글을 쓴다는 것이 이렇게 어려운 일인지 몰랐으니 말입니다. 하지만 글쓰기를 그만두지는 않을 것입니다. 쓰는 내내 아파 결국 중도 포기했던 글 〈아버지의 딸〉, 〈문신〉을 마무리하여 같은 아픔을 지닌 이들과 함께 나누고 싶습니다. 나침반이 되어 주신 간호윤 교수님, 〈시민

작가교실─나도 소설가〉 수강생 여러분 감사합니다. 지난 6개월, 함께 할 수 있어 행복했습니다.

딸기바: 이 작품을 통해서 과거의 트라우마를 극복하지 못한 채 살아가는 사람이 한시라도 마음이 편해질 수 있는 이야기를 쓰고 싶었다. 이번 원고에서는 달콤한 로맨스는 인연이 아니었나보다. 현실에서는 없을 법한 로맨스 이야기, 그러나 누구나 흥미진진하게 읽을 수 있는 수위 높은 이야기는 다음에 써야겠다. 쓸 때 심한 입덧지옥에서 나를 구해준 것은 딸기맛 아이스크림 밖에 없었기에 필명은 딸기바가 되었다.

김현주: 글을 쓴다는 것은 언제나 어렵게 다가옵니다. 하지만 내가 풀어낸 이야기 속에 고뇌와 가치를 담아 한 글자 한 글자씩 완성해 가는 재미는 희열을 가져다주는 것 같습니다. 걸작은 아니지만 누군가와 함께 웃음과 감동을 나눌 수 있는 글이 될 수 있다면 마음 또한 풍성해질 듯 합니다.

정아름: 무엇보다 재미있었다. 각자 만들어낸 가짜의 이야기에 이렇게 관심을 가지고 대화를 나눌 수 있다는 사실이 매주 신기했다. 교수님의 '주제'가 잡히면 줄거리는 따라온다는 말씀에 몇 개월을 주제를 찾기 위해 돌아다녔다. 수업을 종강하고 모든 것이 감사하지만, 이 세상에 '소설'을 좋아하고 나눌 수 있는 사람들이 있다는 사실이 참 좋다.

윤　슬: 소설 쓰기가 얼마나 어려운지요. 하지만 좋아합니다. 언젠가는 잘 쓰고 싶습니다. 교수님의 도움을 받아, 철 글을 내놓습니다.

첫발을 내딛는 게 어려웠기에 이번 기회가 참 감사합니다. 친구가 멋진 필명도 지어주었습니다. 이름값하게 되기를 바라며 계속 노력하겠습니다.

류규형: 아직 어설픈 습작들을 독자에게 감히 내미는 손이 떨린다. 앞으로 더욱 정진하겠다는 다짐을 해 본다.

김영순: 요즘 유행하는 철학적 단어 '아모르파티', 대중가수의 노래와 선영의 핸드폰 컬러링을 통해 젊은이들의 열정, 관심, 나름의 애환을 이야기하고 싶었습니다.

이 시대 젊은이들의 결혼관과 어르신(꼰대) 세대의 결혼관의 대립과 갈등을 해소하고, 좋은 결말로 자녀 세대의 행복한 인생을 응원하고자 쓴 소설입니다. 첫 작품이기에 소설적 구성과 장치가 부족하지만, 인생 2막의 어설픈 첫걸음을 한 발 내디뎌 봅니다. 열정으로 지도해주신 간호윤 교수님과 함께해주신 문우님들, 상동도서관 관계자들께도 감사 인사를 드립니다.

지은이 소개

이미옥: 추계예술대학교 대학원 문예창작학 석사.

　　　　'생각의씨앗' 논술 교습소 운영.

　　　　어린이, 청소년 논술 교재 집필.

정명숙: 1961년생.

　　　　2013년 2월 한국방송통신대학교 국어국문학과 졸업.

이선민: 누구의 딸, 누구의 아내, 누구의 엄마가 아닌 날 것의 '나'를 찾아가
　　　　는 중입니다.

딸기바: 일본 거주경험 11년. 초콜릿을 사랑합니다.

김현주: 독서교육학 석사를 공부하고 있고 누구나 꿈꾸는 미래를 실현살
　　　　수 있는 독서교육센터를 계획하고 있습니다. 힐링과 비전을 실현
　　　　시킬 수 있는 기관으로 성장하길 바라고 있습니다.

정아름: 대안학교와 정신병원센터에서 '문학과 글쓰기'를 가르친다. 잡지
　　　　사 기자로 2년을 일했고, 독일에서 3년여 살다 왔다. 동화 음악극
　　　　'달려라 지브라' 대본을 써서 지난 8월, 안양아트센터에서 공연했
　　　　다. 상상하기를 좋아하고, 남는 시간마다 쓸데없는 이야기를 만드

는 것이 취미다.

윤 슬: 첫 소설을 내놓습니다.

언젠가는 '잘' 쓰고 싶습니다.

류규형: 경기 안성 출생, 부천시 거주.

동국대학교 졸업, 경희대학교 경영대학원 졸업.

2018년 『계간문예』에 시 등단.

경기대학교 평생교육원 전통주 강사.

저서: 『전통주 이야기』, 시집 『이화주 빚으며』 등.

김영순: 서울 출생.

한국방송통신대학교 유아교육학과 졸업, 국문학과 졸업.

대한적십자사 정년퇴직.

현 시인, 수필가, 월간신문예 사무국장, 한국국학자료조사원, 한

마음문학기행회 회장, 은평향토사학회 홍보위원 등.